書下ろし

黒バイ捜査隊

巡査部長・野路《のじ》明良《あきら》

松嶋智左

祥伝社文庫

黒バイ捜査隊　巡査部長・野路明良《のじあきら》

【主な登場人物】

運転免許センターメンバー

野路明良《のじあきら》　試験監督課　巡査部長
鳴瀬斗紀男《なるせときお》　試験監督課　警部補
斎藤康彦《さいとうやすひこ》　センター長　警視
最上要一《もがみよういち》　試験監督課長　警部
白根深雪《しらねみゆき》　運転免許証作成課　巡査長
笛吹美智雄《うすいみちお》　運転免許証作成課課長　警部

黒バイ捜査隊

都《みやこ》 景志郎《けいしろう》　隊長　巡査部長

落合《おちあい》 庄司《しょうじ》　県警本部捜査一課　巡査部長
山部《やまべ》 佑《たすく》　警察学校教官　警部補
木祖川《きそがわ》 守《まもる》　県警本部交通機動隊白バイ隊員　巡査長

百川朱人《ももかわあけと》　知事
橘《たちばな》 裕司《ゆうじ》　知事秘書
大里綾子《おおさとあやこ》　公安委員長
海老名賢治《えびなけんじ》　公安委員
安積多見子《あづみたみこ》　公安委員

Y県運転免許センター3F見取図

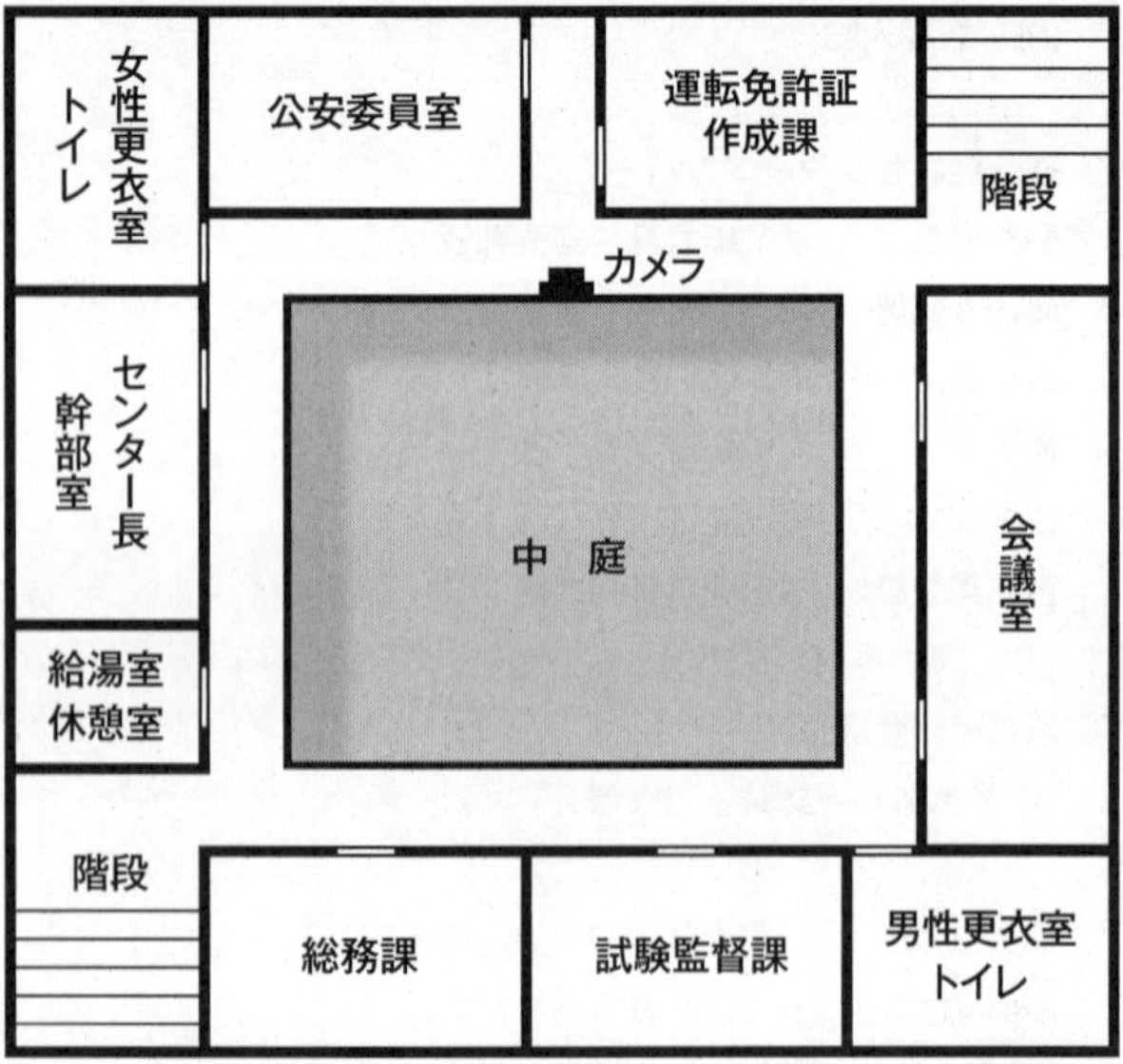

プロローグ

少しだけ急いでいた。

メーター横の小さなデジタル時計に何度も目がいき、そのたび舌打ちする。すぐにきて欲しいといわれたが、終電の時間はとっくに過ぎていた。車で行くしかなかった。ここしばらく徹夜仕事が続いて睡眠不足だったが、学生時代から乗っているので運転には自信があった。

公園脇の道を走る。ここを通り抜けるのが一番早い。狭い道なのに一方通行ではないので対向車がくると面倒だが、この時刻ならそんな心配はない。予想通り、街灯だけが点《とも》った道に車の姿はなかった。人気《ひとけ》のない公園の寂《さび》しさが車道まで滲《にじ》み出ている。ヘッドライトが前方を白く照らし出す。夜間は知らぬ間にスピードが出ていることがあるので注意しないといけない。メーターを見て、少し落とした方がいいかなと思いながら、呼ばれた理由を考える。いくつかあるが、どれも大したことはない。急ぐ必要はないと判断して、アクセルを踏む足から力を抜こうとした。

ふいに視界になにかが飛び込んできた。ヘッドライトのなかで人の姿が白く浮かび上がる。

横顔。乱れた髪。白い腕。翻《ひるがえ》るシャツの裾。

ライトが当たっている筈《はず》なのに、こちらを向こうともしない。どうしてだろう、と頭のどこかが呟《つぶや》き、反射的にブレーキを踏んだ。思い切り踏み込むと同時に、ハンドルを目いっぱい切った。

鈍い音がした。

勢いよく跳ね上がり、ヘッドライトの光の枠から消えた。しばらく息ができなかった。轢《ひ》いた。人を轢いた。顔面の皮膚が引きつる。内臓を摑《つか》まれたような痛み。想像していたよりも軽い衝撃なんだなと、また頭のどこかが呟く。マットレスに突っ込んだような、そして突き破ったような感じ。奇妙な音が聞こえる。歯の鳴る音だと気づいた途端、全身が痙攣《けいれん》を起こしたように震え始めた。

ハンドルを支えにして、おずおず首を伸び上がらせる。公園の樹々が間近に見えた。車が歩道に乗り上げて停まっているのだ。金魚のように何度も息を吸い、吐《は》いてシートベルトを外した。ドアを開けて地面に足を着くが力が入らず、そのままアスファルトの上に無様に転がった。

なぜか痛みは感じない。両手を突いて体を起こし、屈《かが》んだまま車の前へと出る。なにもなく、フロントを回って車の後ろへと歩いて行った。電柱の横に人が倒れていた。

駆け寄って取りつく。そして大声で呼びかける。たまらず肩を揺さぶった。頭から血が出ていて、揺らすと余計に流れた。ぞっとしたけれど、我慢して声をかけた。微《かす》かに呻《うめ》く声がした。痛い、と漏《も》らすのを聞いて、僅《わず》かだが気持ちが落ち着いた。ポケットから携帯電話を取り出す。えっと確か、確か、そうだった。一一九番。すぐに応答があった。

「火事ですか、救急ですか」

応《こた》えようとしたら、唸《うな》っていた声が消えているのに気づく。置物のように微塵《みじん》も動かない。まさか、と唾《つば》を飲み込んだ。

死なれたら困る。絶対に。死んでは困る。

「え？　困る？　どうしました。大丈夫ですか。救急ですか。場所はどこですか？　――ですか？」

死なないで、死なないでくれますか――。携帯電話を握りながら、何度も何度も祈った。

1

十一月初旬――。

野路明良《のじあきら》はコース内の点検をするため、制服の上に紺色のジャンパーを羽織《はお》ると、同色のキャップを被《かぶ》って外に出た。目を上げると山際に陽《ひ》はあるが、鈍色《にびいろ》の雲が空のほとんどを覆《おお》っていてまだ夜が明けていないかのようだ。二輪の技能試験場は、周囲に高い建築物がないから風が縦横無尽に吹き寄せる。十一月に入ったばかりとはいえ、県境の山並みから下りてくる風は、もう冬の気配をはらんでいた。

人口八十万に満たないY県は、東京からそう遠くなく、自然に囲まれた風光明媚《ふうこうめいび》な土地柄だ。地域性も穏やかで、都心から溢《あふ》れた人々にも住みやすい場所といえる。ただ、目だった産業がなく、経済的に豊かでないのが欠点といえば欠点。それでもシーズンともなれば山紫水明《さんしすいめい》のなかで遊ぶ人々や、ドライブする楽しさを求める人達で賑わう。もっとも、そんな姿も寒い季節が近づくとほとんど見かけなくなった。

風が音を立てて過《よぎ》り、挨拶《あいさつ》代わりに野路の全身をなぶってゆく。

「ネックウォーマーをしてくれれば良かったな」

背を丸めて歩き、試験場を囲う腰高の柵を乗り越えてなかに入った。

昨年の六月まで、野路は県の南部にできた姫野《ひめの》警察署の開署準備室担当者として働いていた。ところが、そこでとんでもない事件が起き、多くの犠牲者を出した挙句、姫野警察署は一日も稼働することなく閉鎖された。改めて再建され、ようやく今年の春に竣工《しゅんこう》となり、一年遅れでようやく開署に至った。

野路は昨年の秋の昇級試験に合格し、巡査部長となった。今年の春に昇任異動すると決まったとき、希望はあるかと問われた。そのまま新しい姫野署で働くことも可能だったが、考えた末、ここ運転免許センターへと願い出た。

姫野に行く前は、野路は白バイ隊員であった。その才能と努力の末、白バイ安全運転競技大会において、地方県のひとつに過ぎないY県の白バイ隊を全国一へと導く活躍をした。だがその後、交通事故に見舞われ、右手の指に軽い後遺症を負った。そのせいで白バイへの復帰を諦《あきら》めたのだが、二輪車への思いは消えることなく、ボランティアで古巣の白バイ隊員を指導することを続けていた。

恩師である警察学校の山部佑《やまべたすく》警部補は、そんな野路にセンターの技能試験監督はどうだと勧《すす》めてくれた。後遺症はあるが、バイクに全く乗れない訳ではない。ただ白バイは難しい。高度なテクニックを要求されるだけでなく、犯人を追跡する際には相当な緊張が強いられる。交通ルールを無視した走行は、臨機応変な思考、素早い判断、確実な操車技術が必要だ。軽いとはいえ、ハンドルを握る指に障害がある野路には、その資格がなかった。

技能試験場のスタート地点まで、首をすくめながら歩く。

ここにきて半年以上になる。試験場内はもう幾度となく走行しているから、どこになにがあるか目を瞑《つぶ》っていてもわかる。だが、路面の状態は毎日変化する。ゴミや雑草、地面の湿り、乾燥具合だけでなく、並べられたパイロンなどに不備があると、走行条件に大きな差が出る。まして今日のように冷えた朝など、どこかが凍って滑《すべ》りやすくなっている可能性もあった。

コースのスタートは試験官が待機するブース前から始まる。すぐに右へターンして信号のある交差点に出る。歩きながら地面のあちこちに目をやった。始業までまだ一時間ほどあるし、技能試験は午前十時始まりだから時間は充分あった。

運転免許センターには、四輪、二輪、特殊車両の技能試験用に広大なコースが併設されている。

受験者は、予約した試験日時にきて、センター保有の車両に乗って技能試験場の決められたコースを走る。合格すれば、講習を受けたのち免許証が交付される。いわゆる一発試験だ。もっとも受験者が多いのが二輪部門で、小型、普通、大型と毎日、必ず何名かが予約を入れている。とはいえ技能試験を受けるのは、センターを訪れる人間のなかのほんのひと握り。ほとんどが免許の更新若《も》しくは取得のための学科試験を受けにくる。

玄関門を入った正面にロの字型の三階建て建物がある。

免許センターの庁舎で、ガラスの自動扉を潜《くぐ》った一階が申請のための受付場所だ。そこで用紙をもらって必要事項を記入、手数料を支払い、視力などの検査を行う。免許証用の顔写真の撮影をして、区分ごとに分けられた講習を受ける。二階は講習のための部屋がほとんどで、他に学科試験用の部屋、行政処分関係の部屋などが並ぶ。

土曜日は休みだが、日曜日は開庁していて働く人々がこぞって更新にくるからどの講習室もいっぱいになる。ロの字型の内辺に沿って廊下があり、窓から建物の中庭が見渡せる。受講者は開始時間を待つあいだ、芝を敷いた庭で休んだり、食事を摂《と》ったりする。それも秋が深まるころには徐々に減ってきて、今は天気のいい日以外で人の姿を見かけることはなくなった。

技能試験用のエリアはその庁舎建物の裏側にある。

Y県は山や森林が多くあって、未舗装《みほそう》道路も多い。隣県へと抜け出るための山越えルートには、険しい九十九折《つづらおり》の道もある。そんな環境がライダーの疾走心をそそるのか、バイク人口が多い。自動車、特殊車両などの試験場とは別に、二輪車だけの技能試験場が設けられているから、免許センターの広さは他府県に比べて群を抜いていた。専用の場所があるから試験で走るためのコースの種類も多く、バラエティーに富む。受験生にしてみれば、前回と同じコースに当たる確率が低く、試験のたびに一喜一憂することになる。

「そこの縁石気をつけろよ。罅《ひび》が入っているから、そのうち欠片《かけら》が落ちるかもしれん」

野路は、コンクリートを割って伸び出た雑草を引き抜いていた手を止め、顔を向けた。同じセンター職員専用のジャンパーを着た、鳴瀬斗紀男《なるせときお》がポケットに両手を突っ込んだまま鼻の頭を赤くして立っていた。

「鳴瀬係長、どうされたんですか」

「なんか目が覚めてな。コーヒーばっかり飲んでるのもなんだから、早めに出勤した」

今朝は冷えるな、と風に髪が逆立つのを気にして渋面《じゅうめん》を作る。鳴瀬は、四十七歳になる警部補で、免許センターに勤めて六年になる。三十一歳の巡査部長である野路からすれば階級も上、しかも白バイの大先輩ときているから、色んな意味で頭が上がらない。そんな人が、赴任一年目の野路より先に、試験場内を巡回するというのだから頭は下がる一方だ。姿勢を正して挙手の敬礼をすると、鳴瀬は陽気な笑いを広げた。

「お前が、いつも早くきて見回りやバイク馴《な》らしをしているのは知っている。たまには先を越して驚かせてやろうと思ってな」

「はあ」

「どうだ。もう八か月になるが、慣れたか」

「そうですね。限られたエリア内での走行なのに、案外、色々なことが起きるなと思っています」

うんうん、と鳴瀬は両手を出して腕組みすると頷《うなず》いた。

身長こそ野路より少し低いが、均整の取れた体軀《たいく》で、今もバイクを乗り回しているだけあって動きも軽い。白バイ隊員だったのはずい分前だが、職務熱心な人であることは野路も耳にしていた。だが、その熱心さが家庭ではマイナスになることもある。家族はいるが、今は離婚して一人暮らし。妻子のことをいつもあと回しにしてきたから愛想を尽かされた。これまでよく我慢してくれたよ、と笑い話のようにいうが、さすがに相槌《あいづち》を打つ訳にもいかない。同僚として見れば、気さくで面倒見も良く、尊敬できる人だ。

鳴瀬が珍《めずら》しく試験官としてコース走行しているのを見ていたときのことだ。

前を走る受験者は何度目かのチャレンジだったらしく、慣れた風に順調にコースを辿《たど》った。信号での停止、左右の確認、波状路《はじょうろ》走行、スラローム走行（蛇行走行）、制動行為と次々に無難にこなしてゆく。遠目で見ていても問題はなく、今回は合格するのではと思った。

だが、コースから戻ってくると鳴瀬は、合否判断をするブースにいる係員に、不合格だと告げたのだった。受験生も腑《ふ》に落ちなかったらしく、係員に問い質《ただ》した。野路も気になって、試験監督課の部屋に戻った際、鳴瀬に訊《き》いてみた。

『ああ、あれな。波状路走行のあと、あいつ足で遊んだんだ』

試験場は広く、スタート地点のブースにいる試験官には全《すべ》てを確認できない。だから、警察官がバイクに乗って後方を走り、受験者の操車技術を見極めるのだが、波状路走行の場所はエリアの奥側にある。野路は試験場の端にいたのでその辺も見えていたが、問題があったとは思わなかった。

『以前、波状路でエンストしたことがあったから、気が張っていたのはわかる。歯を食いしばってなんとか凌《しの》げたのにほっとしたんだろうな。足元にバッタがいるのを見て、無意識に左足で払ったんだ』

『右足を着いて？』

『いや、器用に左を浮かしてな。一瞬だったが』

だから足で遊んだ、ということか。ほんの僅かの間だが、両足が地面から浮いていたことになる。

『係長は見ていないと思ったんでしょうか』

波状路では、同じように走っていてはチェックできないから、試験官は後方で停止して見ている。幅を開けていくつも置かれたブロック障害を乗り越えた受験者は、試験官が離れているから安心したのだろうが、鳴瀬はしっかり見ていた訳だ。

『いや、わたしを意識していたようでもないな。たぶん、癖《くせ》なんだろう』

『ああ』

『わかるだろう。停止しているときに着地している方の足を使うなんてのは、もってのほかだ。普段からそういうことを平気でしているからつい出た』

バイクの実技走行では、着地するのは左足のみ。ギアを変えるなどいくつかの場合を除いて、右足着地は減点となる。自動二輪の免許を取ろうとする人間は、車の免許を持っていたり、ミニバイクに乗っていたりして既になにかしらの運転経験がある者が多い。慣れた風に左足を動かしたのを見て、両足を浮かすのが癖になっているのだと鳴瀬は判断した。

自動二輪車は重い。それを体幹と左足で維持するのだ。極端ないい方をすれば、左足の爪先だけで重量一〇〇キロから三〇〇キロ超えまでのバイクを真っすぐ支える。

『車と違って、自身で起立状態を保てないバイクは、運転者と一体といっていい。だから、些細《ささい》な動作ひとつが大きな事故に繋《つな》がることもある』

鳴瀬は日々、そんなことをいっていた。元白バイ隊員として、正しい乗車、安全な走行を目指していた人間だからこそ、一般人の運転にも厳しい目を向けることになる。運転免許センターにおける技能試験の試験官は、二輪なら白バイ出身、車両ならパトカー乗務員出身が多い。

そんな鳴瀬の走行を見てから野路は、この人を見習おうと思った。

試験の前の路面チェックや、冷えたバイクを暖機しておくのも、新人がすべき仕事なのだが、鳴瀬は今でも自分が試験官をするときは行っていた。

「あれ？　でも今日は、技能試験の担当じゃなかった筈ですよね」

「ああ。筆記試験の監督と講習な」

新しく免許を取得する人間の多くは、自動車教習所で実技の資格を得、その後、このセンターで簡単な学科試験を受け、合格したのち免許証が交付される。毎日、多くの新規受験者がやってくるから学科の試験監督もしなくてはならない。他にも更新のための視力検査や写真撮影の際の本人確認、更新時講習などの講義をするのも警察官の仕事だ。

技能試験は予約制なので、その日の受験者数はわかっている。午前と午後で試験コースを別にして行われるが、担当しないときはそれ以外の仕事を順繰りに受け持つ。今日の午前中は、鳴瀬は講習担当、野路は技能試験官だ。

「お前のコースチェックがやけに細かいって聞いたから、ちょっと覗《のぞ》いてやろうと思ってな」

「はあ」

「いちいち雑草を抜くやつなんかいないぞ」

はあ、と野路は苦笑いする。自動二輪の技能試験を運転免許センターで受けようという人間は概《おおむ》ね二種類いる。教習所に行く金も暇も惜《お》しい人間か、車や小型二輪の免許を既に持っていて運転に自信のある人間。センターでの試験は、かなり難しいとされている。教習所で二週間ほどかけて獲《と》る資格をたった一度の実技走行だけで合格しようというのだから、簡単には通らない。なのにセンターで獲った免許だというと値打ちがあると思うのか、毎日、受験者にはことかかない。

余りに合格率が低いせいで、運転免許センターは、いかに瑕疵《かし》を見つけて不合格とするか、それに腐心しているとネットでは囁《ささや》かれている。そんなこともないのだが、鳴瀬が指摘したように左足を不用意に動かすだけでも減点となる。後方をついて走る試験官は目を皿にして受験者の一挙手一投足を注視する。自動二輪、特に大型二輪の免許などは一度の走行で受かる者はまずいない。大概、三度四度五度と挑戦してやっと手にするのだ。それだけに喜びも一入《ひとしお》らしく、受かった受験者が諸手《もろて》を上げてはしゃぐ姿がごくたまに見られた。

そんな姿を見るのは、本当は試験官とすれば嬉《うれ》しい。だが、一方で免許を与えることでその人間が事故に遭うのではないか、という恐れも常に抱いている。事故によって自分一人が怪我《けが》を被《こうむ》るのならまだマシだ。誰かを轢《ひ》いたり、同乗者に怪我をさせたりすれば、その後の人生までも大きく変わることになる。

野路自身、隣でさっきまで喋《しゃべ》っていた後輩を一瞬で失った。運転していたのはその後輩で、野路が責任を負うことはないのだが、自分一人が生き残った事実が永く野路を責めた。後輩を死なせたという負い目は、指の後遺症と共に永遠にこの身から消えることはないだろう。

「白バイの全国大会な」

「は。あ、はい」慌《あわ》てて思考から意識を戻した。

「惜しかったな。お前、指導していたんだろう」

「ええ。でも、確かな腕を持った連中ですから、来年はいい結果を出せると思っています」

「そうか」

鳴瀬と共に、コースを歩き出した。

今年の秋に行われた全国白バイ安全運転競技大会で、Y県は二位に終わった。それまでずっと低位、良くて中くらいの順位だった白バイ隊だったが、二年前、野路の活躍で一気に優勝を勝ち取った。その翌年は、事故のせいで出場辞退となり、今年、仕切り直しで挑んだ大会だったが、惜しくも優勝を逃していた。

白バイのときの先輩で、現在、大会のための特練生をコーチする木祖川守《きそがわまもる》、そして松村順紀《まつむらじゅんき》を含めた隊員らと残念会をしたのはつい先日のことだった。明け方まで飲み明かし、途中から泣き出した木祖川と肩を組んで、来年の勝利を誓い合った。

「姫野署ではお前も大層な活躍をしたが、ここにくるのは正直、意外だった。てっきり白バイか本部の刑事部辺りを希望すると思っていた」

「いえ、指がこんなですから、白バイに乗るのは諦めています。それに刑事なんて柄じゃないですよ」

細かなアクセル、ブレーキ操作を要求される白バイに乗れずとも、コーチとしてや事務方としてなら交通機動隊への異動もあった。だが、姫野警察署での事件以後、白バイだけに拘《こだわ》らず、広く深く警察官としての職務を全うしたい気持ちが湧いた。刑事部も憧《あこが》れたが、指に麻痺《まひ》があるから拳銃を握ることには不安がある。人事部も許可しないだろう。

「そうか。だが、悪党を追い詰めたじゃないか。捜査一課に先んじて」

「それはたまたまです」

「たまたまで犯罪者を追い詰めることはできん。犯罪を憎み、糺《ただ》したい気持ちが強くある者にしかできないことだと、わたしは思う」

「ありがとうございます」

照れ臭さもあって、大仰な敬礼をしてみせた。てっきり笑ってくれると思ったが、鳴瀬は真剣な目つきで野路を見つめたあと、なにもいわずに視線を外した。その後は他愛《たわい》ない話をしながら一緒に、今日予定しているコースA、コースCを徒歩で辿り、不備がないかをチェックして回った。

2

「十四番、スタート地点に戻ってください」

場内に設置されたスピーカーから、試験官の声が発せられた。バイクの後方を走っていた野路は試験官ブースを振り返り、小さく頷く顔を見つけて、前を行く受験者に指示に従うよう促《うなが》す。

　走行中、明らかに不合格と判断される受験者は、最後まで走行することなく途中で帰るよう指示が出される。そうなると今度は野路が前を走り、誘導しながらコースを離脱してスタート地点に戻る。

　受験者はバイクを降りてヘルメットを脱ぐと、野路が止めるのも待たず、試験官のいるブースへと走って行った。そしてガラスの窓越しに、「なんでだよぉ」と喚《わめ》き出した。大型二輪の試験を受け始めて、確か、五回目だろうか。野路も二度ほどついたことがあった男性だ。二十代の会社員で、試験のたびに有休を使ってきていると聞いた。

　今日の走行は悪くなかった。

　野路がついて走っていたあいだ、以前のミスを修正し、なんとしてでも合格しようという気概も感じられた。目視も怠《おこた》りなく、ギアチェンジもスムーズで、波状路走行も綺麗《きれい》だった。坂道停止、発進を終え、踏切に差しかかったときにアナウンスが入ったのだ。

　受験者の肩を持つ訳ではないが、野路もなにがいけなかったのだろうと首をひねる思いがあった。ガラスを手で叩《たた》き出したのを見て、野路や周囲にいた職員が慌てて押さえにかかった。引き剝《は》がしながら、「つまらないことするな。二度と受けられなくなるぞ」と叱《しっ》責《せき》する。

「だって、なにがいけないんだよ。お巡《まわ》りさんだって見てただろう？　俺、なんか失敗した？　今日こそは受かってやるって同僚にもいってきたんだ。会社だってそんなに休んでられないし、これが最後のつもりで。それなのに」

野路も答えに窮《きゅう》する。警察官に囲まれ、他の受験生の視線も浴びて、さすがにバツが悪くなったのか、今度はしおれた菜っ葉のように肩を落とした。そこにブースから担当の試験官が現れ、声をかけた。不合格になった理由は説明することになっている。そうでなければ次の試験でまた同じ過《あやま》ちを犯すからだ。

若い会社員を担当したのは、四十過ぎのがっちりした体軀の前川《まえかわ》巡査部長だった。確か、機動隊出身ではなかったか。白バイの経験はないが、大型二輪免許を早くから取得し、機動隊でも二輪を使って活動していたと聞く。

「十四番、坂道発進の際、なぜ左右の確認をした」

「え」

ぽかんとする受験生を見て、野路も思い出した。そういえば。

坂道で停止し、再び発進するとき必ず後方の目視確認をしなくてはならない。受験生は後方を見たあと、更《さら》にさっと左右に首を振った。坂道は一本道だから左右の確認はいらない。不必要なことをしたかもしれないが、安全確認を多くしたことが減点になるというのもなんだか妙な気がした。だが、前川は、はっきりといった。

「左右を見るという余計な確認をしたせいで、発進が遅れた。その僅かのあいだに、後方に新たな動きがあったらどうする。発進する直前にもう一度、後方確認したのならわかるが、君はしなかった」

「そんな。遅れたっていったって、ほんの一瞬のことじゃないっすか」

「一瞬でも、車の動きは人よりも遥《はる》かに速い。スピードを出していた車なら、すぐ側まできていた可能性もあるんだ。余計な動作も、怠った動作と同じく減点対象だ」

「そんなぁ」

「他に質問がなければ退出するように」

そういって前川はブースへと戻って行った。

まだ納得いかない顔の会社員は、職員に促されて庁舎へ渋々戻る。その後ろ姿を野路は黙って見送った。

昼の休憩時間になって、野路はコンビニで買った弁当を広げた。庁舎内にも職員食堂はあるが、昼どきには一旦《いったん》仕事が停止するため大勢が集まる。県警本部や所轄なら昼も窓口を開けているから職員は交代で食事を摂《と》るが、ここでは受講者らを昼抜きで受けさせる訳にはいかないから十二時から一時間、昼休憩というのがあった。

そして免許センターには警察官だけでなく、警察OB、一般職員、嘱託職員など様々な人間が働いている。そんな人々が食堂に集まり、ワイワイお喋りしながら寛《くつろ》ぐのだ。警察官のなかには、親しくなくとも野路のことを知る者もいるだろう。声をかけられ、事故のことや去年の事件のことなどを話題にされるのも辛《つら》い。またそのことを周囲の人に聞かれて、更に野路を知る者が増えるのも本意ではない。だから、昼食は食堂を使わず、コンビニで買って課の部屋ですませていた。

鳴瀬は気にし過ぎだというが、野路の気持ちはそう簡単に割り切れない。一度は、Y県の白バイ隊を全国一位に導き、本部長賞までもらった癖に、その翌年は交通事故を起こして後輩を死なせた。驕《おご》りがあったのだろう、後輩をしごいて疲れさせていたからだ、果ては苛《いじ》めていたのではないか、と色々噂《うわさ》された。警察を辞めようと決心した野路だったが、木祖川を始め、多くの仲間の熱意にほだされ思いとどまった。退院したあと新しく姫野署ができるというので、そこの準備室担当として配され、慣れない雑用仕事に精を出した。無事、姫野が開署したなら、そのときこそ辞表を出そうと決めていた。

ところが、その姫野で事件が起き、図《はか》らずも野路が巻き込まれて犯人を追い詰める結果となった。その事件では、恩師である山部教官も多大な被害を被った。署員は満身創痍《まんしんそうい》で、姫野署は見る影もない姿に変わり果てた。だが、その事件のせいで、野路は警察官としての矜持《きょうじ》と使命感を再び蘇《よみがえ》らせることができた。だから今も警察官を続けていられる。

また、事故を起こすことでいかに多くのものを失い、多くの人を傷つけることになるのか、身をもって知る野路だからこそ、ここでまた人として警察官として、なにかなせるのではと思っている。

「前川」

ふいに部屋の端から鋭い声がした。野路は箸《はし》を止めて目を向ける。

試験監督課の部屋は庁舎の三階にあり、およそ二十畳の横長の部屋に各自専用のスティール机が二列向き合いながら並んでいる。この部屋の責任者は鳴瀬係長で一番奥の窓際、戸口に近い方が野路の席だ。

見ると、鳴瀬が腕を組んで立ったまま、自席で弁当を広げている前川を見下ろしていた。近くには親しい同僚らがいて、突然の鳴瀬の態度に目を丸くしている。野路は箸を持ったまま立ち上がり、近くに寄った。そして同じように腰を浮かしている野路より少し先輩に当たる巡査部長に、低い声でどうしたんです、と尋ねた。巡査部長は顔を寄せ、小声で教えてくれた。

前川は同僚相手に、午前中の試験で不合格にした十四番のことを話していたのだ。どうやら、前川が落第させたのは単に目視のミスだけが原因ではなかったらしい。

「前川さんが、所轄の交通にいたころ十四番を見知っていたらしい。いわゆる族の一人だったんだそうだ」

「ゾク？　ああ、暴走族。最近はもうそんなでもないですよね」

「十年前はまだそれなりにな。当時は未成年だったらしいが、前川さんが補導したこともあって、すぐにそいつだとわかったんだと」

「へえ。え、まさか、それで落としたってことじゃ」

巡査部長は、苦り切った表情を作った。

前川は同僚と砕けた話をしているうち、そのことに及んでつい、昔の不良少年が性懲《しょうこ》りもなくまた受験しにきたから落としてやった、といったのだ。そのことを鳴瀬が聞きつけた。

「おい、前川。お前、なにか勘違いしているんじゃないか」

前川は、しまったという顔をしたが、鳴瀬の見下ろしてくる態度に歯向かう気持ちが湧いたのか、「勘違いってなんですか」といい返した。

「この運転免許センターは単に免許を与え、更新させる場所じゃないぞ。運転する者に、運転とはどういうことか真剣に考えてもらいたいと促す場なんだ。ましてやお前は試験官だろう。新しく免許を取得しようとする受験者に対し、公平な目でその技術を見定め、あるべき心構えを指導できないでどうする。それができないなら試験官の資格はない」

前川はむっとした表情で見つめる。

「建前はそうでしょう。だけど係長、本当のところ、ああいう連中に免許をやる必要があると思いますか。あいつらは、単にバイクを乗り回したいだけなんですよ。必要もないのに大きな二輪に跨《また》がって、いきがってルールお構いなしに走り回る、そうして憂《う》さを晴らすのが目的なんだ。そんな連中に免許をやって事故でも起こされたら、それこそ俺らの責任問題じゃないですか。ああいう素行に問題がある連中は、なんでもいいから過失を見つけて落としてやるべきだと、俺は思いますけどね」

「前川っ」

鳴瀬が怒鳴《どな》った。さすがに部屋にいた全員が表情を硬くして注視する。

「勘違いだといっただろう。運転免許は人によっては必要なものなんだ。正しく使うことで暮らしは豊かになるし、世界が広がる可能性すら持つ。その邪魔をする権利は我々にはないぞ。我々がするのは、人の見定めじゃない。ルールに則《のっと》って安全に有意義に車両を運転してもらうよう導くことだ。お前は、その手間を惜しんでいるだけだ。手っ取り早く、面倒を起こしそうな人間を選別し、まるで神にでもなったかのように人の将来を左右しようとしている。それは警察官としての本分を欠く、ただの横着だ。前川、試験官であることを驕《おご》るな」

前川はむっと口を引き結んだが、相手は階級が上で直属の上司だ。諦めたように肩の力を抜いて小さく頭を下げた。

「……わかりました、鳴瀬係長。以後、気をつけます」といった。

鳴瀬は、まだ少し不満そうな顔をしたが、小さく息を吐くと背を向けた。その様子を見て、周囲の人間もみな胸をなでおろす。野路も安堵《あんど》し、箸を持ったままだったのに気づいて思わず苦笑した。運悪くそんな野路を前川が目にする。笑われたと思ったのだろう。

「今度、十四番が受けにきたなら、野路に頼むか。なにせ白バイの英雄で、おまけに交通事故の加害者、いや被害者か、ま、どっちでもいいが、経験者なんだから、それこそ公平な目で見られるだろうしな」

歩き出していた鳴瀬が、それを聞いて足を止めた。振り返ったと思ったら、前川は素早く立ち上がり、小便したくなった、とそそくさと部屋を出て行く。野路の顔色が変わっていたのだろう。鳴瀬が、労《いたわ》るような視線を向けていた。

3

平日の県道は活気がある。

車のスピードが出ているということではなく、休日とは違って、道や車に慣れた人間が多いから流れがスムーズで、走りに秩序があるのだ。

「秩序ってなんですか」

部下がにやけた顔で訊く。都景志郎《みやこけいしろう》はその顔をしっかりと捉《とら》え、声を張った。

「秩序は秩序だ。休日は普段運転しない人間が運転して出かけることが多い。どうしてもリズムというか、流れが変わってしまうんだ。運転はアクセルを踏んでハンドルを切って、ブレーキをかけるだけじゃない。前後左右を走る車両の動きを読み、道を読み、天気を読むことも必要だ。仕事で乗っている人間の多い平日は、いつもの道に慣れているし、一連の作業が身についている。体が自然に動けば車もスムーズに動き、スピードや車列に乱れがない。それが道路における秩序だ」

秩序のある道路は、美しく活気がある。そのなかを走ることは都にとっても心躍る作業だ。

「仕事でなければ、なおいいでしょうね」

そう呟く二十代の部下に向かって、情けないぞ、とわざと怒った口調でいう。

「そういう道を走って、捜査をすることにこそ、我々黒バイ捜査隊の醍醐《だいご》味があるんじゃないか。秩序の乱れを素早く察知し、その原因を取り除き、元の姿に正す。さあ、行くぞ」

今年三十四歳になる巡査部長の都は、ホンダCB400に跨《またが》って、エンジンをかけた。黒いライダースーツに黒のフルフェイスヘルメット、バイクもブーツも黒一色。エンジンの規則正しい振動が都の全身を覆う。今から出動するという緊張感と興奮で、心身に力がみなぎってゆく。

隊員は、一チーム三名で、三チームあるから全部で九名。それが、Y県警警務部警務企画課所属の黒バイ捜査隊の総員だ。

発足してまだ二か月。キャリアの警務部長が、同じ大学出身の本部長に掛け合って作った部隊だ。本来なら大々的に世間に知らしめるべきところだが、あいにく、他の幹部から歓迎されておらず、今はまだ様子見のような立ち位置だった。

警務部長は常から、組織の縦割りだけでなく横割りの弊害についても慮《おもんぱか》っていた。刑事や生安、警備、交通などそれぞれの部署の敷居を越えて、一丸となって捜査し、活動することが警察には必要なことで、それが事件の早期解決に繋がるのだと考えている。だが未だに、部署が違うから情報は流せない、ここから先はうちの担当だからよその係は手を引けなど、事件解決よりも互いの面子《めんつ》にこだわる風潮があった。捜査という目的のために境界なく活動する手段のひとつとして、この黒バイ捜査隊は結成された。

警察には白バイというのがある。白バイ、つまり交通機動隊は本部交通部に所属する部隊だ。指示があればもちろん、被疑者の捜索や追跡などもするが、交通取締まりがメインの業務になる。捜査を主とするなら刑事部に作ればいいのだろうが、刑事部だと生安や警備など他の部署から疎《うと》まれる可能性がある。境界を越えての活動となれば、やはり警務部が主体となるしかない。キャリア警務部長の安易な考え方だと陰で笑う幹部連中もいるが、とにかく作った限りは稼働させ、作っただけの結果を出す。それに尽きていた。

都は黒バイ隊への異動を心から喜んだ。若いときからバイクに親しみ、警察官になってからは白バイに憧れた。実際、運転技術を見込まれ、交通機動隊への異動打診もあった。受けていれば白バイ隊員になっていただろう。だが、最終的に刑事や警備部門を目指していた都は、白バイでなく、まずは刑事への道を目指そうと考えた。地域課を振り出しに、直轄警察隊、生安へと入ったあと、上司の推薦で試験を受け、刑事講習で必要な教養を得るまでになった。資格を得たら、あとは空《あ》きが出るのを待つだけだった。本部でも所轄でも刑事課に定員割れが起きたらすぐに異動させてもらえるものと期待しつつ、職務に励んだ。だが、刑事課へ呼ばれる声はなかなかかからず、気づけば三十半ばにまでなっていて、さすがにこの年齢でしかも巡査部長で、捜査部門に新人として配されることはないだろうと諦めかけた。これからなにを目指せばいいのかと、将来への迷いを感じ始めていたとき、黒バイ捜査隊はどうだと声をかけられたのだ。バイクに親しんでいたことや、どんな仕事でも愚直に務めたことが認められたのかもしれない。とにかく、都にはまたとない好機だった。

「都隊長、交代メンバーが戻ってきました」

部下の一人から声をかけられ、都は意識を戻した。一旦エンジンを切って、日勤シフトのメンバーからの報告を受ける。特に問題はなかったようだ。

三チームが日勤と夜間のシフトを交互でこなす。遅番のシフトは、午後四時からで上がりは深夜の一時。陽のあるうちは県道を流し、ヘルメットに装着した無線機から流れるやり取りに耳を傾けながら走行、車両やその周辺を注視する。夜間は、灯りの少ない路地や生活道路を流し、警戒に努める。検問や取締りをしている場合は応援に出向き、所轄から事案の発生の報を受けた際には現場に向かって被疑者確保に努める。

黒バイの後部シートの上にある箱から、赤色灯を取り出せるようになっている。前輪のホイールカバーの上に装着された小さなライトも、専用のスイッチを入れると赤く点滅する。もちろん、サイレンもマイクも装備している。必要な場合は覆面車両のように緊急執行ができるということだ。

しかも所轄や部署の垣根を越えての活動だから、臨機応変に効率良く動くことができる。直属の上司は一応、警務部長になるが、実際は隊で一番年長の都がチームリーダーで判断も指示も都がなす。上長に伺いを立てる必要がないから、素早い対応が可能だ。機動捜査隊並みに初動が早いのもそのためだ。

都は二人の部下を連れて、待機場所の県警本部から出動した。そして、走りながら頭のなかで所轄の夜間取締りの予定を思い起こす。深夜帯に県道沿いの警察署で、飲酒検問が一件のみ入っている。

「よし。なら、今日は訓練も入れよう」

信号待ちのとき振り返って、部下の二人に午後六時に運転免許センターに集合しようと告げる。二人は頷き、都はその時刻まで各自警《けい》ら走行せよ、という合図を振った。信号が変わり、ホーンが小さく二つ鳴って、黒いバイクが左右に分かれてゆく。都は、そのまま真っすぐ走り出した。

4

「おい、いい加減にしろ」

野路はさすがに声を荒らげた。

今日は、学科試験の監督官だ。午前九時半に会場に入り、試験用紙を配って十時ちょうどにスタートの合図を出す。部屋には長テーブルが横に三列、奥へ八列ほど並ぶ。ひとつのテーブルに一人から二人が座り、半分ほどが埋まっていた。受験者は二十五名。簡単な交通法規や標識の意味などの○×問題で、合格点は九〇点以上。

今日の試験はミニバイク免許のためのもので、学科さえ受かれば実技なしで免許がもらえる。だから半数以上が高校生のような若い連中だ。

そのなかの一人が野路には最初から気になった。腰までずり下げたズボンに白いシャツ、刺繍《ししゅう》の入った黒いジャンパーを着て、他の受験者を睥睨《へいげい》するようにテーブルのあいだを歩き回った。窓際の後ろから二列目に自分の席を見つけると大きく股を開いて座り、鉛筆一本だけを耳にかけて退屈そうに外へ目を向けた。まだ十代、恐らく高校生だろう。

そっと様子を窺《うかが》っていると、その受験生が左手を机の下に隠したまま、解答用紙にくっつかんばかりに顔を俯《うつむ》け出した。見回るようにして近くに行くと、さっと背筋を伸ばして鉛筆を走らせる。少し間をおいて、離れたところから見るとまた同じ姿勢になった。

どうやら机の下で携帯電話をいじっているらしい。それがすぐさまカンニングかどうかの判断はできないが、試験中に携帯を手にするのは禁じられている。

「携帯電話は鞄《かばん》にしまえ」

ひとまずそう注意した。受験生は顎《あご》を突き出すようにして応え、携帯電話をズボンの尻ポケットにしまった。様子見しながら、隙間《すきま》風が入り込まないよう窓を丁寧《ていねい》に締《し》めて回る。外は曇《くも》っていて薄暗い。部屋の電気を点《つ》けて、再び、その受験生を振り返った。テーブルの上の解答用紙が不自然に膨《ふく》らんでいるのが見えた。携帯電話を隠しているらしい。気づかぬ風をしてやり過ごし、足音を消して後ろへ回り込む。用紙をずらして下から画面を覗かせているのを肩越しに見つけ、強い口調で叱りつけた。

「いい加減にしろ」

受験生はぎょっと振り向き、上半身を折って携帯を隠そうとした。野路は窓を向いた姿勢で、受験生の腕を摑んだ。必死で抵抗するのを押さえながらも、野路は薄暗い窓ガラスへと視線を走らせる。廊下側のテーブルで何人かが腰を浮かせて白い紙を手渡している姿が映っていた。背を向けているから見えていないと思ったのだろう。振り返りざま、受験生の番号を口にした。

「今、番号を呼ばれた者は全員、持ち物を片付けて廊下に出なさい」

腕を摑んでいただらしない恰好《かっこう》の受験生が舌打ちするのが聞こえた。野路が睨《にら》みつけているると、廊下側にいた数名は、肩を落としながらのろのろと片付けを始めた。

午前中の試験監督を終えて部屋に戻ると、鳴瀬係長から声をかけられた。

部屋には職員らの使うスティール机以外に、小ぶりの応接セットがある。年功序列ではないが、だいたいその席を使う者は決まっている。鳴瀬は大概、そのソファのひとつを占めているが、野路を呼び寄せて隣に座れといった。笑いを含んだような声からして、どうやら少し前にあったカンニングのことらしいと気づく。

「あいつらみんな同じ高校なんだ。ろくに教則本も読まないで試験を受けにくるから毎回不合格。そのうちカンニングすることを覚えて、見つけて追い出すが性懲りもなくまたやってくる。高校生なりに頭を使ってあの手この手を繰り出すから、みな難儀していた」

「そうだったんですか」

「今回は、囮《おとり》作戦だったようだな。出来のいいのを送り込むと同時に怪しい風体のヤツも一緒に入れる。試験官が怪しい方に注意を向けているあいだに、別の連中が答案を写しあうってことだろ。よく気づいたな」

「はあ。まあ、囮がいかにもってな感じでしたので」

「ははっ。その辺がまだガキだよな」

鳴瀬はコンビニの弁当を広げながら、お前も一緒にここで食ったらどうだといった。野路は、「いえ、自席で」と遠慮して立ち上がる。並んだスティール机の奥から、これみよがしの声が聞こえた。

「カンニングひとつ見つけたくらいでなに嬉しがってんだか。だいたい、ミニバイク免許なんか適当に見逃してやればいいんだ。なくったたって乗り回す連中なんだから、まだ免許をやる方がマシだ。俺なんか見つけてもこっそり見逃して、その代わりルールだけは守れよって念押ししてやる。その方があいつらには利《き》くんだ。なあ、そう思わないか」

周囲にいる同僚もさすがに同調せず、苦笑いだけ浮かべる。前川の言葉に野路は、不快というよりは困惑した。実技試験のときは、どんな些細なミスも許すべきではないといっていた癖に、学科試験は適当でいいという。近くにいた先輩が野路の視線の先で、黒目をくるりと回して見せた。声には出さないが、「適当な人だな」といっているようだ。

そんな雰囲気が前川自身にもわかったらしく、ちょっとバツの悪そうな顔をしたが、すぐに険しい目を作る。

「大手柄を挙げた人は有名になった分、みんなに見られているから、どんなちゃちな不正も見逃せなくなるんだろうな。正義の人ってのも、やり辛いもんだな」と誤魔化すように笑ったあと、吐き出すように、「車で事故って同僚を死なせたのに、よくやるよ」といった。

野路は両手を突いて立ち上がった。強い目で前川を見ながら、席を離れる。近づいてくる野路を見て、前川や周囲の人間が顔を強張《こわば》らせた。部屋が静まった。

野路は椅子《いす》に座っている前川の前に立ち、黙って見下ろした。

「な、なんだ。文句でもあんのか」

下から睨《ね》めつける顔に野路はにっと笑いかける。ぎょっとしたのを見て更に、「前川主任、お茶を淹《い》れましょう」といって机の上の湯呑を取った。部屋の隅にある給湯コーナーでお茶を注ぎ入れ、急須を持ったまま前川の側に立つ。他の人の湯呑にもお茶を注ぎ入れたあと、「たくさん喋ると喉が渇くでしょう。どうぞ」といい置いて、席で食事を続けた。

前川らはそれきり野路を話題にすることなく、ぎこちなく箸を動かし始めた。応接セットから、カラカラカラと小気味良い笑い声が聞こえる。

野路は温《ぬる》くなった自分の湯呑を摑もうと右手に力を入れる。中指と薬指が微かに震えるのを見つめ、左手に替えた。指の後遺症を目にするたび深い後悔に苛《さいな》まれ、事故の直前に聞いた後輩の声を今も耳の奥に蘇らせる。辛い気持ちはずっと変わらないが、以前とは違って、自分を責め続けることはしないし、自棄《やけ》になることもない。前川のように意味もなく野路を目の敵《かたき》にする相手にも、昔ほど簡単に頭に血が上ることはなくなった。とはいえ元来が短気で猛進する人間なので、全く動じないとまではいかない。だが、今回はなんとか乗り切れたようだ。

午後からは技能試験の監督で、コースはCだった。制動行為が前半にくるので、受験者は最初から緊張している。スタートして五分もしないうちに、戻るよう指示が飛んだ者もいた。

制動は試験場内で一番長い直線の道を走る。一定区間内に時速四十キロまでスピードを上げ、停止線を越えてブレーキをかけ、決められた範囲内で停車しなくてはならない。まず、四十キロまで速度を上げる課題をクリアすることが必須で、うまく停まろうと考える余り、速度を控えめにしようと体が勝手に反応する。四十キロ出ていないとバイクの後ろについた赤ランプが点らない。まずそこでアウト。次に速度を出して無事制動をかけても、範囲内で停車できなければやはりアウト。うまく停車できても、倒れることはもちろんんだが、ふらついて両足着地したり、前輪ブレーキと後輪ブレーキの割合を間違えて尻を振ったりしても駄目だ。

脇を締め、股でタンクをしっかり挟み込み、背を丸く曲げる。右手と右足でブレーキを同時にかける。ブレーキと共に一瞬、体が軽く沈み込み、そしてふっと浮き上がる。タイヤが地面の摩擦《まさつ》を受けても、耳障りな音を立てずに息を吐くように停車。左足着地で姿勢を正し、バイク本体が道路に対して真っすぐ立つと、まるで馬が騎手を乗せて観客に挨拶するかのような姿勢となる。そうなればＯＫだ。

後ろを追うように走る野路には、スピードを上げている段階で、この受験生は成功するかどうかが見分けられる。ただ、無様な停まり方をしたからとすぐに不合格にはしない。今後のためにも一応、最後までコースを回らせる。もっとも何度も受けている受験生だと、その時点でおよその見当はつくらしく、肩を落としながら走ることになる。

スタート地点に戻って降車したとき、野路は見どころのありそうな受験生には声をかけることにしていた。

「速度のことは気にするな。それよりもブレーキに集中するんだ。前後のブレーキ割合と姿勢だ。それさえ間違えなければ、どれほど速度が出ていても必ずぶれずに停まれる」

午後の試験が全て終わり、技能試験場のゲートは閉じられた。

すぐに課に戻らず、野路は一人、歩いて回った。技能試験は午前と午後で、走行するコースが違う。しかも四か月に一度は試験コース自体を変更するので、その都度、試験官もしっかり覚え直さなくてはならない。うっかり、前のコースで走行して、受験者とはぐれたという笑い話もあるくらいだ。赴任して八か月の野路もまだ変更は一回しか経験しておらず、新しいコースの前はやはり緊張する。野路を含めた試験官全員、一緒に試走することになっていた。その下見を兼ねて歩き回っていたから、ずい分遅くなった。ほとんどの職員が退庁していて、廊下の灯《あか》りも足元灯を残して落とされている。

部屋に入ると人の気配があった。

「鳴瀬係長?」

野路は軽く頭を下げ、「どうされたんです? 残業ですか?」と尋ねた。試験官に残業仕事などないが、係長ともなれば色々あるのかもしれない。

「いや、頼まれごとがあるんだ」

「そうなんですか」

野路はロッカーを開けて、制服を脱ぎ始める。同じ階に更衣室はあるが試験監督課は男ばかりなのでみな部屋で着替えていた。その背に鳴瀬がいう。

「野路、どうだ。お前が白バイ特練生を指導しているように、ここでも黒バイ相手に教える気はないか」

ボタンにかかった手を止め、振り向いて鳴瀬の顔を見る。

「黒バイ?」

少し思案したのち、ああ、と呟いた。確か、少し前に県警の警務部に新しい部隊ができたと聞いていた。黒いバイク、４００ｃｃだったか、それを使って捜査部門で活躍するものだ。

「黒バイ捜査隊ですか。それがうちで訓練をしているんですか」

「ああ。なにせ、まだ試験運用中なんで、大っぴらに訓練という訳にはいかない。白バイの敷地がうってつけなんだが、交機隊長がいい顔しなくてな。それでうちにお鉢《はち》が回ってきた」

野路はロッカーを閉じ、鳴瀬の側へ行く。

「ここには鳴瀬係長のように白バイ経験者がいるし、コースも十分取れます。ある意味ぴったりですね」

「そういうことだ。だが、誰でも彼でもという訳にはいかない。わたしにはよくわからんが、上には上の思惑があるらしくてな。黒バイをよく思わない連中には関わってもらいたくないとかで、これまでわたしが一人で担当してきた。お前が異動してきたとき、すぐにどうかと考えた。だが即断するのは控え、しばらく様子見をさせてもらっていた」

「俺は、お眼鏡《めがね》に適《かな》いましたか」

鳴瀬は大きく口角を引き上げ、組んでいた腕をほどくと拳《こぶし》を作って自分の胸を叩いた。

「？」

「お前はな、ここが他の試験官連中とは違う」

「違いますか」

「ああ。これまで経験したことは、お前を警察官としてだけでなく人間としてずい分成長させてくれたようだな」

「…………」

「このあと、連中がくることになっている。その気があるならコースにこい」

そういって鳴瀬は立ち上がった。通常の制服でなく、紺の出動服に着替えていた。目深にキャップを被《かぶ》って、部屋を出てゆく。

野路はその背を見送りながら考える。

出動服はあっただろうか。

5

着替え終わって部屋を出ると、廊下の窓を通して中庭を挟んだ真向かい側に人が歩いているのを見つけた。外は多少、明るさが残るが、建物のなかはすっかり暗い。気になって廊下を回った。角を曲がったところでその人物と出くわす感じになったが、野路の気配を察した人影は、ぎょっとしたように後ろにとびすさった。

「ああ、びっくりした。野路主任じゃないですか」

声を聞いて、運転免許証作成課に勤める女性警官だとわかった。確か、二十代半ばの白《しら》根《ね》深《み》雪《ゆき》巡査長。

「悪い。驚かすつもりはなかったんだ。どうしたんだ。残業か？」

じっと見つめるのも気が引けて、視線を泳がしながら尋ねると、白根はにっこり笑う。

「いえ、センター長から奥の部屋を掃除して欲しいといわれたので」

「斎藤《さいとう》センター長が？」

斎藤康彦《やすひこ》はこの施設の最高責任者で、五十九歳の警視。小さい署なら署長に当たる。野路は赴任したときに話をしたが、ひょろりとしたゴマ塩頭の大人しそうな印象だった。清掃のような雑用を女性警官に頼んで居残りさせるような人には見えなかった。

運転免許センターは、ロの字型のシンプルな建物だ。

一階が申請受付や視力検査などで、二階が講習や学科試験の会場となる。他に交通反則者のための行政処分受付や異議申立の部屋も並ぶ。三階は関係者以外立入禁止で、職員が詰める各課の部屋と会議室、職員用更衣室、休憩室などがあった。

その三階にセンターの長である斎藤警視を筆頭に、各課の課長が在席する幹部室がある。野路の上司である最上要一《もがみよういち》試験監督課長も普段はそこにいる。

ちなみに廊下は中庭側に巡らされており、それぞれの部屋のドアが並ぶ。窓は庁舎外側を向いて設置され、廊下に中庭を覗ける窓がある。階段は対角する角に二か所。

そして四辺のうち、ちょうど野路の課の真向かいに当たる一辺にだけ、ドアがひとつもない壁があった。その中ほどに奥へと入る一メートル幅ほどの通路が設《しつら》えてある。通路を入る人間を捉えられるように、廊下側には監視カメラが設置されていた。通路を入って右手に施錠《せじょう》された鉄製の扉がある。その部屋に入るには、許された者だけが知る数字をキーパッドに打ち込まなくてはならない。人目を避け、隠されるようにして設置された部屋。それは免許証を作成する場所だ。

免許センターを訪れた人が提出する最新のデータを入力し、試験場で撮った顔写真を貼り、更に同じデータを入れたＩＣチップを転写する。そうして、新規若しくは更新された免許証を作る。ここには全てのデータが集約され、最高レベルで管理されている。そのため、野路も赴任した際に一度だけ、上司に付き添われて確認したきりだ。それ以後は部屋に入ったことはないし、細い通路を通ることもない。なかがどんな風で、どんな作業が行われているかもわかっていない。

更に、そこには、作成課と通路を挟んで向き合う特別な部屋があった。

「公安委員室です」

深雪が掃除のためにまくり上げていたシャツの袖を下ろしながらいった。

「ああ」と野路も頷く。

全国各都道府県には公安委員会が設置されている。委員は議会の同意を得て知事によって任命され、だいたいその土地の経済界や教育、医療界から選出される。いわゆる地元の名士、有識者だ。本来の仕事と兼務で定例会議やイベントに参加するから、第一線で働く忙しい人間にはなかなか務まらない。東京には国家公安委員会というのがあるが、県の公安委員会とはその規模も重要性も別物で、連絡会議などで意思疎通を図っている。

委員会の主な業務としては、地方警察の管理監督、風俗営業・古物営業等の許可、交通規制、警察職員に対する苦情受付などがある。運転免許証の交付も、そんな公安委員会の業務のひとつだ。

だからといってこの免許センターに常駐している訳ではない。作成も交付もそれにかかる手続き全般、県の警察官が担っている。とはいえ公安委員会の仕事である以上、一応、形ばかりに委員用の部屋が備えられていた。野路は赴任してから、まだ一度も委員の姿を見たことがなかったが、ようやく会えるらしい。

「誰がくるんだ？」

深雪は手にある空《から》のバケツを胸元で抱えて首を振ると、「いえ、委員でなく、知事が更新にこられるんです」と、にこっと笑った。笑った途端、右頰《みぎほお》だけえくぼができた。小さな目は好奇心旺盛な小鳥のように丸く、活発な性格なのか、話しながらもくるくる表情が変わる。

「百川朱人《ももかわあけと》知事か」

「そうです。それで免許証ができるまでのあいだ、公安委員室を使ってもらおうということになったんですけど、しばらく放ったらかしだったのをセンター長が気にしておられたので」

深雪は、自身の上司である笛吹《うすい》作成課長に用事があって幹部室を訪れたときに、そのことを耳にしたといった。長く使っていない部屋だからというセンター長の言葉を聞いて、笛吹はなんとなく深雪に目を向けたそうだ。

「大したことではないですから」といいながらも僅かに胸を反《そ》らす。白根深雪以外にも女性職員はいる。本来なら総務課の誰かがすべきだろうが、既婚者が多く、作成課にいる女性警官も深雪以外は子どもや要介護者を抱えているのだといった。それなら男性職員に頼めばすむことだが、笛吹はタイミング良く独身の深雪が部屋にきたので、ふと思いついたのだろう。けれど気が引けていい出せずにいたのを察した深雪が自ら名乗りを上げたといけどうことらしい。野路は苦笑しながら、それはご苦労様、と労《ねぎら》う。

深雪が幹部室を出るとすぐに笛吹が追いかけてきて、『悪いね。晩飯をおごるという訳にもいかないから、今度、昼をごちそうする。うちの食堂だけどね』といったとか。

「かえって得しちゃいました」とにっこり笑った。

笛吹美智雄《みちお》作成課長は警部で、上背はあるが細身、眼鏡をかけた神経質そうな人物だ。バイクに興味があるのか、時どき監督課の部屋にきて鳴瀬係長と親しげに話をするのを見かけていた。だから、野路も挨拶程度の口は利くが、深雪の話を聞いた限り、部下にも心配りのできる気のいい人のようだ。ただ、女性警官と一緒に夕飯を摂るのは差し障りがあるから職員食堂で昼飯というところが、少し気弱過ぎる気もしないではないが。

野路は取りあえず、良かったじゃないか、と笑い、「それでいつ、知事はくるんだ?」と訊いた。

途端に深雪は丸い目を細くした。

「そんなこと教えられる訳ないじゃないですか、野路主任。極秘事項ですよ」

免許更新くらいで大袈裟《おおげさ》だなぁ、というと、深雪は更に鼻に皺《しわ》を寄せて睨んでくる。

「大袈裟じゃありませんよ。野路主任にそんなことをいわれるなんて心外です」

「え。どうして」

「昨年の姫野の事件、もう忘れちゃったんですか？」

信じられない、というように天を仰ぐ。ああ、そうだったと野路は頭を掻《か》いた。

昨年の事件では、姫野署開署のセレモニーの最中に爆発が起き、出席していた百川知事や市長、公安委員長らが慌てふためいて避難したのだった。

「ああいうことがあったから、厳重にも厳重にということで、直前まで知事の行動は秘密にされています」

そうはいっても深雪が掃除をしているのだから、近々ということなのだろう。そんなことをいえば、余計に叱られそうなので黙っている。

「とにかく終わったなら、早く帰れよ。この辺は街灯も少ないから気をつけて」

「はい。ありがとうございます」

歩き出した深雪が途中で振り返る。「あれ、でも野路主任は？　その恰好」としげしげと出動服姿を眺める。

野路は仕方なく、黒バイのことを告げた。深雪は、なぜか大きく頷く。

「知っているのか」

「はい。以前、夜にスマホを忘れて取りに戻ったとき、鳴瀬係長がおられたのを見かけたんです。そのとき黒バイの指導の話を伺いました。そうだ」

「?」

「ちょうど良かった。野路主任も一緒なら、係長のこと気をつけておいてもらえませんか」

「え。なにを」

「鳴瀬係長、指導したあと監督課の部屋で時どき、お酒を飲んで寛がれているみたいなんです。警備員の方が何度も、夜中に見かけたっていっていました」

玄関門脇にある警備員室では、夜間も数人配されていて適宜、庁内を巡回している。警察OBが勤める警備会社に委託していて、なかに知った人がいるのか、警備員室に深雪がいるのを時折、見かける。親しくしているようだから、そのとき耳にしたのだろう。

「飲んでいるうち、うとうととして気づいたら真夜中になっていたって笑っておられたそうですけど、職場でしかも当直でもないのに問題ですよね」

「ははあ」

鳴瀬は離婚して今は独り身だ。家に戻っても一人なら、ここでゆっくりしても同じだろう。泊まったところで誰に迷惑をかけるでなし、むしろそのまますぐに職務に就《つ》けるのだから構わないと思っているのかもしれない。そういうと深雪は目を吊り上げた。

「迷惑をかけるとか、かけないとかの問題じゃないです。当直でもない人間が不必要に職場に居残っているなんて、職務規程違反じゃないですか」

うんうん、と野路は頷く。白根深雪は良くいえば職務熱心で真面目、悪くいえば融通が利かなくて固い。いや、警察の仕事もサラリーマンと同じと割り切る最近の若者のことを思えば、深雪は優秀な警察官の一人であり、貴重な存在だ。野路は口調を改め、「わかった。注意しておく」といった。それでも不審そうな視線を向けるが、小さく肩を落とすと深雪は室内の敬礼を取って、足早に廊下を辿って行った。

野路はそれを見送り、階段を下りる。一階玄関口は既に施錠されているから、通り過ぎて庁舎の裏口に回る。角を曲がると、警備員の一人と出くわした。どうも、と軽く挨拶を交《か》わしてすれ違う。庁舎を出て試験場に向かいながら振り返ると、警備員が窓越しに野路を見ていた。

広いなかに照明灯が煌々《こうこう》と点っていた。屋外で行う試験は、夕方までには終えるので通常、灯りは必要ない。だが、冬の午後や天気によっては暗くなって視界が悪くなるから一応、照明は設えている。普段は黒い海が広がっているようにしか見えないが、今日は島のように二輪試験場だけ浮かび上がっていた。

場内中央の坂道の近くに、黒いバイクにライダースーツを着た男が三名と、側に鳴瀬が立っているのが見えた。鳴瀬も野路の姿に気づいたらしく、手招く。

駆け寄った野路は、三名と挨拶を交わした。そのなかで一番背の高い都景志郎巡査部長が、黒バイ隊のリーダーということだ。

フルフェイスのヘルメットを小脇に抱えた都は、よろしく、といった。隣に立つ二人の巡査が野路を見て、ああ、あの、へえ、という顔をした。バイクに乗る者にとっては、未だ野路は一目も二目も置かれる人物らしい。都は、部下が嬉しげにするのを見て面白くない表情を浮かべる。

「野路」都が部下を睨みつけたあと呼びかけた。階級は同じ巡査部長だが、期は三つ先輩だ。警察内では、階級よりも先輩か後輩かの違いで、口の利き方、態度が変わる。

「はい」

「我が県の白バイ隊を優勝に導いたのだから、バイクの腕は間違いないだろう。今、鳴瀬係長から、白バイの指導をしていることも聞いた。だが、ひとつだけいっておく」

真っすぐ見つめてくる都の顔を野路も見つめ返す。

「黒バイ捜査隊は交通取締りを専門とする白バイとは違う。交通違反者などは捕まったところで反則金、重くても罰金程度だろう。一方、我々が相手にするのは司直の手を逃れ、必死で抵抗しようとする犯罪者だ。違反者とは精神状態においても、その行動においても比ではない。ときには武器を手に襲いかかってくることもあるだろう。一瞬でも気を抜けば、命を落とすことにもなりかねない。そういう仕事をする人間がバイク技術を高めるのはひとえに職務を果たすこと、自身を含め人命を守るためにも必要なことだからで、それが目的だということを承知してくれ」

「はい、了解です」野路は一旦口を閉じ、「ですが、都さん」といった。背を向けかけた都が動きを止める。

「警察官の職務が国民の身体生命を守ることである以上、全ての警察官があらゆる場面を想定してその覚悟で臨んでいるのではないでしょうか。白バイであれ、自転車に乗る地域警官であれ、交通安全教室の女性警官であれ、いざというときの心の準備や構えはしていると、俺は思っています。第一、犯罪者は相手を見て襲ってくる訳じゃないですし。俺らだっていつどんなときにそんな場面に遭遇しないとも限らない」

むっという表情を浮かべた都が口を開いてなおもいいかけたが、すぐに閉じた。野路が姫野署で事件に巻き込まれたのを思い出したらしい。鳴瀬がカラカラと笑い声を上げる。そして大きな声でいった。

「よし、じゃあ、訓練を始めようか」

鳴瀬の号令で、野路らはバイクへと向かった。

6

野路が黒バイ捜査隊の訓練を見始めてから三日後。その日は朝から妙な具合だった。

センターの一階はいつも通りで、免許申請係の受付を担当している嘱託職員の女性が案内板を用意したり、書類をテーブルに並べたりしている。手伝っているのは、元警官で勇退後に再雇用された人だ。それぞれに挨拶をして三階へと上ると、やけに慌ただしい。就業には間があるから普段は静かな筈なのに、職員らがいつもと違う速度で行き交っていた。やがて、作成課の部屋に繋がる通路から白根深雪が出てきたのを見て声をかけようとしたが、会釈だけして背を向けられる。相手をしている暇はないらしい。

仕方なく試験監督課のドアを開けた。出勤してきている人間はまだそれほどいない。そんななかにも係長の鳴瀬はきていて、執務机で難しい顔をしているのが見えた。

「お早うございます」

聞こえていないようだ。制服に着替えてからコーヒーを淹れ、係長の分を運んだ。野路に気づいて、ぎょっとする。

「なにかありましたか、係長。なんだか三階がやけに落ち着かないですね」

ああ、と鳴瀬はコーヒーカップを手に取った。口元に運びながら直前で止め、目を上げた。

「間もなく、こっちにも知らせが入るだろう。昨夜、黒バイ隊がな」

「黒バイ隊がどうかしたんですか」

「うむ。深夜、県道の巻割《まきわり》交差点付近で轢《ひ》き逃げが発生した。連絡を受けた都らが逃走車を追ったんだ」

「そうですか。確保しましたか」

黒バイ隊の指導はまだ始めたばかりだが、他の隊員はともかく、都景志郎の操車技術は野路から見ても別格のように思えた。白バイに入って全国大会に出たなら相当いい線、いや野路より以前に隊を優勝に導けたかもしれない。お世辞でなくそういったが、都は別段、喜ぶでもなく、犯罪者を捕まえることにこそ意義があるのだという風だった。そんな都が率いる隊なら、逃走車両を追い詰めるのも難しくないだろうと思った。案の定、鳴瀬は頷いた。

「確保はできた。ただ、その途中、二次被害を起こした。逃走車が別の車両に当て逃げしたんだ」

「なるほど」

「轢《ひ》き逃げ犯を捕まえる一方で、その当てられた被害者をパトカーが保護しようとした。だが、逃げた」

「逃げたって、当てられた方が？」

「そうだ。すぐに呼ばれて、都らは不審車両として、今度はその車を追った。だが、酷《ひど》い逃げようで、とうとう事故った」

県道を北へ向かうと、小高い山に突き当たる。道は山を迂回《うかい》するように続くが、車線が十分でなく、よく渋滞を起こした。そのため新しい道ができることになり、しかも短縮できるよう山を貫いたトンネル工事が進められていた。間もなく完成するだろうと聞いている。逃走車両は県道を走って追ってくる黒バイ隊から逃れようと、その工事中のトンネルに突っ込んで大破したらしい。

「………」

警察車両の追尾から逃れようと無茶な運転をして、事故を起こして大怪我をすることがある。興奮しているから、どれほど無謀なことをしているのかもわからないのだろう。追う方もこれ以上は危険と判断すると、事故防止を優先させ、追尾を諦めることがある。

「運転者は病院に搬送されたが、間もなく死亡が確認された」

「ああ」

仕方ないではすまされない。事件を起こした被疑者ならまだしも、当て逃げの被害者と思われた車両なのだ。なにか後ろ暗いことがあるから逃げたと推量できるが、たとえそうでも被疑者を安全に確保するのも大事な使命だ。職務を執行しただけだといういい訳は通らず、過剰な追跡があったのではと追及される。

「都ら黒バイ隊の立場は苦しいものになるだろう。ただでさえ、微妙な存在だからな。だがな、問題はそれだけじゃないんだ」

「はい？」

「事はうちにも関わることらしい」

どういうことだろう。都らを指導していた鳴瀬や野路の責任を問われるということだろか。

そのことが明らかになったのは、就業時間が間近に迫ったところだった。

仕事に就くべく準備万端整え、席を立とうとしていた。いきなりノックもなく部屋のドアが開いて、試験監督課の課長である最上要一が顔を出した。階級は警部で、所轄の交通課長をしていたが、勇退を二年後に控えて、今春センターに異動し、試験監督課長の任に就いた。背が低くずんぐりとした体型で、見た目だけでなく雑な性格も、笛吹作成課長とは正反対だ。そんな体型を卑下するでもなく、糖尿病だから毎朝ランニングをしていると自慢する。

「おい、なんか妙なことになりそうだぞ」

最上が挨拶もせず、いきなり告げる。部屋にいる職員は、野路を含め全員手を止めて目を丸くした。ソファにいた鳴瀬だけが真剣な表情で立ち上がると、課長の側へと近づいて行く。

「やはり本物でしたか」

最上は鳴瀬の顔を見、課員を見渡しながら顎を引いた。

「昨夜、黒バイ隊が追跡した車両が事故を起こしたことは聞いているか」

野路とほか何人かが頷く。

「運転者は死亡したが、その持ち物から妙なものが出てきた」

「妙なものですか？」

課長は視線を自身の厚い掌《てのひら》に落とすと、「免許証だ」と答えた。

察しのいいのがすかさず、「偽造ですか」と言葉を挟む。だが、課長は違う、違う、と勢いよく手を振った。野路は他の職員らと顔を見合わせる。

「死亡後、指紋鑑定で判明した。運転していた男は、半年前、強盗傷害を起こして逃走していた手配犯だった。その男の持っていた免許証は、別人のものだった」

「偽造じゃないなら、盗んだものということですか」

課長は鳴瀬と視線を交わすと、小さく息を吐いた。

「その男が持っていた免許証の記載事項は免許証番号を含めみな別人のもの。顔写真だけ逃走犯のものだった」

「やっぱり偽造じゃないですか」

みな顔をしかめただけだった。なかには首を傾《かし》げているのもいる。今更、偽造免許証など珍しくもない。色々な機器を使って、写真を貼り替えたり、記載事項を書き換えたりする。免許証だけではない。パスポートや保険証、あらゆる偽造がこの世には出回っている。ただ、大概のものはすぐにバレる。写真を貼り直したりするから厚みや、手触りが変わったりする。免許証の場合は、チップを確認すれば一瞬で判別できる。

「それが？」と一人が不審そうに訊く。誰かが時間を気にして壁の時計を見上げた。試験が間もなく始まる。野路は午前中、技能試験監督としてコースに出ることになっている。

課長もそのことに気づいて、口早に喋り始めた。

「詳細はまだわからないが、偽造されたものでないのは確かだ。免許証は本物。だがＩＣチップが書き換えられている」

え。今度は、絶句という間があいた。やがて、チップが？　どういうことだ、と口々に戸惑《とまど》いを放ち始めた。課長がまとめるようにいう。

「わかるだろう。チップのデータと免許証に記載されている内容は同じものだ。写真も同じ。それはつまり本物の免許証ということだ。偽造じゃない。だが、全く別人のものなんだ」

「それ、うちの県内の住所地のものですか」と誰かが叫んだ。

野路は目を瞬《しばたた》かせながら、忙《せわ》しなく周囲を見回す。気づいた一人が教えてくれた。

「免許証にチップが内蔵されているのは知っているな」

野路は、はい、と頷いた。免許証の顔写真の脇に埋め込まれていて、表からでは見えないが、透《す》かしてみると四角い小さな影が浮かぶ。

「あれは正に、偽造防止のためのもので、なかに免許証に記載されているのと同じ情報が書き込まれている。顔写真も、免許証にはない本籍も入っている。だからそれと免許証表面に印字されている内容が違えば、即偽造と判明する」そこで一旦唇を舐《な》めた。左右に視線を走らせ一気にいう。

「そして、そのチップにデータを入力しているのは各県にある運転免許センターだ。住所地が県内なら、恐らくこのセンターで作られたものだろう」

そうか、とようやく合点する。あのＩＣチップは普通ではなかを見ることができない。

ＩＣカードリーダライタなどの機器を使って情報を呼び出し、それで初めて偽造か本物か判断する。逆にいえば、それさえあれば、偽造免許証は簡単に見破ることができるのだ。けれどその肝心のチップが操作されていては判別のしようがない。

「その免許証を持っている限り、その人間の身元は保証される」

別の一人が唸る。

「今でこそマイナンバーカードが確実な身分証とされるが、それまでは顔写真入りの運転免許証やパスポートが身元確認の最強のアイテムだった」

「いや、運転免許証保有者は八二〇〇万人前後、マイナンバーカードに至っては発行数五〇〇〇万枚ほどだ。それも子どもを入れての数だからな。普及率から考えると運転免許証が今も一番だろう。これさえあれば、住民票や戸籍の請求ができる。請求できるということは住所を変更することもできるし、更にはパスポートだって作れる。マイナンバーの入った住民票を取れば、紛失したといってマイナンバーカードだって再発行で手に入れられる。そうなれば金の貸し借りもできれば住宅まで借りられ、仕事だって手に入れられるだろう。犯歴だって消えるし、全くの別人として生きることも可能だ」

野路は唾を飲み込んだ。

別人になれる。犯罪者が罪を償うことなく名前を変えて、普通の人間の顔で身近に存在する。そのことのおぞましさが体を駆け抜けた。

「課長、その免許証の住所がうちの県だというのは間違いないんですか」

「ああ」

偽造だからといって適当な住所や名前を使っては意味がない。実在する人物の情報があるからこそ、住民票や戸籍謄本を手に入れられるのだ。免許証にある個人情報がうちの県内のものであるなら、この免許センターで作成された可能性が高い。そして、免許センターで作られているものなら、その免許証は本物ということでもある。

「いや、まだ、うちで作られたものとは限らない。ＩＣチップに書き込む機械は、ここ以外にないこともない。裏サイトなら販売している可能性もある。今、そういったことを含めて捜査本部は調べている筈だ」

「ですが、課長」と鳴瀬がいう。「たとえそうだとしても、その別人のデータはどこから出ているんです？　恐らく、指名手配犯と近い年齢の人間のデータを使っているんでしょう。四十歳の男の生年月日が昭和一桁だったりしたらすぐバレる」

「ううむ」と最上は腕を組んだ。

特に、警察官から職質を受けた際には、免許証照会をされる可能性がある。実際に存在しない人物のデータは出てこない。怪しまれないためには、同じ年齢くらいの人間の免許情報を手に入れなければならないということだ。そしてここ免許センターなら、更新にきている多くの人間から当てはまりそうな人物を探すのは難しくない。

「そろそろ時間ですが」

最上がぱっと腕をほどき、「ああ、そうだな。とにかく、業務にかかってくれ。今はまず自分達の仕事を片付けることが先決だ」といって一旦言葉を切り、再び真剣な表情を浮かべた。

「ひと言だけいっておく。今回のことで、うちに調べが入ることになるだろう。捜査本部か、監察か」

全員が重石を乗せられたように肩を落とした。

「もしかすると県の公安委員会も出向いてくるかもしれない」

最上課長が出て行くと、部屋のなかがいっときざわついた。なにが起きようとしているのか、まだよくわからないが、とにかく面倒なことになったらしいというのはわかる。野路も落ち着かない気持ちで鳴瀬を見やる。

鳴瀬係長は、なぜか立ったまま部屋の壁を見つめていた。その表情には感情らしきものがなく、茫然《ぼうぜん》と佇《たたず》んでいるとしか形容できない姿だった。野路は怪訝《けげん》に思い、視線を追って振り返ったが、廊下側の窓のない白い壁だけしかなかった。

7

午前中の試験を終え、バイクを降りると歩き出した。

なにげなく周囲を見渡すと、敷地の最奥《さいおう》にあるフェンス際で、制帽を被った制服姿の職員が屯《たむろ》しているのが見えた。運転免許センターは広大だ。更新などの手続きは庁舎内だけですむが、技能試験のための試験場があるから、野球場を二つ抱えたほどの敷地を高さ二メートル近いフェンスが取り囲む。出入り口は正面玄関の門と、一般には知られていないが試験場の奥に開閉できる門があった。試験場や施設などの修復のための工事車両が出入りできるようになっている。そしてもうひとつ別の用途もあった。

気になって近づいてみると、見知った後ろ姿が目に入った。声をかけると、漫画のように跳びはねた。よくびっくりする人だなぁと、野路はおかしさを呑み込んだ。

隣で一緒に歩いていた四十代くらいの女性警官も、そんな深雪を見ておかしがる。確か、藤原《ふじわら》といったか、階級章を見ると野路と同じ巡査部長だ。話をしたことはないが、深雪と同じ作成課の課員だ。そんな二人の様子に、深雪は恥ずかしさを誤魔化すように目を尖《とが》らせる。

笑いながら謝る。「お迎えか？」

普段使わない門は、警護を要する人間の出入り口として使うという用途もあった。誰か特別な人間が入ってくるのだろう。考えられるのは、三日前、庁舎に居残って掃除をしていた深雪の話だ。屯している制服姿のなかに総務課長や総務課員も見える。

「百川知事？」

さすがの深雪ももう隠す必要はないと、頷いた。

「センターの昼休憩のあいだに、視力検査とか写真撮影をしていただく予定なんですけど、遅れているみたいです」

「そうか。ご苦労だな」

「仕事ですから。だけど、今日はこの出入り口は知事以外にも利用されることになるみたいです」

「他に誰かくるの？」

深雪は隣に立つ藤原と顔を見合わせたのち、答える。

「公安委員です」

ああ、と野路は合点する。今朝聞いた偽造免許、いや本物だがデータを差し替えた免許証の件で、とうとう公安委員会も出張ることになったのか。県警本部の捜査二課がきているのは知っていた。試験官としてコースを走っている最中、赤色灯を点けた捜査車両が何台もセンター内に入ってくるのが遠目にも見えた。更新手続きに来た民間人や受験者らが驚いた表情で眺めていたし、試験の最中ですら同僚らとそんな話を囁き合った。課に戻ってもその話題になるだろう。

目の前の深雪はその作成課の人間だ。本来、出迎えなど総務の仕事なのにわざわざ作成課の人間まで出てきているのもそのせいだろう。見ている先で、深雪は目の奥を暗くした。なにもいっていないのに首を振りながら、「信じられません」という。

「うちの課で、そんな免許証が作られたなど到底考えられないことです」

「まだ、うちだとは決まっていないだろう。そのために捜査二課がきているんだし、調べればはっきりする」

「はい。でも」

「でも？」

「あ、白根さん、きたわよ」と藤原が視線を先に向けながら呼んだ。深雪がすぐに顎を上げて窺《うかが》う。黒塗りの乗用車が連なってこちらに向かっているのが見えた。深雪と藤原は野路に会釈をすると通用門へと駆ける。そして他の警官らに並んで姿勢を正すと、挙手の敬礼をしながら出迎えた。

センター内に車がゆっくり進入し、野路の脇を走って行った。後部座席の窓の奥にテレビなどでよく見かける横顔が見える。助手席や後方を走る警備車両からは冷たい視線だけ投げられた。


「え。俺がですか？」

「ああ、すぐにこいって」と同僚の一人が部屋に入ってくるなりいう。

「なんで俺が？　どうして公安委員室なんですか？」

「知らんよ。とにかくうちの課長から、お前に行くよう伝えろといわれただけだ。公安委員室は知っているな」

「はい」

野路は昼飯を食べかけていた箸を止め、すぐに上着を羽織って部屋から出た。角を二つ曲がって真向かいの廊下にある細い通路を目指す。入る手前でちらりとカメラに視線を投げたあと、免許証作成課と向き合う、公安委員室と書かれたプレートのかかる部屋のドアを叩いた。

返事を聞いてドアノブを握ろうとしたら、先に押し開けられた。その場で室内の敬礼をする。

「試験監督課の野路明良巡査部長です」

「入れ」

「はい」

公安委員室には初めて入る。野路ら試験監督官には用のない部屋で、そこにあるということだけ知っていればいいので気にしたこともなかった。

試験監督課の部屋と同じ広さで、外を向いて窓が大きく切ってあるが、今は全てブラインドが下ろされている。室内には厚いブルーグレーの絨毯《じゆうたん》が敷き詰められ、ドアを入ってすぐのところに立派な応接セットがあった。一人用のチェアは二つで、四、五人は座れそうな黒い革張りのソファが二つ向き合う。奥には楕円の会議用テーブルと椅子が六脚、そして更にその向こうに壁を背にして執務机がひとつある。さほど大きなものではないが、固定電話やメモパッド、電気スタンドなどがあった。廊下側の壁には資料棚が並び、殺風景だと思ったのか絵画が二点かかっている。執務机に座る者はおらず、全員が応接セットの周囲に固まっている。

ドアから遠い一人用のチェアに、百川朱人知事が座っていた。野路が敬礼から顔を起こすと、身軽く立ち上がってこちらに近づいてくるのが見えた。思わず背筋を伸ばす。

「いやあ、やっと会えたなぁ」

百川は白いポロシャツにウールの紺のジャケットを着て、同色のチノパンツにスニーカー姿だ。免許更新は個人的な活動なので、気楽な服装なのだろう。いや、この四十歳になったばかりの知事は、日ごろから若さと行動力を売りにしているから、これもひとつのスタイルか。背が高く、筋肉質で日焼けした顔には明るく聡明そうな目が輝いている。感情表現が豊かで、笑うと子どもみたいに人懐っこく崩れる。会見でも議会場でもハキハキと語尾を濁《にご》すことなく話すので、男女問わず人気が高い。また両親を早くに亡くし、アルバイトをしながら大学を出たという経歴が人気にさらに拍車をかけ、自分の息子を応援するかのように熟年女性のあいだで根強く支持されていた。

右手を差し出されて、野路は思わず周囲に目を走らせる。応接セットには他に三人の男女が座っていて、壁際に立っているのは警備の警察官だ。そのなかに混じって斎藤センター長、笛吹免許作成課長、作成課の職員らがいる。一番端には、白根深雪が真面目な顔をして立っていた。どういう成り行きなのか誰もなにもいってくれず、野路は途方に暮れる。固まっていると、百川が強引に手を掴んできて、両手で強く握手をした。

「いつか会いたいと思っていたんだけど、なかなか都合がつかなくてね。すまないね、こんなに遅くなって」

「は、はい……」

百川は破顔し、大きな笑い声を立てる。そして振り返って秘書らしい三十代の角ばった顔の男性に向かって、「ほら、見ろよ、橘《たちばな》。なんのことかわからなくて野路巡査部長は困っているよ。やっぱり時間を空け過ぎたんだ。去年のうちにちゃんと会いにくるべきだった」といった。橘と呼ばれた男性は、知事の隣のソファ席に座ったまま、おざなりの笑みを浮かべる。

再び、野路の顔を真正面から見つめ、百川は言葉を足した。

「昨年の姫野署の事件では大活躍だったね。わたしを含め、来賓らはすぐ現場から退避したから怪我ひとつ負わなかった。犠牲者も犯人以外出なかった。それもこれもみな、野路巡査部長のお陰だとあとから聞いたよ。すぐに労いに行きたかったんだが、なかなか時間が取れず失礼した」

「いえ、そんな。とんでもありません。わたしは自分の職務を果たしただけですので」

「ああ、いいな。僕はこういう人が大好きだ」そういって、大仰に左手を振り回し、周囲の人間に向かって声を張る。「見たまえ、野路くんの顔には妙な謙遜も驕りもない。ただ、恐縮しているだけの目だ。姫野署のことだとすぐにわからなかったことからも、彼がいち警察官として仕事をしたに過ぎないと思っていることは歴然だろう」

そして握手を終えると気さくに肩に手を置いた。

「ありがとう、野路巡査部長。どうか、これからも県民のためにその職務を遂行《すいこう》してくれたまえ」

野路はもう困り果てるしかなかった。とにかく背筋を伸ばし、上半身を折って最敬礼をとる。

「忙しいときにきてもらってすまなかったね。君がここにいると知って、是が非でも会いたいと無理をいったんだ。ここでバイクの試験官をやっているそうだね」

「はい」

「腕前は未だ衰えずってとこだね」

百川の満面の笑みを見ながら、硬くなりかけた頰をなんとか弛《ゆる》める。白バイのときのことや、その後の事故のことは恐らく野路の上司から聞いているのだろう。百川はそれきりバイクのことはいわず、チェアに戻った。

野路は並んで立つセンター長と課長に目を向けて、これで退出しますとの意を示した。下がるための敬礼をしようと腰を折りかけたとき、ソファに男性と並んで座っていた女性が忙しなげに口を開いた。

「それでは知事、引き続き例の件でセンター長から説明をしていただいてよろしいですか」

「うん、ああ、そうですね」

野路は敬礼をして背を向ける。途端に百川から声をかけられ、すぐさま振り返って直立した。

「野路くんもいてよ。同じセンターの人間だし、君の意見も聞きたい」

「は」

素早く視線だけで斎藤を見る。小さく頷くのが見えたので、そのまま壁際まで下がって深雪の隣に立った。こちらを見てくれるかと思ったが、強張った顔でじっとソファ席を向いている。深雪の視線を追うように、知事と共に座る男女を見つめた。

Y県の公安委員会は委員長一名、委員二名の三人で編成される。百川知事と向かい合うように一人用チェアに座るのは大里《おおさと》綾《あや》子《こ》委員長だろう。Y大学の教授で、国際政治学を研究、日本難民救援団体の役員もしていたことがある。銀縁眼鏡にショートカット、白髪《しらが》が混じるが、まだ五十代半ばの筈だ。その大里と共にやってきたのは、海老名《えびな》賢治《けんじ》と安積《あづみ》多《た》見子《みこ》だ。海老名は七十代で元大手企業役員、安積は五十過ぎの医師で県立総合病院の内科部長をしている。知事を催促したのが、安積委員だ。

「先ほどのお話の続きからすると、こちらで不正なアクセスはされていないということでしたね」と甲高い声で続ける。

「はい」

斎藤が一歩踏み出し、大里委員長、安積や海老名委員の顔を見渡すようにしていう。

「事件の報告を受けて、防犯カメラや作成課のパソコン履歴などを確認しましたが、怪しむべきものは発見されませんでした」

「だが、ICチップにデータを入れられるのはここだけだろう」と今度は海老名がしわがれた声を出す。

「そうともいえません、海老名委員。今の時代、ICチップに書き込む機器を手に入れるのは、それほど難しいことではなく」

「チップへの書き込みそのものは難しくなくとも、個人のデータを盗むのは簡単ではありませんでしょう?」

安積が畳みかけるようにいうのに、斎藤は思わず口を引き結んだ。

「それとも、この免許センターで管理されている免許保持者のデータは、誰にでも容易に手に入れられるというのですか。ハッキングでもされたのですか。もっとも、職員ならそんな手間もいらないでしょうが」

「それはどういう意味ですか、安積委員。うちの職員がなにかしたとでも?」

斎藤はゴマ塩頭を振って顔を真《ま》っ赤《か》に染めた。常にひょうひょうとした雰囲気で、感情を表に出さないタイプだと思っていたが、それも時と場合によるらしい。相手が公安委員であっても、さすがに我慢できないと語気を荒らげた。百川が割って入る。

「まあまあ。安積さんも、そういういい方は確かに失礼だと思いますよ」

「ですが知事、免許証の交付は公安委員会の業務です。それが不正になされたとなれば、我々の責任も問われます。なおざりにはできません。そうですよね、委員長」

安積が大里へと顔を向けると、銀縁の眼鏡の奥が微かに細くなった。気分を害しているのか顔色が悪く、表情も硬い。

「……もちろんです。ですが、警察でも既に調査を始めているのでしょう?」と訊く。

斎藤センター長が力強く頷いた。

「今朝一番に、本部の捜査二課がきました。今も捜査中だと思います」

「ここにくる前、警察本部に確認しましたけど、監察課も調べるようなことをいっていましたわね」

大里が呟くようにいうと、二人の委員が揃って頷く。百川は、あ、そう、とだけいい、斎藤は唇を噛《か》みしめる。

本部監察課は、警察官を対象者とする部署だ。警察官に対して調査を行い、褒章から懲罰までを判断する。

百川がわざとらしく、うんざりした顔をしてみせる。そして両手を組み合わせると、壁際に立つ斎藤と座っている委員ら双方を宥《なだ》めるかのように見渡し、明るい声を出した。

「まあ、お互い事実を解明することでは目的は同じなんですから、ここは協力態勢を取るべきところですよね」

公安委員は、この百川知事によって任命される。公安委員会の役目が警察組織を管理することであり、知事がその公安委員を任命する以上、この場において百川は最上位の指揮監督者といえる。とりなす言葉を投げれば、それ以上の追及は控えざるを得ない。

「それで、今回の不正免許証の件、斎藤さんはどうお考えですか」

百川が穏やかな声で問う。斎藤は、今度は顔を青くし、「二課の捜査を待って」といいかける。二人の公安委員が呆《あき》れたように目を開くのを見て、慌てて付け足した。

「現在、該当する免許の本来の持ち主を当たっていると聞いています。この持ち主から詳しいことが聞ければ、更に調査は進むかと考えます。データがどこから流出したのかも含め」

百川は、ふんふん、と頷きながら聞き終えると、「じゃ、そういうことで。もういいだろう、橘。あとがつかえているし、早く戻らないと」といった。秘書は渋い顔をする。

三十五歳の橘裕司《ゆうじ》は百川の政策秘書で、同じ大学の後輩に当たる。四角い顔に鼻と目が大きく、端整な顔立ちとはいえないが頭脳は明晰《めいせき》で、冷静沈着な人物という評である。ある意味、百川と真逆のタイプだ。

百川朱人が三十六歳の若さで知事に当選したときは軽挙妄動《けいきょもうどう》が目につき、若さ以外に取り得がないと厳しい批判にさらされたが、就任翌年にこの橘を秘書に据えてから風向きは変わった。公的活動は元より、私的行動においてもアグレッシブだが、軽々しい振舞いは消え、熟考を重ねた発言が増えた。やがて年齢に似合わぬ炯眼《けいがん》をもって鳴らす知事といわれるようになった。その百川を陰で支えているのが橘だろうといわれている。大学で政経学の講師を務めていた三年ほど前、研究会を通じて百川と知り合って、秘書にならないかと誘われたと聞く。

「とにかく、現時点ではなにもわからず、調査はこれからということですね。もう少し様子を見ようじゃありませんか、大里さん」そういって自分の膝《ひざ》を勢いよく叩く。「ということで、僕は更新手続きに行っていいかな」と誰に確認するでもなく、百川はにっこり笑う。

どうやら、知事の免許更新をしようとしたときに、たまたま公安委員らがやってきて、不正免許証の話になったようだ。万が一にでも知事のデータが盗まれてはと危ぶんだ秘書が、詳しく事情を聞いてからとでもいったのだろう。

今の百川に免許証が必要とは思えないから、身分証明書代わりのつもりで更新を続けているのだ。本人も、そう思われているとわかったのか、「まあ、マイナンバーカードがあるから、別になくても困らないんだが」といい、わざわざ橘に目をやる。「彼だって一度免停くらってから、すっかり運転は止めたのに更新だけは続けているしね。だろう？」

橘秘書は、またその話かという風に苦笑いを漏らす。

「なんかのときのためにさ。やっぱり免許証だけは持っておいた方がいいかなと思うんだよね。じゃ、行こうか、橘」といって身軽く立ち上がる。それを見て秘書は深く息を吐くと、「わかりました」と書類を片付け始めた。

野路がくるまでに、センター職員らと公安委員のあいだで侃々諤々《かんかんがくがく》いい合いが行われていたと思われる。そんな様子に倦《う》んだ知事が、ふいに野路のことを思い出し、ちょっと呼んでよ、ということになったのが真相だろう。なんだ、という気持ちもあったが、未だに張り詰めた表情を崩さない深雪を見ていると笑う訳にもいかない。自分達が疑われていると聞けばなおさらだろう。

知事と秘書が出てゆき、SPらもいなくなると部屋は途端にガランとした。センター長や深雪は元より、大里までも体の強張りを解いている。二人の公安委員など、ようやく気楽に息が吐けるという風に、ソファの背に深く身を沈めた。

「しかし、不正免許証を持っていた被疑者を死なせたのが痛いですなぁ。生きていれば案外簡単に事件は片付いたかもしれんのに」

言葉尻は気やすいが、警察に対してまだいい足りなかったのか海老名が口を開いた。

「そうですね」

携帯電話の画面にちらりと視線を落としたあと、安積も同調する。「その被疑者を追っていたのは、警務部所属の黒バイ捜査隊だと聞きました。大里委員長は作った経緯をご存じですか?」

大里は頷く。

「警務部長の肝煎《きもい》りでできたそうですが、今はまだ試験運用中という話でした。話を聞いたときはわたしも最初は良い考えかと思ったのですが、こうなるとね」と顎を指でなぞる。海老名も安積もさもあらんという表情を浮かべる。

「無理な追跡をして事故を起こすなんて、功《こう》を焦《あせ》ったとしか思えません」

「経験の浅い人間は、勢いばかりで短慮に走りがちだ。新しくできた部署だということで意気軒昂《いきけんこう》となるのはわかるが、我を忘れるようでは困る。追いかければいいというもんでもない。常に冷静に、引き際を頭に入れておかんと」

海老名や安積が愚痴《ぐち》るようにいうのに、野路は思わず両肩に力を入れた。それに気づいた笛吹作成課長が、大人しくしてろといわんばかりに睨みつける。

仕方なく拳を握って堪《こら》えようとしたら、隣から高い声が飛び出した。

「お言葉ですが、黒バイ捜査隊は冷静に、正当な職務執行をなしたと考えます。逃走車両が事故を起こしたといって、黒バイ隊そのものが非難されるのはどうでしょうか。日々、訓練に励み、安全運転を心がけながら被疑者確保に奔走《ほんそう》する彼らに、落ち度があったと考える警察職員はいないと思います」

公安委員らだけでなく、斎藤センター長や笛吹課長、作成課の課員らも唖然《あぜん》として深雪を見る。深雪は顔を真っ赤に染めながらも、強い目で委員らを見つめ続けた。安積委員が更になにかいおうとするのを大里が止める。銀縁の眼鏡の奥が思いがけず柔らかく崩れたことに、深雪も野路も身じろいだ。

「そうですね。警察官はその強い意志と積み重ねた訓練、習熟した行動によって国民の身体生命を守っているのですものね。まだなにもわかっていない状況で、軽率なことをいいました。許してください」

安積も海老名も、渋々のように膝を揃えて頭を振った。深雪が首をぶんぶん振り、すぐに室内の敬礼をして、「失礼しました」と叫んだ。

8

翌朝、野路は携帯電話の音で目を覚ました。

半身を起こして画面を見ると、職場からだった。すぐに応答する。試験官の一人である年配の巡査部長だった。

「野路、すぐこられるか」

「あ、はい」といいながらベッドから出て、服を手に取った。「なにかありましたか」

電話の向こうで息を吸い込む音が聞こえた。野路は思わず携帯電話を握る手に力を入れ、ズボンを手にぶら下げたまま動きを止める。

「鳴瀬係長が、庁舎から飛び降りた」

・

センター内は大混乱となっていた。

もちろん、受験者や手続きにきている一般人にはそうと窺いしれないが、働く人間にしてみれば尋常でないことが一目瞭然だった。

試験監督課は、どこよりも緊張を孕《はら》んだ雰囲気に満ちていた。動き回る者や声を潜めて話をする者、悄然《しょうぜん》と肩を落として目を瞑《つぶ》っている者、それぞれが自制し、落ち着こうと懸命になっているように見えた。

やがて最上試験監督課長が部屋に現れた。課員の顔を見渡し、大きく深呼吸したあと、

「わかっているのは、なにもわからないということだ」と苦渋に歪《ゆが》んだ顔でいう。

ロの字型の廊下には窓があり、中庭が見下ろせる。そのうちの一枚が開いたままだった。そこに鳴瀬の靴が揃えて置かれていたという。今は、立ち入り禁止の黄色の規制テープが開いた窓のある廊下を封鎖している。わかっていることは、鳴瀬が今も意識不明で、病院で治療を受けているということだけだった。

「落ちたとき息はあったのだが、長く外気にさらされたせいで体が冷え、衰弱に拍車をかけたらしい。警備員によって発見されたときには、ほとんど脈が取れなかったようだ」

みな沈痛な表情で聞いているしかなかった。囁く声が聞こえても、すぐに途切れる。前川ですら黙ったままだ。全員、静かに、時間がくるのを待っている。

職員が飛び降りたからとセンターを閉鎖する訳にはいかない。早朝、やってきた本部鑑識の作業が終了するなり、更新や試験に必要な最小限度の区域だけ開放して、受講者を受け入れることになった。野路は午前中、技能試験を担当している。今朝は、コースの見回りもバイクの暖機運転もしていない。そうと気づいて勢いよく立ち上がるが、前川が睨み

つけて、「どこに行く気だ」と低い声で問う。

「バイクの暖機をしていなかったので」

「今からしても遅い。何時だと思っている」

壁の時計に目を向け、自分の腕時計にも視線を落とした。あと十分ほどで開始時刻となる。黙ってまた腰を下ろした。

そのまま鳴瀬係長の席に目をやる。本部の捜査員が数人、黙々と調べていた。部屋には各職員のロッカーもあるが、鳴瀬のものは全て持ち出されていた。

最上が小さく吐息を吐くと、野路らに顔を振り向ける。

「とにかく業務に就いてくれ。そして順次、職員は本部の聴取を受けることになる。都度、呼び出すから仕事は適宜、調整するように。それじゃ」そういって部屋を出てゆく。

野路や前川ら試験官は、それぞれの仕事へと向かった。上着を手に廊下へ出て階段を下りようとしたとき、「野路じゃないか」と声をかけられた。振り返ると見たことのある男が、よう、と片手を挙げている。

「落合《おちあい》主任」

「久しぶりだな。免許センターに異動したとは聞いていたが、またぞろ顔を合わせることになるとはな」

「落合主任は、今は?」

「うむ。人事の気まぐれで、五十過ぎて捜査一課に異動よ」

「そうなんですか。それで、ここへ」

「ああ。鳴瀬係長というのはお前の上司か」

「はい。具合はどうなんでしょう」

「うむ。発見されたときかろうじて心臓は動いていたらしいが、予断は許さない状態だそうだ」

「そうですか」

落合庄司《しょうじ》巡査部長は、昨年までは三戸部《みとべ》署の刑事課にいた。そこで起きた事件が、姫野署の事件に繋がって、野路は落合と知り合った。

「落合主任」

「なんだ」

「鳴瀬係長は自ら飛び降りたと考えておられますか」

落合は刑事特有の、毒々しい目つきで野路をねめつける。

「そんなこと、わしが軽々しくいうと思うか?」

野路は苦笑したあと、そうですよね、と頭を下げる。挨拶をして歩き出すと、後ろから声がかかった。

「故意に突き落とされたという証《あかし》はまだ出ないが、自殺の線を促す代物なら出たぞ」

「なんですって」

駆け戻って、周囲に人がいないか見渡して耳を寄せた。落合は声を潜める。

「鳴瀬さんのロッカーから、他人の免許証が数枚出てきた」

「まさか」

「チップの内容と記載事項が一致していることまではわかっている。今、それらの免許証の住所地に出向いて、本人に間違いないか確認しているところだ」

言葉が続けられず野路は身悶《みもだ》える。鳴瀬のためになにかをいわなくてはと、焦る気持ちのまま口を開こうとしたとき、天井から金属質の音が聞こえ、アナウンスが流れた。

『野路試験官、野路試験官、至急試験場までお願いします』

見上げていた落合の目が野路に流れて、にっと笑う。

「野路よ。お前が黙って見ているヤツでないのは知っている。なにかわかったらすぐにわしにいうんだぞ。いいな」

野路は上着に手を入れながら、廊下を駆け出した。

その日の夕刻、帰り支度《じたく》をして廊下を歩いていると中庭に人の姿が見えた。制服姿の女性警官だとわかり、野路は階段を駆け下りる。

黄色いテープで中庭は囲われているが、周辺には誰もおらず、白根深雪は勝手になかに入り込んでいた。驚かさないように、遠くから呼びかける。

深雪が顔を上げ、敬礼ともいえない半端な形で頭を振った。野路も周囲に人気がないのを見て、テープを潜る。

近くに行くと、深雪が少し先の地面へ視線を落とした。

「そこに倒れておられたそうです」

「そうか」

中庭には、免許の手続きにきた人らが寛げるように、植え込みや花壇などがある。鳴瀬は、冬でもこんもりと茂らせるツゲの低木のなかに落ちたらしく、夜間見回りする警備員も気づかなかった。朝、中庭に出てようやく発見したのだ。

「係長が自殺を図ったなんて信じられません」

陽が落ちて、冷え込みが増してきたのに、深雪は少しも寒くないようだった。

「野路主任はどう思いますか。鳴瀬係長がそんなことする人に見えますか。確かに、規則にいい加減で、部屋でお酒を飲むような真似《まね》はされましたが、自ら命を絶つなんてこと、そんなことをされる方では」

「白根、落ち着け。係長のことはまだなにもわかっていない」

野路は今朝、落合から聞いた話をしようかと思った。だが、それをいえば鳴瀬が自殺をしてもおかしくないということになる。

鳴瀬が、不正免許証の作成者だったのか。

野路は業務をこなしながら、捜査員が調べている様子を見ていた。鳴瀬が使っていたパソコンや荷物は全て二課が押収し、三階の会議室を捜査本部のようにしている。落合ら一課も合同で調べているから、会議室には始終、人が出たり入ったりしていた。

センター長や作成課長を始めとする職員らの姿も見える。本部刑事部だけでなく監察課からも人がきて、業務の合間を縫って野路ら試験官らに対し、事情聴取をした。主に鳴瀬に関することで、最近の言動やプライベートなことまで色々問い質される。野路は夜間、鳴瀬と共に技能試験場で黒バイ捜査隊の指導を行っていたことを訊かれた。監察の態度には、鳴瀬を疑っている様子が窺えた。

深雪も当然、作成課の職員として聴取を受けた筈だ。鳴瀬のことだけでなく、不正免許証のこともあるから、相当厳しく問われたに違いない。

「作成課に入るには、ドアのキーパッドに暗証番号を打ち込まなくてはならないんだろう？」

野路が問うと、深雪は顔色を変えた。

「どうしてそんなこと訊《き》かれるんですか」

「あ、いや」

試験監督課にあるロッカーから怪しいものが出てきたとしてもさして問題ではない。個人の私物や制服を吊るしているだけだから、誰も鍵《かぎ》などかけていない。部屋に入るには鍵が必要だが、業務中は無施錠だ。誰かが侵入して、なにかを忍ばせる可能性は充分ある。だが、勝手に作成課に入ったのなら、いい訳できない。

「暗証番号は毎日変えられると聞いている。作成課の人間以外にそれを知る者はいるか？」

深雪の目が大きく見開く。

「それはどういう意味ですか。鳴瀬係長が部屋に入ったとでもいわれるんですか」

「そんなことはいっていない。ただ、作成課の人間以外に可能性はないかと思っただけだ」

ああ、と吐息を吐くように深雪は体を引いた。「すみません、わたしったら」

申し訳なさそうな表情を浮かべたが、それでも戸惑うように黒目は揺れ続けている。

「白根、なにか知っているのか」

「野路主任、わたし」と深雪は丸い目を真っすぐ向けてきた。

一階、受付横にある来庁者用食堂に入る。自動販売機でホットコーヒーを買い、深雪に渡した。

向かいの丸椅子に座って、しばらくコーヒーを飲んだ。

「昨日、鳴瀬係長から同じことを訊かれました」

「暗証番号のことか」

はい、と頷く。作成課で働く人間は、警察官のみに限られる。センター内には、受付や事務作業にOBや嘱託職員を使うが、重要な部署だけは警察官限定としていた。

「作成課の部屋の暗証番号は、朝礼後に変更され、課の職員のみに教えられます」

「うむ」

「鳴瀬係長から、不正免許証のことについて訊かれたんです」

「それで?」

「作成課の課員のことなども。だけど、わたしは課の人が関わっているとはとても思えなくて」

野路も課員の顔はみな知っているが、口を利いたことのある人間は深雪を含め、数人だ。

　試験監督課は鳴瀬係長以外、全員巡査部長だが、作成課では係長が一名、巡査部長が五名、巡査が三名となる。女性警官は深雪を含め四名。二年目の深雪の他は、みな永く勤めていて、このあいだ会った藤原主任などはもう九年になるそうだ。課長は二、三年で異動するが、係長以下の男性警官は五年以上勤めているといった。

「鳴瀬係長は調べてみたいといっておられました」

「調べる？　どうやって？」

　わかりません、と首を振る。

「ただ、少し気になることがある、もしかしたら不正免許証に関わることかもしれないといわれ、課の部屋を見たいといわれました」

「それで暗証番号を教えたのか」

「まさか。さすがにそれはできませんとお断りしました。そうしたら、誰が暗証番号を決めるのかとか、いつ変更するのかとか色々訊かれたので教えました。気になったのでわたしも手伝いますと申し出たんです。でも、大丈夫だといわれて、それに」

「それに？」

「心配するような相手じゃない、と笑っておられたから」

「相手？　それはどういうことだ？　誰かに会って話をするってことか？　センターの人間なのか？」

矢継ぎ早に問い詰められ、深雪は怯《ひる》んだように顎を引いた。そして唇を嚙むと、情けなさそうに首を振った。

「わかりません。すみません。ちゃんと訊けば良かった」

「いや、責めているんじゃない」野路は慌てて手を振り、声の調子を和《やわ》らげた。「そのことは捜査一課には伝えたか」

「いえ。いった方がいいでしょうか」

「ああ。鳴瀬係長の疑いを晴らすためにも、情報は全て捜査員に渡すべきだ。落合という刑事がいる。その人ならちゃんと調べてくれるから、明日にでも会ってみたらいい」

「はい。そうします。すみませんでした」

「もう気にするな。それより、今日はスカートか？」

「は？」途端に目を吊り上げて睨んでくる。いや、違うとさっきより忙しなく手を振った。

「もしズボンとかなら、バイクの後ろに乗せて送ることもできるがと、そういう意味で訊いたんだ」

酷く疲れて見えたから、このまま一人で帰すのに不安があった。見ている先で、深雪の目がまた小鳥のように丸くなり、頰が柔らかく弛んだ。

学生時代は750を乗り回していた。白バイ隊に入隊してからは1300に乗っていたが、事故後はたとえミニバイクでも二輪車には二度と乗るまいと決めた。それが昨年の事件がきっかけで白バイ隊員の指導をすることになって、400のバイクを新たに購入した。

ヘルメットを渡して先に跨《またが》る。サイドスタンドを上げ、車体を起こした。後ろに乗ったのを確認して、少し振り返りながら声をかける。

「本当はちゃんと腰に両手を回して密着してもらいたいんだが、嫌なら俺の服を強く握ってくれ。安全運転でゆくが、万一、大きく傾くようなことがあっても俺の動きに合わせるんだ」

「……はい」

シールドを下ろして、エンジンをかけ、ギアを入れ替えた。

二人乗りをするとき、バイクに乗ったことのない人間は、ときに運転者と逆の方に体を動かすことがある。左に傾くと怖いせいか右へと半身を反らせる。だが、それをされると重心がぶれて操縦する者のハンドルが取られることになりかねない。ヘタをすれば車体が揺れる。常に、運転者の動きと一体になってもらうことが必要なのだ。

走り出して少しすると、おずおずという風に深雪の腕が腰に回ってきた。背中に柔らかい気配を感じる。

野路は、アクセルを少し回した。

冷たい風が容赦《ようしゃ》なく攻めてくるが、少しも寒いと思わなかった。

ネオンや信号の灯のなかを走り抜ける。街の喧騒が両側に流れるが、少しも耳には届かない。背にある存在を気にかけながら、運転に集中する。ヘルメットにヘルメットが当たった感触があり、野路は視線を揺らした。

声が微かに聞こえる。

「初めて、乗りました……凄《すご》い。気持ち、いいです、ね」

真っすぐ前を向いたまま、頷いた。

明日にでも鳴瀬係長の病院を訪ねてみようかと考えた。会うことは叶わないだろうが、詳しい容体を聞けるかもしれない。そのとき深雪も誘おうと思った。鳴瀬係長が笑いながらいったのを思い出したのだ。

『おい、白根はどうだ』

『なんですか、係長。いきなり』

『面倒見はいいし、よく気が回る。いいパートナーになるぞ』

あのとき、俺はどんな顔をしただろうか。思い返しただけで、腰に当たった部分が熱を帯びてきそうだった。

『わたしが部屋で管《くだ》をまいていると、怒った顔を覗かせる。眠りこけて風邪をひいたりしないか案じてくれているんだ。優しい子だよ。優しいだけじゃないぞ、芯はしっかりしているし、ちょっと気も強い』

『そうですね』

『お前にはちょうどいい。結婚に失敗したわたしがいうのもなんだが、考えてみたらどうだ』

『はあ』

そんな鳴瀬係長が不正免許証に関わっていたなど、到底、信じられない。だが、人はひとつの面だけを持っている訳ではない。心にどんな闇《やみ》を抱え、なにを大事に思っているかなど他人が窺い知ることはできない。いつも笑顔を見せていた人間が、突然、暴れ出して人を傷つけることもある。普通の人間の顔をして平気で人を殺《あや》める人間もいる。警察官だから、民間人よりはずっと多く、そんな犯罪者を見てきた。だからといって人間不信に陥っていては身が持たない。だからこそ、同僚仲間だけは間違いないのだと信じたい気持ちが強くある。

明日にでも、防犯カメラのことを落合に訊いてみよう。鳴瀬は作成課を疑っていたのだ。不正免許証のことでなにか思い当たることがあったのではないか。それがなにかわかれば事件は一気に解決するだろう。

野路は、アクセルを回そうとしてすぐに戻した。目の前の信号が黄色に変わるのが見えた。

9

鳴瀬係長の事件から数日後の夕刻。

昼間はどんよりした雲が垂《た》れていたが、陽が西に傾きかけるころには綺麗な朱に染まり出し、明日の好天を約束する輝きを見せた。そんな雲を見て一瞬、眩《まぶ》しそうに目を細めた都景志郎は、すぐに大きな掌《てのひら》で顔を拭《ぬぐ》う。

「おい、行くぞ」

都の声を聞いて、バイクのメンテナンスをしていた隊員は顔を上げる。

「え。ですが隊長、黒バイ隊の活動はしばらく停止といわれたんじゃ」

「今、警務部長から許可が下りた。出動するぞ」

都は自分用のCB400のバイクに跨《また》がる。それを見た二人の部下も慌ててヘルメットを取りに行き、あとを追った。三人は真っすぐ、運転免許センターに向かう。

深追いは、よくある話ではすまされない。事件を起こし、逃走する犯人を追うのは警察の使命であり、義務でもある。それを遂行するため、訓練を受け、慎重な走行で確保に向かう。だが、逃走犯がどのような人間であるか、どういった精神状態であるかを測るのは、後ろを追う者にとって限界がある。もう少しで、あと少しで捕まえられる、そう思っているうちに事故は起きてしまう。

悔やんだところで元に戻ることはない。たとえ犯罪者であれ、人一人が死んだ以上、その事実を背負ってゆかねばならない。黒バイ捜査隊に志願したときから、都にはそれなりの覚悟はあった。部下にも口を酸っぱくして、この仕事の危険性と責務の重さと、そして同時に警察官としての糾《ただ》す心を教えたつもりだ。

そんな都でも、追跡途中で対象者が事故を起こして死なれたことに、激しいショックと深い悔悟を抱いた。これで黒バイ隊が解散となるのなら、それも当然として受け入れようとすら思った。

やがて亡くなった運転者の身元が明らかとなり、不正免許証所持の疑いが浮上した。あろうことか運転免許センターに疑いが向けられ、鳴瀬係長が庁舎から飛び降りたという一報を聞くに至っては、もはや悩んで落ち込んでいる場合ではないと、気持ちを奮い立たせた。

「あの鳴瀬さんに限ってあり得ない。なにかある」

都はそう思い、謹慎中でありながら本部に出向き、警務部長に談判した。厳しいことをいわれるかと思ったが、部長は余計なことをいわず、ただ本部長に根回しするから少し待てと告げた。そうしてようやく今日になって謹慎が解かれたのだ。

「報告書のたぐいは全てすませてからにしろよ」と追い出すように警務部長は手を振った。

余りにすんなりいったので、妙な気がして本部の同期に訊いてみると、関係各部の幹部はみな、近々《きんきん》に公安委員会の諮問《しもん》を受けることになるとわかった。その場で警務部長も責任を問われるだろう。その際、少しでも不正免許証事件が解決に近づけていたなら、面目も立つと考えている——と同期はしたり顔でいうが、都にしてみれば、そんなことはどうでもいい。出動が許された以上、任務に戻るだけだ。

「免許センターでなにをするんですか。鳴瀬係長はまだ病院だと聞いてますが」

「うむ。あいつに会うんだ」

センターの職員駐車場にバイクを入れ、降車する。

いつ呼び出されてもいいように無線機だけは体に装着し、黒いヘルメットを抱えて、サングラスのまま一階受付を入る。時計を見ると、間もなく五時で免許業務は終了となる。直接訪ねようと三階に上がったところで、呼び止められた。三十前くらいの短髪の男性だが、見るからに刑事という顔つきだったので、都はすぐにサングラスを外し、ライダースーツの胸元を開けて警察バッジを出した。

「黒バイ隊？　なんでここに？」

「ちょっと知り合いがいるんで。ところで、捜査の方はどうなんですか」

都は奥の会議室の方を窺うように見た。刑事は視線を塞《ふさ》ぐように前に立ち、関係ないだろう、という。それを聞いて部下の隊員が声を尖らせる。

「関係ない？　なにをいっているんです。不正免許証のことは我々が追跡した被疑者から発覚したんじゃないですか。それを」

都が手で制したが、刑事は、ふんと鼻息を吐く。

「それがなんだ。被疑者を死なせたお陰で、こっちは大変な思いをしているんだ。捜査ってのは、生きて捕まえてなんぼだろうが。素人《しろうと》じゃあるまいし」

「なんだとぉ」

「よせ」

「なんだよ」

都が二人の部下を押さえているあいだも、刑事はいつでも相手をしてやるという風に睨みつけてくる。そんなところに、おーい、とのんびりした声がかかった。

刑事はさっと振り向き、廊下の真ん中に立つ男を見つけると、具合悪そうな表情に変えた。

「もうすぐ会議が始まるぞ。資料は配ったのか」とその男がいう。

刑事は、「あ、いえ。今からです」といって踵《きびす》を返した。声をかけた男は五十過ぎくらいで、皺の寄ったワイシャツにネクタイをだらしなく弛めている。だが、その砕けた風体のなかにも毅然《きぜん》とした自信が見て取れた。

「黒バイ隊だって?」といいながら、ポケットに手を入れたまま寄ってくる。

都と二人の部下は左脇にヘルメットを挟み、室内の敬礼をする。男は落合と名乗り、今から合同捜査会議が始まるのだといった。

「不正免許証が発覚したことで、二課はてんてこ舞いだ。それであんな若いのまで、血が上って苛々《いらいら》している。まあ、大目に見てやってよ」

「いえ、こちらこそ失礼しました」

「だけど、たまげたよな」

「はい？」

「お宅らが見つけた免許証さ。聞いただろ？」

黙っていると、落合はわざとなのか疲れた表情をしていう。

「事故ったヤツが持っていた免許証を頼りに、本人の自宅に連絡して家族にきてもらったら、顔を見るなり違うって泣き叫ぶんだからなぁ。すぐにチップを確認したが免許証の顔と同じ。おかしいってんで指紋を調べるあいだ、携帯電話で連絡を取ってもらったら、名義のご本人がぴんぴんして現れた」

「全くの別人だったんですね」都もおおよそのことは聞いている。

間もなく、死んだ男は指名手配犯と判明したが、免許証に改ざんの形跡はなく、どう見ても本物だった。チップの写真も免許証にあるのと同じ。落合はえらいことだといいながらも、なぜか飄々《ひょうひょう》としている。

「本人も家族も死んだヤツとは面識がないっていうし、ちゃんと同じ名義で顔写真も本人の免許証も持っていた。チップの中身も同じで、間違いなくこっちも本物。更に死んだ男の持ち物に街金の借用書類があったから調べたら、不正免許証を使って結構な金を借りていたこともわかった。もちろん、ご本人は知らないことだ。今回のことがなかったら、いずれ街金から督促《とくそく》がくることになっただろう。そうなったときは、手配犯はどっかにトンずらしているし、ただの偽造免許証を使ったのだろうってことで、大した事件にもならなかったかもしれん。そういう意味では、あんたらのお手柄だ」

素直に喜ぶ訳にはいかないので、都は黙っている。落合は鼻息ひとつ勢いよく吐くと、なおも続けた。

「今、二課が作成課の持つデータ類を手に入れて必死で精査しているが、ものはあれだけではないらしい。他にも不正に作られた免許証があるってことだ。既に、不正免許証を使ったと思える住民基本台帳法違反が一件確認された。そこの役所の住民課は出来がよくて、ちゃんとチップと照合し、本人に間違いないと確認していたんだ」

「じゃあ、面は割れている？」

落合は首を振る。「免許証のコピーを取るまではしていない。用紙に確認済と丸を付けるだけだそうだ。担当した者もさすがに顔までは覚えていなかった」

「そうですか」

毎日、窓口で多くの住民を相手にしているのだから仕方がない。それでも一応、防犯カメラの確認に走っていると落合はいった。

「住所が知らない間《ま》に移転され、そこで印鑑登録し、実印が作られていたことがわかった。その際にも本人確認に免許証を使っている。実印をいったいなにに使おうとしているのか、若しくは既になんらかの悪事に使用したか、今の段階では皆目わからん」

「なるほど。不正免許証を使った人間の顔がわからない以上、被害が出てからでしか動けないということですね。なかには免停や取消をくらった人間が、手に入れた新しい免許証で車に乗り続けているケースもあるんじゃないですか」

「そうだな。そうなったら余程のことがない限り、見つけようがない。住所が勝手に変わっていたり、自分の名前で別人が車を運転していたりするんだ。覚えのない借金や自分の知らない実印の存在など、いったいなにが起きようとしているのか気が気じゃないだろう」

「確かに、それはキツいですね」

「今、ここで免許申請した人間のデータを精査し、怪しそうな変更履歴や不審なアクセスを抽出している。戸籍や住民票なんてのは頻繁《ひんぱん》に使うものじゃないから、動かされていてもなかなか気づけない。本人に連絡を取って、役所に確認してもらうよう頼んでいたところ、今回の住所変更の件が発覚したが、量が半端じゃないから二課は気も狂わんばかりだ」

「まだでてきそうですか？」

「どうだろうな。住民票や戸籍の変更なら役所で確認できるが、街金に金を借りたとか、お宅がいったように単に車に乗るためだけなら見つけようがない。だから、うちで作成された免許証は全て確認した方がいい、という声まで出ている。それにな」と落合は一段と声を潜めた。

「まだ一件だけだがな、パスポートを取得して、既に国外に出ていると思われるのが見つかった」

「な」

思わず都らは絶句した。確かに、ICチップまで偽造されていたら、本人と識別してしまう。身元確認の運転免許証に問題がなければ、パスポートは発券されるだろう。

「偽造パスポートなんてのは、どこかでいつかは発覚するもんだ。特に日本のものは偽造しにくい。だが、このパスポートは正真正銘、日本の外務省が発券した本物。どこの国であれ、その所持人は日本人として扱われる。ICチップを義務付けているアメリカだってスルーだ。今、外務省を通じて、各パスポート申請所に注意喚起している。うちの県で発行された免許証を持参した者は、再度、こちらに直接確認するようにってな」

「そんなことになっているんですか」

「まあな。本部二課は元より、監察も公安委員会もぴりぴりしてるよ」

「ふうむ」

思わず腕組みした都は、ふと気づいて目の前の刑事を見やる。

「失礼ですが、二課の方では？」

違う、違う、と笑い、「わしは一課だ。鳴瀬係長の件を調べている」といった。

「そうでしたか。でも、どうして我々にそんなことまで教えていただけるんでしょう？」

「だって、あんた都主任だろう？」

「は？　はい、そうですが」

「野路から聞いている。バイクの腕前、大したもんだそうじゃないか。全国大会優勝者が褒《ほ》めているんだから間違いない」

「あ、いえ。野路主任のお知り合いでしたか」

「ああ。あいつには以前、手柄を抜け駆けされたことがあってな。今度こそ負けられないんだ。あんたも鳴瀬さんのこと、信じている口だろ？」

「はい」

「ふん。ここにはそんなヤツばっかりだな。まあ、いい。とにかく、お宅もなにかわかったら知らせてくれよ。頼んだぞ」

「はあ」

疲れた疲れたといいながらも、弾むように会議室に戻ってゆく姿を見送り、都は廊下の先の試験監督課に向かう。

野路明良は、以前と違うように見えた。

鳴瀬のことや不正免許証のことで、さぞかし落ち着かないだろうと思っていたが、都が見る限り、目の奥にはなにかが居座ったような力強い光があった。こんな目をする人間だったのかと改めて気づき、これなら確かに、白バイ大会で優勝できる訳だと思った。

「それで都主任は各署を移動しながら情報を集めるということですか」

「ああ」

都と野路は終業を待って、技能試験場へと出て行った。黒バイ隊の訓練指導は当分行われない。そのため、試験場も灯りを落とし、陽が沈めばほぼ真っ暗となる。庁舎の電灯だけが唯一の灯りだが、目が慣れれば動くのに不自由はない。寒さ凌ぎに試験官用のブースに入った。ここなら刑事らに見咎《みとが》められることもないだろう。

一課の落合主任と会ったこと、事件の状況について教えてもらったことなど話して聞かせた。野路も、パスポートを不正に得て既に国外に出た者がいると聞き、目を瞠《みは》る。

「他の署でも不正免許証を見ている可能性がある。県で発行された免許証なら、そのままここで暮らすか、少なくとも県内を移動しているだろうからな。検問や取締りで目にしているかもしれない」

「俺は、鳴瀬係長のことを調べてみます。事件の原因がこの免許センター内にあるのは間違いないと思いますから」

そうか、と都はちらりと試験場へと視線を振った。薄闇に、踏切、坂道、波状路などが影を濃くしている。

「まだ意識は戻らないんだろう」

「そう聞いています」

「鳴瀬さんには最初の交番勤務で指導してもらったんだ」と試験場に目を向けたまま呟く。

「そうだったんですか」

野路が納得したようにいうのに、都は苦笑いする。

「しごかれたよ。俺は、捜査部門希望でやたら突っ張っていたからな。だが、鳴瀬さんはまず先に、警察官としての心構えと力をつけろといった」

「力ですか」

「ああ。文字通り、強くなれということだった。俺達は犯罪者を相手にする。平穏無事に民間人が街を歩けるように、暮らしを続けられるように、法を守り、守らせ、犯罪を防ぎ、犯罪の発生を抑え込む。そのためには体力が欠かせないってな」

「そうですか。俺も白バイ時代の鳴瀬さんの噂を聞いたことがあります」

「そうか」

「白バイは走行しているだけで、抑止力がある。姿を見せることが力だといって、誰よりも走っていたそうです。走行距離は、今でも交機隊では一番だろうといわれています」

都は黒手袋を嵌《は》めたまま両手をすり合わせる。

「警務部長の話だと、組織としては鳴瀬係長が不正免許証に関わっていたと結論付けたいらしい。こんな厄介《やっかい》なことは早々に幕引きしたいんだろう。公安委員会からの突き上げもある。野路」

「はい」

「俺らは捜査一課でも二課でもない。監察でもない。だが、警察官だ。いわれのない罪で優秀な警察官が貶《おとし》められるのは見過ごせない。なんとしてでも真実を見つけるぞ」

「はい。必ず」

都は手を差し出し、野路が握るのを強く握り返した。

ブースを出ると、ヘルメットを被りながらバイクの方へと向かう。夜間警《けい》らをしながら、各署を回ってみようと考えた。

「都隊長」部下の一人が呼びかける。

振り返ると、妙な顔で顎を庁舎の方へ投げて見せた。視線をやると野路が駆けるようにして戻る姿があった。庁舎の出入り口で、明かりを背にして立つ黒い影が見える。ふっくらした体型でズボンを穿《は》いているが女性だ。手にヘルメットがあった。

野路を出迎えているらしい。

「なるほどな」

都は部下らと笑い合う。

野路の目に宿った力の意味がわかった気がした。

10

事件は思いがけない形で動いた。話は落合からもたらされた。

「不正免許証で国外に出た男を調べたら、なんと、Y大学の元留学生だった」

「Y大学？」

野路は、それが？　といいかけて、はっと口を噤《つぐ》んだ。

以前、三階の公安委員室で知事と共に顔を合わせた、公安委員長大里綾子の顔が思い浮かんだ。落合はそんな野路の顔を見て、探るような目を向けるが、ともかく説明しようと言葉を続けた。

「Y大学に二課の捜査が入った。件《くだん》の留学生は在留期間いっぱいまで在籍していたが、とうとうビザが切れるので帰国することになっていた。だが、そいつの母国は今、政情不安で戻れば命の危険があると本人は嫌がっていたらしい。それがなんと別人のパスポートを手に入れ、安全な国へと逃亡した訳だ。東南アジアの人間で彫りの深い容貌《ようぼう》なのに、そういう日本人もいるだろうというぐらいで怪しまれることもなかったらしい。まあ、チップの顔と一致していたのだからしようがあるまいが、プライバシーの尊重もここまでくると笑うしかない。ただ、気になるのはな、その留学生に関わる人間のなかに」

「もしや公安委員会の人間がいたとか」

落合の顔が途端に不機嫌になった。

「お前、なにかわかったらすぐにわしに知らせろといっただろう。なんで隠してた」

野路は苦笑する。

「隠していた訳じゃないですよ。少し前に、大里綾子委員長と顔を合わせる機会があったので。Y大学と聞いて咄嗟《とっさ》に思い浮かんだだけです」

「本当だろうな」

　落合は納得していない風に目を尖らせるが、野路は気にせずに質問を続ける。

「その留学生と大里委員長にはどんな接点があるんです？　大学なら留学生はたくさんいるでしょう。大里委員長と特に親しかったという話でもあるんですか」

　落合は渋々答える。

「まだはっきりわかってはいないが、以前、大里が難民救援団体で活動していた際、留学生の母国に行ったことがあるそうだ」

「母国に？　そのとき知り合ったということですか？」

「可能性はあるな。今、当時の関係者に聞き込みをかけているところだ」

「そのころの知り合いなら、大里委員長が留学するよう勧めたのかもしれませんね」

「うむ、大学の他の教授や講師に訊いてみたが、確かにその留学生は優秀で向学心がある。将来有望だという評だった」

「優秀だったんで留学を勧めたってことでしょうか。大里委員長の立場なら、日本に呼び寄せる様々な手続きもすんなりといったでしょうし。しかしいくら秀でた人材だからって、違法なことまでして逃亡に手を貸しますか」

「実は学生仲間から聞いた感じでは、いい話ばかりでもなかった」

「どういうことですか」

「その留学生は見た目がよく頭も切れるが、野心家だったようだ。人との付き合いも計算ずくだったというのもいた」

「もしかして留学生の方から大里委員長に近づいたのでは？」

「うーむ」と落合は腕を組む。「大里綾子は独り者で、資産もそれなりにある。大学教授としての信任も厚く、公安委員長を務めるほどの人物だ」

「野心家にすれば、近づいて損はない。大里委員長のマンションにその留学生が出入りするところなんかカメラに映っていなかったですか」

「マンションの映像は三か月保存されているが、今のところそれらしい姿は見つかっていない」

「そうですか」と野路は首を傾げかけて止める。「大里委員長の方でなく、留学生が住んでいた付近ではどうですか」

留学ビザの期限が過ぎて、とっくにアパートは引き払っているらしいが、と落合は少し考える風をして言葉を続けた。「アパートでなくとも、そこへの途上のカメラに映っている可能性はあるな」

「二人は親子ほどの年の差があるようですが、下世話な見方をすれば、男女の関係を疑えないこともないですね」

「ああ。とにかく、大里にとっては特別な留学生だったというのは間違いないだろう」

「それで、二課は大里委員長にも聴取を？」

「公安委員だからなぁ。上層部と協議の上ってことになるだろう。で、お前が見たその大里ってのはどんな感じの人だ」

「そうですね。深い教養があるのは当然ですが、委員長をされるくらいですから決断力、判断力において他の委員を凌駕《りようが》している感じでした。不正免許証の件も、闇雲にうちを責めることはしませんでしたが、強い責任感で明らかにしたいという風に見えましたが」

「それが見せかけだった可能性も出てきた訳だ」

「しかし、あの大里委員長が不正免許証に関わっているとは思えませんが」

「大学教授が不正免許証を作ったとはいわないさ。だが、それを手に入れて大事な学生を助けようと考え、よからぬ連中と組んだのかもしれん」

「……………」

「とにかく二課のお手並み拝見だ」

「落合主任、なにかわかったら知らせていただけませんか」

「ああ。だがな、ギブアンドテイクだぞ。いいな」

念押しされると野路は、笑いを引っ込めて力強く頷いた。

仕事を終えた野路は、バイクで県警本部へと向かう。

今日の都チームは夜間勤務で、西《にし》警察にある葛生《くずう》交番に出向く予定だと聞いていた。その交番員のペアが、先週、不審な男性を見かけたという情報を得た。警らをしていた日中、住宅街をうろついていた男に声をかけ、身元を確かめるため免許証を提示させた。住所地が管内だったため、家まで行こうといったところ免許証を奪って、突然逃げ出した。追いかけたが見失ってしまい、仕方なく、その住所宅を訪ねたら同じ名前の別人が出てきたというのだ。そのことは勤務報告で上司にあげていたが、肝心な被疑者が確保できていないし、偽の免許証も手に入っていないから所轄の刑事課止まりとなっていた。聞きつけた都が直接、交番に話を聞きに行くというので、野路も同行させてもらうことにした。

緊急執行時以外は、黒バイ隊も野路の乗るバイクも同じに見える。ついてくるのは勝手だから都もなにもいわない。

都を頂点にして部下が二人並列で走行する。野路は更に後ろを走る。自動車道を走り、県道を折れて葛生交番管内に入った。信号を左折したら交番が見えるというところまできて、都ら三人の様子がおかしいのに気づいた。前を走る一人が、ヘルメットの左を軽く押さえるようにした。無線が入ったようだ。

　都が左手にあるファミレスの駐車場に入る。部下も続き、野路も入る。すぐに方向転換してきて、都が野路の真横に車体をつけた。しばらく、誰かとやり取りをして終わると顔を向ける。

「緊急事態だ。公安委員長の大里綾子が何者かに連れ去られたようだ」

「なんですって」

「二課が県警本部に同行しようと大学に出向いたら姿が見えず自宅を訪ねたところ、地下駐車場で黒塗りのバンに、大里らしい女が乗り込むところに行き合った。数人の男に抱え込まれているように見えたから、すぐ制止したが振り切って逃げたらしい。今、二課や機捜が追跡している」

　都が振り返り、部下に指示する。

「逃走現場はここからそう遠くない。俺らも向かう。悪いが葛生交番の件は別日にする」

　野路が頷くのを見ることなく、都は赤色灯を取りつけ、点灯させると発進した。すぐにサイレンが鳴り響く。

　野路もすぐにUターンして道路に出ると、アクセルを回した。

「緊急車両に遅れるのは仕方ないが、サイレンの音さえ聞こえていればついて行ける」

そう呟くとギアを入れ、スピードを上げた。サイレンははっきり聞こえるし、少し先に目をやれば赤く回転する灯も見える。それを目で追いながら、野路は細かな進路変更を繰り返し、夜の道を走り抜けた。

県道に入って隣県への境界へと向かう。通勤ラッシュの時間も過ぎ、車の量も徐々に減ってゆく。逃走車両を追う都らは相当先を進んでいた。

県境には山が連なる。対向二車線の道路で深いカーブが山を登るように続く。曲がっては次のカーブまでしばらく直線となる。

野路は遅れながらも、回転灯の車列の先に視線をやる。一台の黒いバンがスピードを出しているのが見えた。乱暴なハンドルさばきで、前方に車両がないとはいえ、あんな運転ではそのうち事故ってしまう。そうならないよう、追跡している警察車両も様子を窺いながら、マイクでしきりに停止を求めていた。赤色灯と前照灯の光が数珠《じゅず》つなぎのままカーブの先に消えた。サイレンとマイクの声だけが反響して聞こえ、緊迫した感じがひしひしと伝わってくる。野路は道路灯の下、一人、懸命に走った。

小高い山の斜面がすぐ側まで迫る。反対車線を走行する車はないようだ。ふと目を上げると、木々を切り倒して整備された山肌に張りつくように疾駆する黒い影がいくつも見えた。スピードがあるから一瞬、獣かと思った。

「なんだあれは」

やがてその集団は斜面を駆け上り、向こう側へと消えた。

「オフロードバイクか」

そうと気づいた瞬間、山を越えることでカーブする道路をショートカットし、先回りしようとしているのだと気づいた。

「まずい」と叫び、野路はホーンを鳴らす。だが、サイレンが響き渡っているから、野路の合図などかき消されて届かない。

野路は背を屈め、思い切りスピードを上げた。大きなカーブに入る手前で激しいクラクションの音、そして車が衝突する音を聞いた。瞬間、全身が硬直した。アクセルを回す手が止まり、闇雲にブレーキを踏んだせいで危うく転倒しかける。目の前に迫るガードレール、砕けるフロントガラス。そして、遠のく意識のなかで見えた後輩の血に塗《まみ》れた体。そんな光景がまざまざと蘇った。野路は荒い呼吸を繰り返して、体の震えを懸命に抑える。唾を飲み込み、ヘルメットごと頭を振った。

しっかりしろ。怯えている暇はないぞ。事故の悲惨さと苦しさを知るからこそ、目を背《そむ》けてはならないんだ。救助を必要とする者がいるのなら、助けに行かねばならない。二次被害を防ぐため、まずは現場に向かえ。それが警察官のすべきことだ。

野路はアクセルを回した。前傾姿勢で、カーブに向かって走る。

曲がった途端、道路上には花火を打ち上げたような眩しい光景が広がった。パトカーだけでなく、覆面車両や白バイらが集結している。だが、車列は動きを止めていた。車同士が重なるように停まり、あいだに白バイが横倒しになっている。赤色灯と前照灯が放射状に広がるなか、真っ黒なネズミがするすると姿を現した。

野路が見た黒い集団は山を越えて追いつくと、逃走車両とパトカーのあいだへと飛び込んだのだ。驚いたパトカーや捜査車両が一斉にブレーキを踏みながらハンドルを切る。後続の車が間に合わず、玉突きした。そのように見えた。

ふいに一台のオフロードバイクがアクセルを噴かし、前輪を持ち上げるウィリーを取る姿が前照灯のなかに浮かんだ。あろうことか、斜めに停止していたパトカーのフロントに前輪を乗せると、一気に天井まで駆け上がり、車体の上を走り抜け、次々と停車した車両の上を渡ってゆく。そして最後尾までくると大きくジャンプして、道路に下りた。

仲間のバイクはそこまではできないようで、道路と山肌のあいだを駆け抜けると同じく最後尾に出て、先に走るバイクについてゆく。道路を逆行してこちらに向かってくる気だ。野路はすぐにブレーキをかけて停車し、まずサイドミラーで後方を窺った。こちらに向かって走ってくる一般車両がないか確認する。

バイク集団を正面に睨みながら、野路は待ち受けた。混乱するパトカーの隙間を縫って都ら黒バイ捜査隊が姿を現したのが見えた。後方からバイク集団を追い始める。

野路は再びアクセルを噴かし、ギアを入れた。都と挟み撃ちにしてやろうと考えたのだ。だが、野路に気づいた先頭のバイクは、道路から山肌へと駆け上がった。そしてそのまま真横に壁を這《は》うように疾駆し、野路の横を走り抜けてやり過ごすと、再び道路上に下り立った。野路は慌てて方向転換し、あとを追おうとした。そこに都がやってきて、「無茶するな」と怒鳴る。アクセルを戻し、黒バイ隊が赤色灯を回転させながら全速力で追って行くのを見送った。

「車だ」

ずっと先のカーブに車のライトが光ったのが見えた。一般車両がこちらに向かっている。このままだと逆行している都らとぶつかることになる。見ていると都も気づいたのか、速度を落とすのがわかった。バイク集団もブレーキとアクセルを駆使してクイックターンをすると、今度は都らの方へと向かってくる。ハンドルを握っていた左手を大きく振りかぶったのが見えた。都はすぐに反応し、見事なハンドルさばきで回避したが、部下の一人がすれ違い様に攻撃され、ふらついて転倒、体は投げ出されてバイクが横倒しに停まった。

先頭のオフロードバイクは再び方向転換すると、倒れた黒バイの車体に乗り上げ、そのままジャンプして道路の中央分離帯を飛び越えた。他の二台のバイクもあとに続き、全員がそのまま反対車線に下り立つ。

野路はすぐに向かい、倒れた隊員を抱え起こす都の横をすり抜け、少し先で停まる。そして降車するなり、やってきた一般車両に注意喚起するため、両腕を振り回して合図した。車は徐々にスピードを落とし、やがて停止した。

それを確認した野路は、反対車線に目を向ける。カーブを曲がってゆく後ろ姿が道路灯のなかに浮かび上がり、遠ざかってゆくのが見えた。

「なんなんだ、あいつらは」

11

朝まで捜索は続けられたが、結局、逃走した黒いバンもバイクも見つけられなかった。

本来なら、Y県の公安委員長で大学教授である大里綾子が連れ去られた事件は大騒ぎとなっただろう。だが、県警本部はいち早く、金銭目的の誘拐である可能性もあるということでマスコミと報道協定を結ぶ方向で動いた。公安委員長という立場を考えると、金目当てでなく、テロ活動の一環ということもあり得る。警察はマスコミに対し、大里が勤める大学に在籍していた留学生のことで話を聞きに行ったところ、たまたまその現場に遭遇しただけだと説明し、強引に納得させようとした。ただ、派手な追跡劇をして多くのパトカーや捜査車両が県道に集合したことに、他にもなにかあるのではと執拗《しつよう》に問い詰めてくる記者もいたようだ。広報課は手を焼きながらも、不正免許証のことは告げずに押し通した。県庁でも、捜査中の事件であり、警察に協力するためコメントは控えるという形を取った。大学も恐らく同じようにかん口令を敷いたのだろう。結局、午後に一部のローカル局で、警察が事故処理のため県道の一部を封鎖しているとのニュースのみ流れ、大里綾子の名前は一度も挙がることはなかった。

実際、誘拐やテロという線も全くない訳ではない。だが、やはり留学生のことがあるから不正免許証に関わっている疑いが濃い。県警本部としては不正免許証のことを今、マスコミに知られたくないのだ。本部系列とはいえ、運転免許センターという本部から離れた建物の部署で、捜査に関係ない仕事をしている野路の耳に詳細が入ってくることはないから、想像するしかないが。

ただ、落合が試験監督課の部屋にきて教えてくれたこともあった。

「今回のことでどうやら警察庁が出張るという話もでてきた」

「警察庁が？　この段階で？」

大里綾子が消えたことは大事《おおごと》だが、まだ自分の意思でいなくなったという可能性もなくはない。たとえ誘拐にしろ、実行犯のことはまだなにひとつ明らかになっていないのだ。それなのに県警に任せることなく、いきなり警察庁が口を出すというのか。

「うむ。警察庁が直接捜査することはないが、ことによっては捜査方針に口を挟むくらいはするのでは、と本部の連中は勘ぐって戦々恐々としている」

「やはり不正免許証のことがあるからでしょうね」

「だろうな。公安委員長が拉致《らち》されたというかつてない事件に加えて、不正免許証が絡《から》んでいるとなれば、警察庁も地方県警に任せていられるかってことじゃないのか」

それほど重大なことと認識しているのだ。だがな、と落合は目元を弛めた。

「そのお陰でいいこともある。鳴瀬係長の件が正式に事件として認められ、捜査本部が立つことになった」

「本当ですか」

「ああ。警察庁までお出ましになるのに、自殺と判断しましたがよく調べたら間違っていましたではすまない。今のうちに怪しいと思われることは先手を打って取りかかれってことになった」

　野路は心底ホッとし、すぐに深雪にも知らせてやろうと考える。

「鳴瀬係長一人の仕業《しわざ》であれば自殺の線もあっただろうが、関与していたと思われる大里綾子が拉致され、おまけに攫《さら》った車の逃亡を手助けする連中までいたとなると、相当数の仲間がいるのは確実だ。そうなれば、その連中が鳴瀬を始末しようとした可能性が出てくるしな」

　なるほど、と思う。だが、落合は、「仲間割れという線もあるから、完全にシロという訳にはいかんがな」と慎重に言葉を足した。

「そうだ。防犯カメラのことを訊こうと思っていたんだった。落合主任、作成課の前のカメラには本当になにも映っていなかったですか」

　もし怪しい人間が映っておらず、カメラも妙な動作をしていないとなると、作成課の人間が関与している疑いが濃くなる。

　落合は、途端に情けなさそうな表情を浮かべた。

「なにもないさ。だから怪しいんじゃないか」

「どういうことです？」

「細工されてんだよ。難しいことじゃない。日中、あの部屋に入る訳にはいかないんだから、やったとすれば深夜だ。夜間は民間の警備員が巡回するだけで、あとは玄関門横の警備員室でカメラ映像を眺めているだけ。それもずっと見ている訳じゃない」

「ですが、細い通路ですよ。通ったなら必ずカメラに入るでしょう」

終業すると庁舎内の灯りは落とされるが、代わりに廊下には足元灯が点くようになっている。

「お前、ここの電灯のスイッチがどこにあるか知っているか」

「藪《やぶ》から棒にな」といいかけて、あっ、と気づく。「もしかして、足元灯が消えたときにカメラに細工したってことですか」

「カメラじゃない。細工をしたのは通路の方だ。防犯カメラは廊下の窓の上にあって、そこから通路を捉えている。通路の幅はおよそ一メートル。誰もいない写真を垂れ幕のようにして通路入り口に置くんだ。危なっかしいようだが、実際、免許証を数枚作っている程度の時間なら誤魔化せないこともない。警備員がきたときのために見張りも置いていたかもしれん」

「それを足元灯を消したときに？」

「セットする瞬間を見られる可能性はある訳だからな」

「灯りを落とす人間も必要となると」

各部屋の電気のスイッチは、部屋の壁にある。だが廊下のスイッチを含め、全館の照明スイッチは一元管理されて、一階の配電室にある。最後に庁舎内に人がいないか調べたのち、非常灯、足元灯以外は全て落とすことになっていた。

「そうさ、ここに侵入したのは一人じゃなかったってことだ。大里綾子を逃がした連中を見れば、複数が関与しているのは一目瞭然だろう。そこで警備員にしつこく訊いたら、廊下の灯りが点滅したのを見た覚えがあるというのがいたんだ」

「そうなんですか」

「ここは警察施設とはいっても、所轄とは違うからな」

庁舎内のカメラも玄関門扉のところと一階入り口、受付周辺に数台あるだけだ。二階にはなく、三階も作成課に入る通路を映す一台だけ。

「まさか、免許センターに忍び込むヤツはいないと思い込んでいるからか、不具合か、目の錯覚ぐらいに思ったんだろう」

野路は、呆気《あっけ》なく疑問が消えてしまったことに肩を落とした。以前にも感じたことだが、防犯カメラも万全ではないということか、と改めて思う。

そんな野路を見て、落合は急に顔をにやけさせた。

「昨夜、黒バイ隊と一緒にいたらしいじゃないか」

「早耳ですね」

「ふん。お前にも聴取の声がかかるかもしれんぞ」

「え」

「そのバイク集団か？　そいつらを捕まえるためにも詳細を聞かにゃならんだろうが」

「でもそれは既に、都主任らがしているんじゃ」

「ああ。だが、あの現場にいた全員は聴取されることになっている。あれだけ大騒ぎして追い回した挙句、パトカーを数台破損して、怪我人まで出し、肝心なのはみな逃げちまったってんだから、捜査本部はカンカンだ。二課との合同になるだろうが、今朝から睨み合いで、この先思いやられる」

　その落合は、捜査本部が免許センターを管轄する小松原《こまつばら》署に置かれることになったので、離れる前に挨拶がわりに寄ってみたのだと笑った。

「じゃあな、野路。ここと小松原は隣同士も同じだ。なにかあったら、すぐに知らせにこいよ」

「わかりました」

　午前中の業務を終えると、野路は作成課への廊下を辿った。

　角を曲がって、壁に沿って作成課を目指していると、見知った顔が出てきた。思わず室内の敬礼を取る。そのまま通り過ぎるかと思ったが、斎藤センター長は野路の斜め前で足を止め、声をかけてきた。顔を上げるといつもの温和な顔が強張っている。

「野路、お前、なにをしているんだ」

「はい？」

「昨夜、黒バイ隊の真似をしたそうじゃないか。捜査本部からいってきたぞ」

「え。あ、いえ、たまたま都主任と一緒のときに、無線で大里委員長が連れ去られたという一報を聞き」

「だとしても、今のお前は黒バイでも白バイでもない。しかも時間外だろう」

野路はすぐに直立して、「はい、申し訳ありません」と返事する。

「あんまり無茶なことはするなよ。お前はただでさえ目立つんだから。まずは試験監督官としての仕事を果たせ。いいな」

「……はい。すみませんでした」

頭を下げる野路を尻目に、肩を揺すりながら足早に去って行く。

余程のことでない限り、自ら職員に注意などしない人だ。確かに、センター職員としては少々、職務を逸脱したかもしれない。だが、それほどいけないことだろうか。試験監督官であれ、警察官だ。事件が発生したと耳にして、現場に向かうことが問題になるとも思えない。捜査本部から嫌味でもいわれたのだろうか。それとももっと上層部からいわれたか。

「センター長、朝から県庁に出向かれていて、さっき戻られたところなんです」

振り返ると、深雪が憂えた顔で立っていた。野路が叱られているのを聞いていたらしい。

「県庁？」

「本部長と一緒に呼ばれたそうです。庁内にある公安委員会室で知事や公安委員の方々と面談をされたとか。たぶん、そこで色々問い詰められたのじゃないでしょうか」という。

「なるほど、吊るし上げられたってことか」

「今回は大里委員長のことがありますから。その委員長も、百川知事によって罷免《ひめん》されるようですけど」

作成課の部屋で、センター長から直接説明があったらしい。

「え、もう？　まだ行方がわからない上に、容疑も確定していないのに即断だな」

「ええ。議会に根回しして、すぐさま同意を取りつけたようです」

「なるほど。公安委員長が連れ去られたということは一大事だ。万が一のことも考えて委員長のままにしておくよりは、解任して少しでも世間の耳目を逸《そ》らしたいってことか」

県にしても県警にしても警察庁にしても、所詮、公安委員長は地方の名士、有識者の一人に過ぎない。人命よりも、不正免許証への関与が明らかになって情報社会の安全性を根底から揺るがすことの方が問題だと、そう考えていることが透けて見える。末端にいる野路らの思うことと、組織というものが判断し、導き出すものにはいつも隔たりを感じる。今に始まったことではないが、そのたびに悔しい気持ちが湧いて、どこにも吐き出せない不快感が澱《おり》になって溜《た》まってゆく気がする。

「自分が任命した公安委員が、犯罪に加担したとなれば失点になるのでしょうか。まだ、そうと決まった訳でもないのに」

「その不安が一抹《いちまつ》でもあるなら、為政者は先手を打つのに躊躇《ためら》うことはない」

野路の言葉に頷くことはせず、深雪は、少し残念そうな顔をした。女性に人気のある人だから、深雪も百川知事を買っていたのかもしれない。

「知事の噂はご存じですか？」

百川ファンでなくても知っている。野路は頷きながら、「国政だろ？」と応えた。

「はい。知事はこの任期が終われば、国政に打って出るといわれています。そのための準備を着々と進めているとか」

とかく選挙は金がかかる。国政に比べれば自治体など比ではないだろう。どれほど多くの支援を得、政治資金を集められるか、その一点に尽きるといってもいい。

「ああ。だが、今回の失点でその計画に狂いが生じるかもな。そうなるまいという考えが今回の即断であり、行動なんだろうが」

支援者が尻込みすれば、選挙を勝ち抜くことはできない。支援者の信頼を得るため、少しでも良いイメージを抱いてもらえるよう、アピールすることも大事だ。野路は、少年のように目を輝かせ、開けっ広げの笑顔で手を差し出した百川朱人の姿を思い出していた。大里のことは痛手には違いないだろうが、あの百川がこれしきのことを後顧《こうこ》の憂《うれ》いとするとは思えない。

むしろ、このときとばかりに、自身の英邁《えいまい》さと若い行動力を見せつけようとするのではないか。

「公安委員長が疑いを持たれることだけでも問題だといわれたとか。委員長は互選なので海老名委員か安積委員がなられると思いますけど、どちらにしても一人欠員ですから、知事もすぐに人選に入るといわれたそうです」

「さすがは百川朱人ってとこだな。粛正するのに躊躇《ちゅうちょ》はないってか。そのついでにセンター長にもご託宣《たくせん》があったってことか」

まあ、と深雪は苦笑する。ようやく片えくぼが見られて、野路は安堵と共に更に言葉を足す。

「大里綾子のことは確かに大事だが、そのお陰というのか、鳴瀬係長のことは改めて捜査されるらしい。事件性を視野に入れて小松原署に捜査本部が立つ」

深雪の顔が明るくなった。「そうなんですか。やっぱり、飛び降りじゃなくて誰かによるものだったんですね」

どちらにしても恐ろしいことだったが、鳴瀬が容疑者でなく事件の被害者とされるかもしれないというだけでも朗報だ。

「まだこれからだけどな。だが、大里綾子が何者かに攫《さら》われたことで、鳴瀬さんの無実の可能性は出てきたと思う」

うんうんと、子どものように頷いたあと、深雪はちらりとセンター長の入った幹部室に視線を流す。

「センター長は、それどころではないようですけど。本部から戻るなり、作成課のセキュリティはどうとか、ＩＣチップの作成は今後、許可制にするとか、一人では行わないようにとか、色々提案されて、課長以下みんな困惑しています」

「そうか。免許の作成は、毎日のことで結構な数を作るからな」

「はい。講習を受けているあいだに作成するのを、これからは少し待ってもらわないといけなくなると思います」

「更新する人は、仕事の合間や無理に時間を作ってきている人が多いから苦情が出そうだな」

「仕方ありません。そのうち、講習はオンラインで行われることになるという話もあるので、それまでの辛抱《しんぼう》だと笛吹課長は笑っておられましたけど」

「うん。他県ではやっているところもあるそうだな。色んなことが徐々に変わって進化してゆく。便利になるのはいいが、その分、抜け穴もたくさん出てきそうな気もするが」

「そうしたら、またセキュリティとか厳しくなるのでしょうね」

「安心安全のためには必要なことだろうが、なんだか鼬《いたち》ごっこのように思える」

安全といえば、と深雪が丸い目を真っすぐ向けてくる。

「野路主任、昨夜、バイクで被疑者を追いかけたそうですね。緊急車両でもないのに、それがどれほど無茶なことかおわかりですか」

どんどん目が吊り上がってくる。野路は苦笑いするしかない。

「笑いごとじゃありません。赤色灯が点いていれば周りの車両は避けてくれるでしょうけど、野路主任のバイクは普通のタイプじゃないですか。無防備な民間人が事件に突っ込んでゆくようなものです。今朝、黒バイ隊の方が酷い怪我をしたと聞いて、わたし」

心配しました、と語尾を弱くさせる。

野路は、俯く深雪の方へと手を伸ばした。そのとき、午後の業務が始まるというチャイムが鳴り響いた。掌を拳に変えて、ぽんと深雪の肩を叩いた。

「危ないことはしない。じゃあまた」

「はい」と唇を引き結ぶ深雪に手を振り、廊下を駆けた。


夕刻、都が隊員一人を連れてやってきた。三人ひとチームなのだが、さすがに昨日の今日では補充できなかったらしい。

「隊員の方の怪我はどうですか」

挨拶もなしに訊く。都もヘルメットを脱ぐ前に、「大丈夫だ」と応えた。

謎のバイク集団に襲撃された隊員は、倒れた拍子に全身を打ち、右手首を骨折した。昨夜、警察病院に入って、今朝、精密検査をしたが他には異常なしということだった。

「それはなによりです。しかし、都さん、あれはなんだったんでしょう」

「うむ」とヘルメットを片手に渋い顔を見せる。

私服に着替えた野路は、また人がいなくなるのを待って、試験場にある試験官ブースへと入った。

「斜面を駆け抜ける様子からしてモトクロス用バイクであるのは間違いない」というのに

野路も頷いた。都は続けて、「しかもコーナリング、ターン、ジャンプ、ウィリーのどれをとっても熟練されたものだ」と苦い声で呟く。

ブース内の椅子に腰を下ろす都の隣に座り、隊員が自販機のコーヒーを買ってきてくれたのを受け取る。礼をいってひと口飲んでいう。

「俺もそう思います。ただ、先頭を走っていた男以外はそれほどでもない」

「ああ。一般のモトクロスライダーでも、あれくらいはできるだろう。だが先頭のヤツは頭ひとつふたつ抜けている。あれが恐らくリーダーだ。ヤツの車を見たか」

「はい。レーサー車のように見えました。他の二台は公道も走れるトレール車かと」

モトクロスの試合で使用するのはコンペティションマシンで、モトクロッサー、レーサー車ともいう。丘陵《きゅうりょう》などの未舗装の道を走るため、前照灯やミラー、指示器などの本来の装備を省き、できる限り軽量化につとめている。そんなバイクだからナンバープレートは取得できない。それを公道も走れるように設えたのがトレール車になる。公道を走る限り、ナンバープレートはもちろんライトなど灯火類も全て装備しなくてはならない。当然、重量が増える。モトクロッサーは車体も軽く出力、エンジン、サスペンションの性能などがトレール車を上回るといわれている。

軽々とパトカーの上に乗り上げ、ジャンプして次々と跳び渡ってゆけるのもそのせいだ。

「まさか、モトクロッサーで県道を走ってくるとはな」

「あの連中も不正免許証に関わる一味なのでしょうか」

「合同捜査本部はそう考えている。リーダー格の男とトレール車に乗る二人の三人組が、大里綾子を攫《さら》った車両を逃がしたのは明らかだ。黒いバンの連中は逃げながら呼び寄せたか、最初からあそこにモトクロス集団を待機させていたか。どちらにしても用意周到なやつらだ」

「不正免許証の作成は組織ぐるみの犯罪と、捜査本部は考えているようですね」

都は、腕を組んで大きく頷く。

「組織と考えると暴力団が思い浮かぶ。そっちの連中が関わっているかもしれん。そうなると鳴瀬係長がその一味によって襲撃を受けたという可能性がでてくる」

「とすると捜査本部だけでなく、組対課も動くんですね。やはり怪しいのは警官でしょうし、監察も職員への聴取だけにとどまらず」と声を低くした。

「実際に動き出しているだろうな。なんだ、さっそく行確《こうかく》でもされたか」

都が、野路の表情を見咎める。憂鬱《ゆううつ》そうな顔をしていたらしい。野路は首を振って、

「俺はまだ嫌疑のなかには入っていないようですが、作成課の知り合いが、誰かに尾《つ》けら

れている気がするというので調べたら、同業のようでした」と目を伏せた。

都は、ふうん、といいながらも、「そうか。簡単に気づかれるようじゃ、監察の行動確認も大したことないな」と口の端を曲げた。「だが、そうなるとお前にもそのうち尾《つ》くぞ。作成課員の恋人なら、十分容疑者圏内に入る」

「いや、別に彼女はそういうのじゃ」

「ははっ。まあ、いい。ともかく、これからお前の行動は逐一、本部の耳に入ると覚悟しておけ」

「わかりました」

今日、野路を叱責した斎藤センター長の顔が思い浮かんで内心、ため息が出た。

「これからどうするかだな」

都がいうのにすぐに顔を上げ、目を見開く。鳴瀬係長が回復しない以上、免許センター内でなにが起きていたのか未だ知り得ない。

「俺は、引き続きセンター内を調べてみます。二課や監察が調べたでしょうが、まだなにか見つかるかもしれない」

「そうか。俺ら黒バイ隊は、例のモトクロス集団を追いかける。手がかりは少ないが、モトクロス場や協会を当たって、怪しい人間がいないか聞き込みをかける」

「わかりました」

　コーヒーを飲み干し、立ち上がる。大きな窓越しに灯りの点いた庁舎を見る。ブース内の電気は消しているから、野路らの姿は見えないと思うが、いや、監察なら暗視カメラくらいは持っているだろう。そう思うせいか妙な視線を感じて、首筋がぞわりとした。

12

　都と情報交換してから一週間ほど経《た》つが、大里綾子の行方は依然として知れなかった。捜査は膠着《こうちゃく》状態らしく、県警本部は警察庁の職員を迎えて、妙な緊張感に包まれていると聞く。

　落合から、黒いバンが盗難車であることはわかったが、未だに発見できないと知らせてきた。オフロードバイクの三人組などという目立つ連中でさえも煙のように消えたと卑屈な笑い声を上げた。車道でない道を通り、山や森のなかを抜けられたらどうしようもないだろう。

　陽があるのに今日は風が強い。季節柄、冷たいのは仕方がないが、時折、突風のように吹き寄せるから、受験者は停車するたび揺れないようにあちこちに力を入れる。そのため、動作のひとつひとつが鈍くなっていた。

午前最後の受験者が、パイロンのひとつにバイクの後輪を接触させたのを見て、野路はヘルメットのなかで吐息を漏らした。これさえ抜ければ、合格だったろうにと、気の毒に思う。本人も期待していたらしく、バイクを降りるとうなだれるようにして出口へと向かうのが見えた。

「野路、どうしてそれに乗っているんだ。ホンダの400、調子悪いのか」

前川が、ブースから出てくるなり、声をかけてきた。

今日、野路はオフロードバイクのヤマハのWR250に跨《また》がっていた。試験場には試験官用として、通常のバイクが250ccから750ccまで揃えられている。それ以外に、オフロードバイクも数台置いてあった。受験者の後方を走るだけだから、なにに乗っても構わないのだが、なかにはコース途中で駄目だとわかるとやけくそに走り回るのもいるから、常に、相手に負けない排気量のものを使用することになっていた。

「いえ、そういう訳でもないんですが、今日は普通二輪免許の受験者が多かったんで、たまには馴らしておこうと思っただけです」

「ふうん。俺はまた、このあいだの追跡劇に味をしめて、モトクロス用のバイクで連中を捕まえようと練習でもしているのかと思った」

俺らは刑事じゃないんだからな、と呟きながら庁舎へと戻ってゆく。野路は苦笑いを漏らす。捜査に参加しようとは思っていないが、モトクロス用のバイクの乗り心地や仕様などを確認したいと考えたのだから、満更、前川の詮索《せんさく》も的外れではない。

白バイの全国大会にはトライアル競技もある。バランス走行の得意な野路は、傾斜や高低差のあるでこぼこの道を走るこの競技も好きだった。斜面に設定されたセクションをトライアル用バイクでクリアしてゆく。スピードを出すことよりも、いかに無理な角度で作られたルートを、停止したまま車体の向きを変えて通り抜けてゆくか。足の接地は当然許されないから、ルートの選択、進入角度、車体のキープはもちろん、バイクをいかに自分の体の一部のように自在に操れるかが大きなポイントだった。

久しぶりに走行してみて、その感覚が戻ってくる気がした。そう思うと同時に、心のどこかで再び、あの連中と相まみえるのではないかという期待と恐れが湧いてきたのだった。

すぐに首を振る。「いや、必ず都さんが捕まえてくれる」

昼食を終えるころ、耳聡《みみざと》い同僚からニュースを聞かされた。

「新しい公安委員が決まったらしい」

大里綾子は本人不在のまま、素行に問題があったという理由で解任と決まった。

「もう決まったんですか。早いな」

「だろう?」と野路と同年の主任は、自席に戻ってパソコンを開いた。検索しながらいう。

「県内で弁護士活動をする磯辺《いそべ》衛《まもる》っていう人物らしい。ほら」と画面を見せてくれる。覗き込むと、髪の薄い面長《おもなが》の顔の男性の上半身の写真があった。

「年齢は六十五歳。人権派で、民事訴訟においてこれまで大手民間企業の工場廃油問題やセクハラパワハラ問題など、弱者のため数多くの勝訴を得てきた。県内の大手法律事務所の所長をしており、元弁護士会会長、か。なるほど」

それを聞きつけた他の同僚もいう。

「今は、事務所も若手に任せることが多く、弁護士会会長の任を降りてからはボランティア活動に専心しているという話だぞ」

「そうなんですか。それなら確かに公安委員にはもってこいですね」

「もっというとな」と携帯電話でメッセージを見ていたらしい最上試験監督課長がいう。

昼休みに顔を出し、鳴瀬の席にそのまま座り込んで居眠りしていたのが、いつの間にか知り合いに連絡を取っていたようだ。

「本部の知り合いからの情報だが、どうやらその磯辺が委員長に就任するらしい」

「え。新入りがいきなりですか」

「ああ。序列からしても委員長に選ばれるのは年長の海老名賢治と思われていた。公安委員三名のなかでの互選といわれるが、今回はどうやら百川知事の意向が強く反映されたみたいだな」

ああ、と部屋にいるみなが納得するような息を吐いた。

大里委員長が犯罪に加担したかもしれず、しかも未だに所在がしれないというスキャンダルは、予想以上に百川の憂いを招いたのだ。

大里とも親しいだろう元からいた委員でなく、新しく入る委員を長にした方が、あらぬ疑いをかけられることもないと考えた。しかも磯辺は弁護士だ。企業の元役員よりはずっといい。

「課長、大里綾子の件は、その後なにも出てこないですか」

野路の言葉に課長は小さく頷きながら、携帯電話から目を上げた。

「なにも聞いていないが、大里綾子の事件の捜査本部が、鳴瀬係長の事件と合同にするかどうかで揉《も》めているようだ」

誘拐した犯人から金銭の要求もなく、テロ組織からの声明もそれを匂わせる行動もない。やはり不正免許証に関係していたため、と結論づけるしかないだろう。

「とはいえ大里綾子が不正免許証に関わっていたという証拠はまだ挙がっていないからな」

「しかし、大里の親しい学生がその免許証を使ってパスポートを作り、国外へ出たんじゃないんですか。留学生に大金が用意できるわけがない。大里綾子が手引きしたに違いないですよ」

「うむ。誰もがそう思っているだろうが、上がな」

「上？　もしかして警察庁ですか」

ああ、と応える最上の顔は詰まらなさそうだ。落合が危惧《きぐ》した通り、警察庁が捜査に口を出しているらしい。

「確たる証拠が出てくるまでは、同じ根の事件として合同捜査にはならんだろう。表向きはな」

「表向き？」

野路が訊くと、課長はにやりと笑う。

「わしも昔は捜査本部にいたことがあるからな。これは同一案件だという刑事ならではの感触というのか手ごたえを感じることがある。そんなときは、捜査本部は別でも知り合いやツテを頼って、情報を交換したり、ときには捜査本部を覗いたりする。小松原の方は本官が関わっている案件だから、どんな手がかりでも欲しいから余計だ」

なるほど、と思う。課長がいうように、はっきりとした繋がりが判明するまでは合同にならないかもしれないが、落合は悠長に待ってはいない。同じ案件として動く筈だ。つまり情報は小松原の捜査本部に集まる。

黙り込んだ野路をちらりと見て、最上は席を立った。課長以上の幹部はセンター長と同じ部屋になる。試験官らの顔を見渡し、真面目な顔でいう。

「鳴瀬のことは心配だ。あいつが不正免許証に関わっていたなぞ、ここにいる誰も思っちゃいない。だからといって、あんまり無茶はしてくれるなよ。捜査本部の連中を信用してくれ」

そういって部屋を出ようとした。通りすがりに戸口の側の席にいる野路の肩をポンと叩く。野路は素直に頷き返すことができなかった。

13

携帯電話のメッセージに返信したあと、もう一度、画面を見直した。白根深雪は、愛想のない返事だっただろうかと少しのあいだ悔やみ、スタンプを選ぶキーに指がいくのを抑えて制服のポケットにしまった。

鳴瀬係長の事件が起きてから、身辺に妙な気配を感じるようになった。気のせいかとも思ったが不正免許証のこともあり、気になった。上司や男性警官に相談するほど確たるものではなかったし、作成課の女性警官は藤原を含め既婚者ばかりで、面倒なことを頼むのは気が引けた。野路にそれとなく話してみた。

「しばらく帰り道は送ろう」

気にし過ぎだろうと笑うこともなく、即決だった。

「え。でも」

「バイクの乗り心地は悪くなかっただろう?」と屈託のない笑顔を見せてくれた。

「はい」

「よし。じゃあ、仕事が終わったら職員用駐車場で待っていてくれ。遅くなったりするようなら連絡を入れる」

「じゃあ、連絡先を」

野路の厚意は嬉しかったし、素直に甘えることにした。ときに、晩飯でもどうかと誘われることもあった。バイクだからお酒は飲めないし、道路沿いだからファミレスばかりだったが、楽しかった。

やがて、野路は尾行者の身元を突き止めてくれた。

「そうみたいだ。送ったあと、帰る振りをして逆に追ってみた。途中で気づかれたけどな」

「本部監察ですか？」

それが県警本部の近くだったという。

いわれて、ああそうかと思った。行動確認されても仕方がない、と納得できたのはやはり警察官だからだろう。それほど、今回のことは特異なことなのだ。

不正な免許証が作られた。顔写真は替えられているが、あくまでも本物の免許証で、どんなチェックもすり抜けることができる。

鳴瀬係長が庁舎から落ちて大怪我を負った。ＩＣＵから個室に移されたが、今も意識は戻らない。一度、見舞いに訪ねたが、警護というより見張りとしての警官がいて会うことはできなかった。免許証が本物である限り、免許センターの人間が疑われるのは仕方がない。そして、鳴瀬係長がセンター内で大怪我を負ったことで、その疑いは強まっただろう。

深雪が監察に行動確認されるのも、不本意ではあるが作成課の一員として受け入れる他はない。ただ、尾行者が同業とわかった以上は、野路の気遣《きづか》いをいつまでも受けるのもおかしい。そう思って断りの返事をしたが、内心では続けたかった。

バイクの後部に跨《また》がって風を受ける心地良さは、これまでに経験したことのないものだった。二輪という不安定な乗り物に対して、最初は怯みこそしたけれど、それも野路の背に身を任せることで消えた。あとは流れゆく景色の面白さと獣のように駆け抜ける爽快《そうかい》さだけが全身を巡った。そして、運転者と一体になって欲しいといわれたときの激しい羞恥《しゅうち》と噴きあがるような嬉しさ。

『夜だけではバイクの本当の良さはわからない。陽のあるなかを走らないと』といわれて、それが休みの日の誘いだと気づいたけれど、深雪はすぐに応えることができなかった。野路は仕事を終えたあとも、鳴瀬のことを調べている。深雪を送ったあとに、帰る方向と違う道を行くのを何度も見送った。危ないことはして欲しくなかったけれど、野路の思いは深雪の願いと同じだから止めることはしない。

そんな無理をする日々を送っているのに、休みの日を奪うことに抵抗があった。深雪が断れば、また捜査に走るだけとは思っていたが、それはそれで事件が早く解決するからいいかという矛盾した気持ちもある。

危ない目には遭って欲しくない、けれど事件が解決して、心置きなく二人でツーリングできる日が一日でも早くくればいいとも思う。そう思うのは、自分勝手だと心を責める。

送ろうといってくれたメッセージに、危険はないから送ってもらう必要はないと思う、と返事をした。もしかして、野路の好意を迷惑がっていると思われたのではないか、そんな不安がいっとき深雪の胸を占めた。そしてすぐに気を引き締め、背筋を伸ばす。

見回せば、作成課の部屋には深雪一人だ。笛吹課長は夕方からセンター長と共に本部に出向き、そのまま直帰するといっていた。係長や他の課員らも時間がきて退出していった。事件が発覚してから、一人で居残ることは禁じられていたが、深雪があれこれやっているのを見咎めてわざわざ注意するまではしない。この課にいる人間が関与しているなど、誰も思っていないのだ。同じ警察官だから、同僚だからと安易に信じ過ぎている気はするが、深雪とて、一緒に仕事をしている仲間を疑う気持ちは一片もなかった。

部屋の灯りを落として、深雪はパソコンを立ち上げる。

仕事をしながらも事件のことをずっと考え続けていた。そのうち、気になることが出てきた。

作成課の人間でもない鳴瀬が、なぜ調べようと思ったのか。なにか気づいて、確かめようと思ったのではないか。では、なぜ作成課でもない人間に気づけて、深雪らにその不審なことが気づけなかったか。

それで思い出した。鳴瀬は、黒バイ隊の指導という名目で遅くまでセンターに居残ることがたびたびあった。深雪が一度、忘れ物を取りに戻ったとき、外から試験監督課の部屋に灯りが点っているのを見て覗いた。鳴瀬がビールの空き缶を前にソファで眠り込んでいたのだ。起こして訊くと、訓練を終えたあと、課の部屋でちょっと休憩するつもりがそのまま眠り込んでしまったといった。

センターの玄関門の脇には警備員室があり、終業後の庁舎内を定期巡回するほか、時間外の出入りなどもチェックしている。民間の警備会社だが、概《おおむ》ね決まったメンバーが長く就いているからセンター職員の顔も覚えている。尋ねてみたら案の定、鳴瀬は黒バイの指導をしたあと、時どき居残っているといった。警備員の一人などは全然気づかず、朝方に顔を見てびっくりしたこともあったといった。

センター長に知られれば問題となるだろう。それで深雪も顔を見るたび、注意するようにしたのだが。

鳴瀬は、そんなある夜、なにかを見たのではないだろうか。いや、誰かを見かけたのだ。でも、それが職員以外の人間だったら、鳴瀬はすぐ様行動に移した筈だ。不審者として警備員に連絡するか、自ら取り押さえることもしただろう。そうしなかったということは、センターの人間なのだ。

『心配するような相手ではない』

鳴瀬の言葉はその人物を指している。誰だろう。鳴瀬はそのことで相手を問い質したか、見てはならないものを目撃したため、庁舎から突き落とされ、殺されかけた。口封じと考えれば辻褄《つじつま》が合う気がした。

だが、防犯カメラに不審な人物が映っていたとは聞いていない。職員がいなくなる夜間は一階ロビーや廊下などは非常灯以外、足元灯だけになるが、それでも十分に映像に捉えられるだけの照度はある。センターの敷地はフェンスで囲まれているだけだから乗り越えて侵入するのは難しくない。また庁内のカメラは数がしれていて、すり抜けるのは容易《たやす》いが、通路のカメラだけはそうはいかない。怪しい人間が映っていたなら、深雪が耳にすることはなくても課長には知らされるだろうし、笛吹のことだから係長やベテラン課員に話すのではないか。そんなことはいっさいなかった。カメラに不審な姿はなかったのだ。

鳴瀬は、あの夜、不正免許証のことを調べるつもりだといっていた。誰かが忍び込むのを知っていたのか。それとも会う約束をしていたのか。

深雪は、ＩＣチップに入力するためのデータ画面を出した。それぞれのアクセス履歴を確認する。不審なものはない。就業時間以外でアクセスしていればすぐにわかるし、あればとっくに怪しいものとして二課が抽出している。捜査本部は更新履歴も調べているらしいが、こちらは余り役に立たないだろう。もし写真だけの入れ替えなら、保存せず元の写真に戻して閉じれば履歴は変わらない。捜査本部が手こずっているのも、写真が元に戻っていてどれが差し替えられたのかわからないからだ。

「アクセス履歴に不審なものがないということは、わたし達が仕事をしているときに紛《まぎ》れて、不正に入力して作ったことになるけど」

独りごちて、すぐに首を振った。

出来上がった免許証が、ちゃんと今、講習を受けている人間のものであるか確認しなくてはいけない。それをするのは誰と決まっている訳ではなく、手の空いているものが二人一組でチェックする。終わればすぐに講習会場に持っていき、担当者に渡す。

やはり日中は考えられない。

「鳴瀬係長がおかしいと気づいたのも、就業時間ではなかったからだろうし」

腕を組みながら、もうひとつ考えていたことを調べ始めた。アクセス履歴だけを故意に変更するのだ。

日中、不正免許証を作成することは難しい。だが、アクセス履歴を変えるだけならできるのではないか。深夜にアクセスしたデータをもう一度、就業時間内に取り出して閉じるのだ。そうすれば、アクセスした最終履歴は問題ないものになる。

そう考えて、不審なデータがないか調べてみようと思った。

このことを最初、野路にもいおうと思った。だが、まだ確たるものでもなかったし、野路をこの作成課に入れるには抵抗があった。見つかれば二人とも処分を受ける。

ひとまず、深雪が調べてみようと思った。

受講者の名簿を記した台帳を棚から取り出す。当日、配布したことになっている、つまり同一時間帯にアクセスされたデータの数と講習受講者の数が違えば、それが不正免許証のデータとなる。

受講者の名簿を開け、そして入力されたデータの数と照らし合わせる。

「おかしいのがあるわ」

例えば、八月十一日。午後一時からの受講者数は三十四名。だが、入力画面の数を数えたら、その時間帯にアクセスした個人データの数は三十五件となっている。ひとつ多い。

通常、作業はいっせいに行う。係長を含め、深雪ら女性警官、男性警官は集中して取りかかる。八月のお盆の週は特に多く、忙しかった。入力し、作成した免許証の内容に間違いがないか、瑕疵《かし》がないか複数でチェックし、更に受講者名と照合、それぞれをダブルチェックする。講習の終了時間が迫るころはいつも慌ただしい。

誰がパソコンに触っていたかなど気にしていない。気にする必要もない。作成課にいる人間はみな警察官なのだ。

深雪は椅子の上で白い息を吐く。暖房はもう切られているから室温は相当低くなっている。だがそれ以上に冷えた心が、深雪の全身を凍えさせた。

この作成課にあるパソコンのデータや台帳のほとんど全てが、証拠品としてコピーされて捜査二課に運ばれている。恐らく、捜査本部でもこのことに気づいているだろう。そうして怪しい免許証を抽出し、本人に確認を取っているに違いない。

そして――。

「この作成課の人間が関わっている」

誰かが取り調べを受けているという話は聞かないが、捜査本部も監察も確実にこの作成課に疑惑の目を向けている。

ここにきて二年。みな気心の知れた人ばかりだ。既婚者が多く、なかにはバツイチの人もいるが、みな私生活に悩みを抱えているようには見えない。ふっと笑みが漏れた。

「わたしがなにを知っているというのよ。わたしはなにもわかっていなかった。その人がどんな人なのか、本当はなにも知らなかったんだ」

同じ女性で、一番親しい藤原主任ですら、プライベートでの付き合いはほとんどなく、職場で顔を合わせるだけの関係だ。バカだ、とかじかんだ手を握ったり、開いたりした。

「とにかく調べられるだけ調べよう」

深雪はそう思い直して画面に向き合う。名簿の数とアクセスした数が一致しない日時を書き出してゆく。そのなかから受講者名と作成された免許証の氏名で合わないのがあれば、それが不正免許証である可能性は高い。

恐らく誰かが夜間、この作成課に忍び込み、他人のデータを使って不正免許証を作った。そして翌日の日中、画面を呼び出し、アクセス履歴を変える。該当するデータをクリックするだけのことだから、時間にしても一瞬だ。画面の前に座らなくても、ほんの少しマウスを動かすだけでできる作業。忙しいときだから、見咎める者はいないだろう。

データ画面と台帳の名簿を照らし合わせてゆく。確かに、その日の受講者にはいない名前の人間のデータをいじった形跡が見つかった。その人物の更新履歴を調べると、アクセスした日よりも半年近く前に手続きを終えて免許証を交付している。

ここで不正免許証が作られているのは、ほぼ間違いない。深雪は更にそこに、その日の職員出退勤管理簿を照合してみようと考えた。作成課の人間がするにしても、この部屋にいなくてはできない。おかしなアクセスがあった全ての日の、その時間帯、この免許センターの作成課に出勤していた人間は誰か。

土曜日以外のほぼ毎日のことで、数も膨大《ぼうだい》だ。ひとつひとつ見ていては時間がいくらあっても足りない。ちょっとおかしいと思える日にちをどんどん書き出し、取りあえずわかったものだけでも上司か捜査本部に注進しようと考えた。上半身の強張りと冷え切った体が重く感じられ、背もたれに体を沈める。

「そうだ、野路主任に知らせておこう」

そう思ってポケットから携帯電話を取り出そうとしたとき、部屋の戸口で物音がした。ぎょっとして動きを止め、そろりと目を向ける。壁際に立つ人影がゆらりと動いたのを見た。

「ひっ」

思わず声を上げて飛び上がる。手から携帯電話が転げ落ち、しまったと思いながらも素早く距離を取った。作業していた周辺だけに電灯を点けていたから、戸口の方は闇が濃い。

「だ、誰っ」

すぐに両手で腰回りを探すが、事務仕事だから拳銃はおろか、特殊警棒も手錠も持っていない。地域課にいたのは数年前だが、未だにそんな仕草が出て情けなくなる。首を振って、武器になるものがないか探す。いや、それより大声を――駄目だ。ここは三階で、近くを警備員が巡回していれば聞こえるだろうが、そうでなければ誰にも気づかれない。電話で警備員室に連絡できないか、必死で考える。考えながら、もう一度、誰なのっ、と叫んだ。

影がゆっくりと灯りの近くへと出てくる。

六十代くらいの男性で、スーツを着ている。見たことがない顔だ。当然、センターの職員ではない。

「だっ、誰？　どうやってここに入ったの」

この男が、不正免許証を作っていた人物なのか。今夜、性懲りもなく免許証を作りに忍び込んだのか。ところが深雪がいるのに気づいて、慌てて戻ろうとした、そういうことなのか。

男の方を向いたまま、後ろにある固定電話へ手を伸ばす。受話器を上げて、1を押せば警備員室に繋がる。少しでも声を発すれば、庁舎内に駆け込んでくるだろう。

「それはこっちのセリフですがね」

え？　受話器に触れかけた手を止めた。男が訝《いぶか》しそうに深雪を見つめる。

「あなたこそ、こんな時間に、ここでなにをしているんです？」

その年配の男の後ろから、若い男性の声がした。こちらはどこかで見た顔だと思った。

14

昼になると、野路は上着だけ脱いで外のコンビニへと向かった。今日は出勤の途中で昼飯を買っておくのを忘れた。レジで精算をすませ、袋を持つ手と反対の手で携帯電話の画面を出した。

昨日の夕方、深雪から送られてきたメッセージをもう一度見る。尾行者が監察の人間だとわかった以上、危険はないから送ってもらう必要はないと思う、そんな内容だった。少し残念な気持ちのまま一人バイクで家に戻った。そして改めて気づいた。ひょっとして、自分はうかつなことをしたのではないか。尾行者の様子や本部の近くで見失ったことから、監察といったがはっきり確かめた訳でもない。知った風な口で、心配ないといってしまったことを後悔した。やはり、もう少しついていた方がいい気がする。だが、それをいえば、なんだか未練がましく付きまとっていると思われるのではないか。携帯電話のメッセージ画面を出したまま、のろのろ歩く。

センターへの横断歩道を渡ろうとしたとき、小松原署の方からけたたましいサイレン音が聞こえた。赤色灯を点けた捜査車両が次々とこちらに向かってくる。立ち止まってじっと見ていると、目の前を通り過ぎた。なにかあったのだろうか、と見送っていると一台の車両がすぐ側で停まった。回転灯を点け、サイレンも鳴らしているから、免許更新にきた人々は驚いて見るし、なかには音の大きさに耳を塞いでいるのもいる。

「野路」

助手席の窓が下りて、落合主任が顔を出した。

「喜央《きお》駅近くで女の遺体が発見された」

「え？」

それだけいって、落合は運転席にいる若い刑事に顎を振って出させる。あっという間に落合の車は遠ざかった。

詳しいことはまだわかっていないような様子だったが、捜査本部の落合が出向くのだから、ひとつの推測を抱いて走っているのは間違いない。遠のくサイレン音に耳を澄ませながら、ひとりの女性の顔を思い浮かべる。同時に、黒いモトクロス用バイクが闇夜を裂いて、跳梁《ちょうりょう》する姿が見えた。

翌日になって、事件の詳細が耳に入ってきた。

現場は県で一番繁華な津賀《つが》市内を網羅する私鉄電鉄の喜央駅。津賀市駅から七つ目で、普通列車しか停車しないため、通勤ラッシュ時以外さほど利用者はない。駅前ロータリーの防犯カメラから少し外れた場所に軽四乗用車は停められていた。大里綾子が拉致された際の黒いバンではなかったが、二日前、路上駐車していたのがなにものかによって盗まれたものだった。

遺体は大里綾子で間違いないと思われたが、県警本部はＤＮＡ解析など確認に時間がかかるとして、ひとまず身元不明の女性の遺体とだけマスコミに発表した。今しばらく、報道協定によってマスコミが過熱するのを抑えたいという意図は明白だ。辞めたとはいえ元公安委員長で大学教授が連れ去られた挙句、殺害されたというニュースは余りにショッキングで、さすがの警察庁も県警の提案に首肯せざるを得なかったらしい。それにはもうひとつの懸念もあった。

留学生が海外逃亡をする直前、大里の銀行口座からまとまった金額が下ろされていた。また、留学生が住んでいたアパートの近辺の路上やカラオケ店で、二人が会っている姿が捉えられている。今や大里綾子が、不正免許証の作成に関わっていたという事実は疑うべくもなく、鳴瀬係長の事件と同じ線上にいると判断された。だが、それはあくまでも捜査本部のなかだけの話だ。大里のことが知れれば不正免許証のことも世間に明らかになる。それゆえ発見された遺体が大里であることを発表するのも、事件の捜査本部を合同とすることにも上層部は躊躇《ためら》いを持つのだ。もっとも落合ら現場の捜査員にしてみれば、そんなこと知ったことではない。大里殺しも鳴瀬係長の事件も根が同じである限り、なにがなんでも自分達の案件として扱いたい。その必死の形相が目に浮かぶ。

昼の休憩が終わろうかというころ、黒バイ隊の都が、忙しい合間を縫ってやってきた。

「俺らも、捜査に出ることになった。例のモトクロス集団のことがあるからな」

「軽の乗用車からはなにか犯人に繋がるものは出ましたか」

車内に大里の指紋はあったが、犯人に繋がる証拠は見つかっていないと都はいう。

「大里が警察に疑われたことを知った一味が、司直の手に落ちる前に口封じした。それが捜査本部の大方の見立てだ」

「公安委員長が免許証の偽造に加担するなんて信じられないですが」と野路は眉を顰《ひそ》める。

「ああ。現時点でも、大里綾子に悪い噂は聞かない。大学でも指導に熱心だし、学生だけでなく教職員からも信を得ていた。国際問題を研究していたからか、海外の動静には敏感で、留学生らのことも人一倍親身になっていた」

都らは、小松原の捜査本部に出入りしているから、事件の詳細を知る。

「だが、なんというのか情に流されやすいところがあるらしい」

「そうなんですか」

欠点とは思えないがと、いつか見かけた落ち着いた目の色を思い出す。

「その別人のパスポートで逃げた元留学生だが、大学以外のところで何度も大里と会っていたことは聞いているだろう。色々、相談に乗っていたようだ」

「以前からの知り合いだったそうですね。助けて欲しいと泣きつかれたんでしょうか」

「そうかもしれん。大学の先生は、世間ずれしているようなところがあるから、少々の悪事に手を染めても、まずは学生の命を守るのが先決と考えたのかもな」

「それにしたって、なにも不正免許証に手を出さなくとも」

「パスポートの申請や受領の際はもちろんだが、申請に必要な戸籍謄本や住民票を手に入れるときにも本人確認がいる。今は市区役所でも個人情報保護のため、チップの内容を照合するところがある。万が一、どこかの時点で偽造だとバレたら一巻の終わりだ。外国人なら裁判を受けたあと即時強制送還もある。危険を冒《おか》さず確実に手に入れるために、本物の身分証が欲しかったのだろう。おまけに、その留学生がその免許証を使って大金を借りていることもわかった。逃亡先での生活資金なのかもしれんが、防犯カメラにあった映像では堂々としていたそうだ」

「なんせ本物の免許証ですからね」

「ああ。そんな悪知恵がついたのも、裏社会に精通している者が近くにいたからだろう」

「裏社会?」

「大里綾子の身辺に暴力団員らしき男が浮かんでいるんだ。組対が捜査本部に合流して、虱潰《しらみつぶ》しに調べている。そのうち、どこの組が関係しているかわかるだろう」

「そこから、センター職員との繋がりが出てくる?」

「恐らくな。暴力団を通して客を探し、センター職員が免許証を作り、暴力団が受け渡しする。そういう仕組みじゃないかと考えている」

「なら、例のモトクロス集団も暴力団関係者かもしれないですね」

「そっちは俺らが主になって調べている。うちの県はモトクロス用のダートコースが数多くある。そこを根こそぎ浚《さら》って、聞き込みをかけたところ、怪しい人間が何人か浮上している。捜査本部で、その連中のなかで暴力団と繋がりのあるものがいないか調べることになった」

「なら、いずれ判明しますね」

「ああ。野路」

「はい?」

「嫌な予感がするんだ。あの連中と俺達は、またきっと相まみえる」

まあ、望むところだがな、とにたりと笑う。そして片手を挙げて挨拶すると、バイクで走り去って行った。

「俺達って」

野路は、しばらく都らが出て行った先を見つめていた。

深雪と最後に会ってから既に三日が経つ。

一緒に帰ることがなくなると、同じ建物のなかで働いていてもなかなか顔を合わせることがない。同じ三階の部屋にいるのに少しも会わないのが不思議に思えた。作成課の部屋は未だに厳戒態勢だから、関係のない人間は近づくことができない。作成課員も閉じこもって仕事をしているから、めったに姿を見かけることがなくなった。野路は野路で技能試験や講習のため、一階や二階を行ったり来たりで、三階へ行くのはトイレや休憩のときくらいだから丸一日会えない日もあった。

深雪が出勤しているのかどうかさえわからず、その間、野路は何度かメッセージを送ってみた。そのたび既読が付き、簡単な返事がきていた。無事に働いているのなら問題ないとは思ったが、なにか気にかかる。バイクで一緒に帰っていたときのような気やすさがなく、なにか困っているのではと案じられた。

偶然、三階のトイレから出てきた藤原主任を見かけ、思わず呼び止めた。知事を出迎えたときにちょっと話をした程度だったが、深雪のことを尋ねると藤原は思わせぶりに口元を弛める。そして、「呼んできてあげましょうか」というのに、反射的に断る野路を見て、藤原は更に笑みを広げた。だが、すぐ真面目な顔を作ると、大丈夫という風に頷いた。

「鳴瀬係長のことも、元公安委員長のことも詳しく知らされていないから免許センター全体が浮足立っているわね。わたし達も落ち着かないけど、彼女は大丈夫。芯はしっかりしている人だもの」

それで十分だと思った。短く礼をいって部屋に戻る。

課にあるテレビを見ていると、県のトップニュースに大里事件が挙がっている。県警もさすがにいつまでも隠してはいられず、発見された遺体は大里綾子であること、現在、捜査中であることを発表した。その席上、殺害は誘拐犯によるものなのか、身代金の受け渡しはあったのかと記者から問い詰められる一幕があった。現在、捜査中ということで押し切るが、誘拐という線を強調していたお陰か、どこからも不正出国した留学生との関連を疑う声は出なかった。

また、遺体が発見されたことでマスコミは百川知事にも注目する。記者に問われてコメントを述べる姿は少しやつれているだろうか。色黒の顔は相変わらずだが、目の下に隈ができて、白目の部分が赤い。

「詳しいことはわかりませんが、亡くなられたことは非常に残念です」

大里はもう一般人で、任命権者だった知事は関係ないのだといいたいのだろう。しかし元公安委員長で現役の大学教授が誘拐されて殺害されたのだ。昨年起きた姫野署事件のこともあって、世間やマスコミは騒ぎ立てる。釈明に汗を拭う百川だが、元留学生との関連や不正免許証についてはひと言も言及しなかった。はっきりするまではうかつなことはいわず、できるだけ口を噤んでいようという点で、県、警察双方の思惑は一致したようだ。

各所にかん口令を敷き、捜査二課が密かに調べていることに気づいた報道はいっさいなかった。大里綾子は、あくまでも誘拐の上、非道な犯人によって殺害された。被疑者は大里個人に恨みを持つ者か、大学当局に不満を持つ者、若しくは公安委員ということで国や警察に対するテロ行為ではないかというのが大方の見方となった。

「まあ、不正免許証のこと自体、うちとしてはなかったことにしたい案件だしな」

「さすがにそんな訳にはいかないでしょう」

野路が、午後の講習の時間を見ながらいう。同僚も支度をしながら、「わからんぞ。どんな手を使ってでも隠し通そうとするかもな」と笑いを止める。「考えてもみろ。自分名義の免許証が悪用されているかもしれないんだぞ。知らないあいだに住民票や戸籍が動かされている、果てはどこかの街金で借金を作られているかもしれない。そんなことが世間に知れてみろ、県民は騒ぎだすぞ。すぐに全ての免許保持者に確認をしろということになる。うちだけのことでなく、他府県の免許センターまで飛び火する」といって真剣な目を向けた。

「他の県の？」

「ああ。うちでそんなことができるなら、他の免許センターでだってできるかも、と考える。職員さえ抱き込めばいいんだからな」

「そんなバカな。警察官ですよ」

「ああ。だが実際、作成課の人間が関与しているのは間違いないみたいじゃないか。監察の本格的な聴取も始まるって話だ」

野路は、机の上にある携帯電話に視線を落とした。深雪がなにも知らせてこないのは、監察から口止めされているからかもしれない。

「時間だ。行こう」

「あ、はい」

野路は携帯電話を尻ポケットに入れ、慌ただしく部屋をあとにした。

その日の夕方、新しいニュースが入った。

最上試験監督課長が、膨らんだ腹を揺すりながら部屋にやってきて、短く告げる。

「斎藤センター長が辞職された」

一同、唖然として課長の顔を見返す。

「それは、センター長が不正免許証に関与していたということですか」

前川が驚きながらも尋ねる。課長は顔色を変え、「そんなことはいってないだろう」と怒鳴り返した。すぐに咳《せき》払いして、声音を和らげる。

「とにかく、二、三日中には新しいセンター長が赴任なさる予定だ」

突然の人事だ。警察本部は大混乱だろう。いや――。野路は思った。

もしかして、これは出来レースなのか。不正免許証のことでは、まだどれほど被害があるのか判明していない。それもわからないうちに、関係者と思われる大里綾子が殺害され、一味と思われるモトクロス集団や背後にいるらしい組織の存在が浮上してきた。だが、詳細はなにひとつ明らかになっていない。

さすがに殺人事件をうやむやにすることはできないが、不正免許証のことは表立った被害がない限り、世間に知らせる必要はないと踏んだのか。他人の免許証を使って金を借りる、偽のパスポートを作るなどあってはいけないことだが、これまでにもなかった訳ではない。事件化したときに、ひとつひとつ対処して行くしかないことなのかもしれない。もしそうなら、不正免許証の存在を隠したまま、誰かに責任を取らせて幕引きを図ることも可能だ。そのため、斎藤センター長はスケープゴートになったのか。

「それで、鳴瀬係長のことはどうなるんです」

課長は目を伏せたまま、顔を上げようとしない。

免許センターの職員に関与者がいることは明らかだが、未だそれが誰か特定されていない。なのに、センター長が責任を取る形で退職するとなれば、鳴瀬係長の事件の扱いが気にかかる。

「まさか、やっぱり係長が犯人だというつもりじゃないですよね」

野路は声を尖らせた。試験監督課の人間はみな同じように思ったらしく、顔を引きつらせて課長を見つめる。課長は野路を見つめ返し、そして視線を逸らした。

「わからん。だが、鳴瀬が関わっていることは事実だ」

「どういうことですか。鳴瀬係長がどうして関わっているとわかるんです」

課長は、小さな目をしょぼつかせる。

「防犯カメラの映像に鳴瀬が作成課の通路に立っているのがあったらしい」

「そんな。ちょっと通路に入ったくらいで」

「ちょっとですむか」課長がまた激した声を張る。野路らは思わず体を揺らした。

「なんのために、鳴瀬があの通路に入るんだ。理由がないだろうが。わしらはそんなことをしただけでも、嫌疑を受けるには十分なんだ」

「ですが、まさか鳴瀬係長が、自ら飛び降りたとまでは考えないですよね」

「係長は自殺じゃない、誰かに落とされたんでしょう」

口々に喚くと、再び、太った体が吼《ほ》えた。

「誰かって誰だっ。それこそ、このセンターの人間が鳴瀬を殺そうとしたということになるんだぞ」

考えたくないことだが、それしかないと思っている。鳴瀬が自ら落ちたのでなければ、他の職員がしたことになる。そしてそれは恐らく警察官だ。

重苦しい気持ちのまま、退庁する時間になった。野路はバイクに跨《また》がり、携帯電話を一旦取り出したが、三階の窓に視線をやったあと、再びポケットに入れる。エンジンをかけて、小松原署に向かった。

「ああ。なんかそんな話になっているって噂だな」

「噂って」

落合は、コートを羽織ったまま、捜査本部を置く小松原署の講堂から出てきた。

「このあと、組対と出向くことになっているから、あんまり時間はないぞ」

「組対？　黒幕の組織がわかったんですか」

「まあな。これからが本番だ。大里綾子の件を明らかにするには、厄介な相手だがな」

「身代わりか、下《した》っ端《ぱ》が出てくるか、ですか？」

「ふん。ところで、センター長のことな、辞めることは端《はな》から決まっていたらしい」

「じゃあ、やはりこれで幕引きしようと？」

「まあ、そうとも限らないが、確かに本部上層部に、不正免許証の件は慎重にしようという動きがあるのは間違いない」

「ですが、事はうちだけではすまないでしょう」

なんだ？　という風に片方の眉だけ器用に引き上げる。

「お前がいっているのは、公安委員のことか」

「そうです。委員だけじゃない、知事だってご存じだ。隠せないでしょう」

「どうだろうな。あの連中だって、上には逆らえないだろう」

「上って？」と訊きながら、野路は表情を険しくする。落合は、歪んだ笑みを見せたあと、コートの前のボタンを留める。防弾チョッキが厚いから窮屈だな、と呟く。見ると、腰の辺りに膨らみがある。拳銃、手錠携行か。

「百川知事の上ってどういうことですか。それって」と目を開く野路を見て、落合は首を傾げる。

「噂だがな。百川朱人は国政を睨んでいる。そこに妙な失態が付いてみろ、やりにくくなるだろう。永田町《ながたちょう》から穏便にすませろといわれれば、相手が公安委員だろうが警察だろうが、なんとかしようとするんじゃないか。警察庁が出てきたこと自体がそれを証明している」

「そんな人には見えなかったけどなぁ」

「まあ、あくまで噂だ。うちのなかだけで迷走する噂」

講堂から人が出てきて、落合さん、と声をかける。落合は、手を挙げて応えた。

「じゃあな、とにかく大里事件のマルヒだけでも仕留めてきてやる」

「はい。よろしくお願いします」

一課や組対だけでなく、二課、所轄刑事課、機動隊も出動する。捜査集団が、夜の闇を縫って動き出したのだ。

15

二日後、いつもより三十分早く朝礼が行われることになった。

新任のセンター長が赴任するのだ。普段は課ごとに行う朝礼だが、挨拶があるというので全職員が庁舎の中庭に集合するよう、前日に知らされた。

鳴瀬の事件のせいで立入禁止となっていたが、規制のテープは既に撤収され、歪んだツゲの木叢《こむら》も気にならないほどになっている。枯れた芝の上に課ごとに集まって整列した。

寒さが身に沁《し》みる午前八時だが、コートを羽織る訳にもいかず、足踏みして両手を擦り合わせながら始まるのを待った。野路は、両手を脇の下に挟み込みながら、帽子の庇《ひさし》を上げた恰好で首を伸ばす。職員のなかを隅々まで捜《さが》してみた。庁舎に近い側に作成課の課員が青い顔をして固まっているのが見える。だが、深雪の姿がない。

「どういうことだろう。休んでいるのか」

どうした、と同僚が声をかける。

「え。いや、全職員集合の筈なのにきてないのがいるなと思って」と言葉を濁す。同僚は頷き、「そういえば、総務課長や作成課長も姿が見えないな」という。

本当だ、と気づく。笛吹の大柄な姿は、どこにいても目に入る筈だ。妙だな、と思ったとき、庁舎から人影が現れた。

「全員、気をつけえっ」

いきなり号令がかかる。帽子を慌てて被り直し、姿勢を正す。全職員が目を向けた先に百川朱人が現れ、どよめきが起きた。

「なんで、知事が？」

「聞いてないぞ」

「あ、公安委員もいるぞ」

「本当だ」

囁き合っていると、前方から静かにしろ、と注意の声が飛ぶ。すぐに貝のように口を噤んだ。

野路は、あ、という声を思わず呑み込む。

朝礼台へ身軽く乗る百川。すぐ後ろには橘秘書が控えている。橘の横には公安委員の三人が横一列に並んだ。更に後ろには新任のセンター長。名前は倉治《くらじ》典文《のりふみ》で警視だ。側には総務課長に笛吹作成課長、最上試験監督課長ら他の部署の職員もいて、そのなかに深雪の姿があった。どうやらＶＩＰを迎えに出ていたらしい。じっと見ていると、居並ぶ背広姿の隙間から深雪が顔をこちらに向けた気がした。朝礼が終わったら、側へいって声をかけようと決める。

「みなさん、お早うございます。いきなりの出現で驚かれたでしょう。新しく倉治センター長が赴任されると聞き、そのついでにお忙しい時間を頂戴し、わたしから二、三お話しさせていただこうと思いました」

いつものようにハキハキとして明るい声で百川は喋り出す。最近、マスコミから大里綾子の件で追及を受け、眠れない日々を送っただろうに、そんなことは微塵も感じさせない。中庭に入る前にコートは脱いだのか、ネクタイを締めたスーツ姿だ。少しも寒そうな顔をせず、むしろ興奮して顔を紅潮させている。

野路は朝礼台の隣に並ぶ、公安委員の顔に視線を向けた。面長の男性は、委員長の磯辺だ。ホームページにある写真よりは少し老けているが、目にある力は若い警察官並みで、強い意志に満ちている気がした。その隣には、海老名委員と安積委員が、いかにも寒そうな顔をして突っ立っている。知事にいわれて仕方なくやってきたという風だ。

新しいセンター長は、斎藤とは正反対な感じで、黒く撫《な》でつけた髪に吊り上がった目、薄い唇でいかにも神経質そうだ。センターに降りかかった重大案件を処理するため、今から思い悩んだような鬱陶《うっとう》しそうな表情をしていた。

百川は、「不正免許証の件では色々な噂があるが、流言飛語《りゅうげんひご》に惑わされず、公務員としての守秘義務を遵守《じゅんしゅ》してもらいたい」と、隠せるものは隠したいとも取れるようなことをいう。だがすぐに、いつもの精悍《せいかん》な顔つきに変わった。「わたしは必ず全てを明らかにし、県公安委員発行の免許証の安全性、公正性を全国に表明すべきと考える」と勢いよく話し出した。「そのためにも、ここにいる警察職員はもちろん、県内にいる警察官、そして公安委員も司法、行政の垣根なく一致協力し」と話を進めてゆく。そして、新しく就いた公安委員長を紹介する。

百川が、大里のなした犯罪を払拭するために、満を持して委員長を担わせた磯辺衛、元弁護士会会長だ。これまでの功績や人格者ぶりを知事自らが披瀝《ひれき》する。磯辺は少しはにかんだ表情で、百川が手を差し延べる朝礼台へと上がりかけた。

そのとき妙な音がした。

ほとんどの職員が気づき、戸惑い顔で左右を見渡す。野路は眉間《みけん》に力を入れ、視線を周囲に放った。二輪の試験監督をする人間はみなわかったようだ。

あれはエンジン音だ。

バイクのエンジン音が近づいている。センターは業務開始前で、関係者以外誰も入れない筈だ。それなのにバイクに乗って、敷地内を走るなどおかしい。どんどんこちらに近づいてくる気配がして、さすがに知事や公安委員らも怪訝そうに動きを止めた。SPが身構える。

その瞬間、鋭い破裂音が響いた。うわっ、という短い声が上がり、職員のほとんどが身を屈める。それがなんの音か、反射的に察したのだ。安積委員の悲鳴が上がった。女性職員らも甲高い声で叫び出した。

SPが素早く知事を朝礼台から引きずり下ろした。地面に転がった百川を取り囲み、盾を作る。パニックを起こした引きつった声が上がる。

「橘、橘、どこだっ」と百川が子どものように叫ぶ。橘も、「知事、知事」と呼び返した。SPは慌てふためく百川の襟首《えりくび》を摑んで庁舎内へと駆け込む。一人が上着のなかから拳銃を取り出し、頭上に向けて構えた。磯辺が、喚《わめ》きながら芝に伏している。センターの警察官らが慌てて周囲を取り囲んだ。海老名委員も腰が抜けたように膝を突き、安積委員ともどもヒステリックに騒ぐ。二人を警察官ら数人で抱きかかえる。

怒号や悲鳴が飛び交い、多くの人間が安全な場所を目指して散らばる。騒然とするなか、野路を含めた何人かが三階建ての庁舎を振り仰いだ。ロの字型に囲む建物の窓を、半分身を屈めた姿勢のまま、ぐるぐると見回す。

「あそこだっ」

声が上がって指さす方を見ると、黒い影が廊下を駆けているのが見えた。職員が脱兎《だっと》のごとく駆け出した。

「あっ」とまた声がした。慌てて振り返って、反対側の廊下を見る。ヘルメットを被った、黒いライダースーツを着た男がバイクで階段口から姿を現し、狙撃手に近づこうとしている。

「モトクロッサーかっ」

階段を駆け上がったり、狭い建物のなかを縦横に走り回ったりできるのは、モトクロスやトライアルなどに使うオフロードバイクしかない。瞬時に、深夜の追跡劇のなか、野路や都らの目の前に現れた謎のバイク集団を思い出した。野路は叫びながら走り出す。あのバイクは、狙撃手を逃がす役を担っているのだ。

建物に囲まれた中庭にいる人間を狙《ねら》うには、庁舎の上の階にいるしかない。だが、なかにいれば、たちまち包囲網を敷かれ、逃げるのは難しい。ここには警察官が大勢いるのだ。だが、人より速いスピードで走るバイクに乗っていれば、もしかすると逃げおおせるかもしれない。そう考えたのだろう。

「逃がすかっ」

野路は制帽を脱ぎ捨て、庁舎を通り抜けて試験場へ向かおうとした。そこには、試験官用のバイクがある。オフロードバイクもあるから、乗れば建物のなかでも十分追える。

だが、いきなり足が止まった。誰かが、白根っ、と叫んだのが聞こえたのだ。

「救急車を呼べっ」

「動かすなっ」

「しっかりしろっ」

野路は、まさかと思いながら朝礼台の側の人だかりに飛び込んだ。おろおろと覗き込む制服の人間を押しのける。

芝の上に白根深雪が目を瞑《つぶ》って横たわっていた。

紺の制服の肩の下周辺が濡《ぬ》れて黒ずんで見える。それがどんどん広がってゆく。野路は制服を脱いで、その部分に当てて強く押した。

「白根っ、白根っ」

大声で呼ぶが、目は固く閉じられたままだ。眉も唇も少しも動きそうもない。もう一度呼ぶ。

どういう訳だ。どうして返事しない。俺が呼んでいるんだぞ、白根深雪。目を開けて、応えろ。お前は警察官じゃないか。職務熱心な警察官だろう。

「とにかく、なかに入れろ」

「ここは危険だ」

何人かと共に、ゆっくり担ぎ上げ、庁舎内に入る。リノリウムの床に横たわる深雪の顔はどんどん白く変わってゆく。

「しっかりしろ」

同じ言葉しか吐けないむなしさに胸が詰まる。そんななか、バイクのエンジン音がはっきりと聞こえた。目を上げると同時に廊下の先の階段から悲鳴が上がった。警察官が転げ落ちるのが見える。大きな音と共にモトクロッサーが、後ろに黒い服を着た男を乗せて飛び出してきた。そして、一階のロビーを目指して駆ける。

野路は、ぱっと立ち上がると試験場へと走った。試験官用のバイクのなかからCB750を選び、ヘルメットを装着してポケットに入れていたキーでエンジンを回した。今日は、朝礼後すぐ試験を行うから準備していた。

「くそっ。逃がすか」

後ろから、野路っ、と呼ぶ声がしたが、ギアを変えてアクセルを回した。モトクロッサーが真っすぐ玄関の門扉に向かうのが見えたが、警備員らが警棒を振り回しながら出てきた。それに気づくと素早く方向を変えた。Uターンして今度は敷地内を走り出す。四輪用の試験コース内に飛び込み、坂道や障害のなかを走り抜けた。

少し遅れて他の職員もバイクや車で追いかけ始める。一部の職員がフェンス沿いに走り出した。もうひとつの通用口を封じようと考えたのだ。百川らがきたことで、敷地の奥にある通用門の鍵は開いている。少し引けば、簡単に開くだろう。恐らくモトクロッサーもここから侵入したのだ。

野路は、コース内を素早く駆け抜け、誰よりも早くモトクロッサーに近づいた。

「玄関と通用口を塞いだら、もう袋のネズミだ。絶対、捕まえてやる」

山やダートコースではモトクロッサーに敵《かな》わないが、舗装された道路では、普通のバイクの比ではない。すぐに追いつき、コースの障害を挟んで横に並んだ。

「止まれ、止まらないか」

後ろで立ちながらライダーにしがみつく狙撃手は、野路を見て咄嗟に銃を構えようとした。だが、ライダーがなにかをいったらしく、大人しくライフルを背中に戻す。スピードを上げて走るバイクから銃で狙うのは難しい。ましてや狙撃手が持っているのはライフルで、構えようとすれば振り落とされる。大人しくなった狙撃手に安堵したのか、それとも並行する野路を見てなのか、シールドを通してライダーの目尻が弛んだのが見えた。フルフェイスの下にある顔は笑っている。野路にはそう思えた。

「ちくしょう」

いきなり凄《すさ》まじい勢いでクラクション音が鳴り響く。

ぎょっとして視線を先に向けると、通用門の前に車が立ち往生していた。ホーンを鳴らして門を開けろとせかしているのだ。

知事を乗せた車は、すぐに退避するのが鉄則だ。SPが銃を構えたまま、試験場内を走って知事車を取り囲む。射撃手を乗せたモトクロッサーが迫っているのを見て血相を変え、一人が門を開けようとした。野路はそうと気づいて舌打ちする。だがすぐに思い直してアクセルを回した。

車が外に出るまでのあいだ、門は塞がれることになる。そうなれば行き場を失い、センターに閉じ込められた形となるから、むしろ好都合だ。スピードを上げてモトクロッサーに幅寄せする。もう少しで手が届きそうなところまできたとき、ふいに方向を変え、野路から離れた。通用門から出るのを諦めたのかと思ったが、バイクは左手にある坂道を駆け上がった。そして一番高いところでハンドルを切ると、その勢いのまま空中へ飛び出した。

「あっ」と思わず急ブレーキをかけて見つめた。

バイクは真っすぐ知事車を目指し、トランク上に落ちた。狙撃手は両腕をライダーの肩に回して、懸命にしがみついている。側にいたSPが驚いて銃口を向けた。モトクロッサーはエンジンを噴かすと、一気に天井部へ駆け上がり、フロント部を踏んでそのまま開いた門から外へと飛び出した。野路もすぐに追おうと走り出したが、知事車が邪魔になって動けない。

「どけっ。早く、どけろっ」

ＳＰはＳＰで知事の無事を確認し、避難ルートを見定めようとする。なにを思ったのか車はバックして、小刻みに切り返そうとした。方向転換して玄関側へと回ろうと考えたのかもしれない。もたもたしている間に、モトクロッサーに乗った黒い背中はどんどん遠ざかってゆく。

「くそっ」拳を思わず、タンクに打ちつけた。思わず知らず知事車を睨みつける。運転席には、どこかで見たような三十代の男が乗っていた。緊張と恐怖で、顔を青ざめさせ強張った様子でハンドルにしがみついている。

「ＳＰじゃないな。あれは知事の秘書か。なんでまた」

後部座席にいる百川の姿は、ここからでは見えなかった。

すぐにパトカーのけたたましいサイレン音に混じって救急車の音が聞こえ、はっと意識を戻した。アクセルを回し、車体の向きを返すと全速力で庁舎へ向かう。

救急車の後部扉から、ストレッチャーが運び入れられる。

ヘルメットを脱ぐと野路は救急隊員のあいだから、深雪の横顔を垣間見た。また更に色を失っている。ほとんど透き通るかのような青白さだ。

扉が閉められ走り出したのを見送り、野路はその場を離れかける。

「どこへ行く気だ」

前川が肩を摑んで、低い声で質す。

「さっきの連中を追うんです。モトクロッサーなら出せるスピードもしれている。今ならまだ追いつける」

必ず捕まえてやる、と歩き出すが、前川が強い力で引いた。

「よせ。なにを考えている。赤色灯もサイレンもないバイクでどうする。お前は白バイでも刑事でもないんだぞ」

野路はその手を振り払う。「それがなんです。俺は警察官です。犯罪者を捕まえるのに部署なんか関係ない。躊躇《ためら》う必要なんかないんです」

「立場を弁《わきま》えろっていうんだ」

「立場なんかないっ。俺らがするのは、ただ犯罪者を捕まえることだけだ。そんなおためごかしで職務をなそうとしないのは、ただの臆病者のいい訳だ」

いきなり頰を殴《なぐ》られた。前川は右手で肩を摑んでいたから、繰り出したのは左手の拳だ。利き腕でもないのに、結構な威力があった。野路は思わず仰《の》け反《ぞ》り、後ろへたたらを踏む。

ヘルメットが落ちた。唾だか血だかが唇を濡らし、野路はさっと拭うとそのまま自分の右手を伸ばして殴りかかった。

だが側にいた職員らに取り押さえられた。

「よせっ。やめろ」

「落ち着けっ。落ち着かんか、野路」

「放せ。放せ、今ならまだ追えるんだ。あいつを捕まえてやる。あいつは白根を撃ったヤツなんだ」

「わかっている。そんなことはお前にいわれなくてもわかっている。ここにいるのはみな、白根の仲間なんだぞ。お前だけが悔しいんじゃないっ」

そういわれてはっと動きを止めた。全身で荒い息をしながら、顔を向ける。最上試験監督課長だった。怒った顔をしているのに、辛そうな目をしていた。見回すと野路を押さえる同僚も、周囲にいる職員も沈痛な表情を浮かべていた。殴った前川の方が痛みを感じているように見えた。

体内の血流が一気に勢いを失ってゆく。そのまま、地面に膝を突いた。パトカーのサイレン音が遠ざかる。誰かが、庁舎から駆けてきていった。

「今、黒バイ隊が追跡している。白バイも機捜も全車出動したぞ」

野路は転がっていたヘルメットを引き寄せ、小さく息を吐いた。

必ず捕まえてくれる。そう信じる気持ちに、一片の揺るぎもなかった。

16

突然の報に、県警本部は震撼した。

過去に県内で発砲事案はあっても、知事が狙われ、警察官が被弾した事件は一度もなかった。本部長の命で、特別捜査本部が県警本部内に置かれ、小松原署は前哨《ぜんしょう》基地のようになった。全ての所轄に緊急配備が発令され、交通部による被疑者車両の追跡がなされた。

事件発生後、被疑者バイクを追跡していたパトカーや黒バイ、白バイ、機捜だったが、あと僅かのところで山中へ逃げ込まれた。車両での追跡を断念、急遽《きゅうきょ》、周辺地域を包囲、道路に出てくるのを待ち構えていたが、一時間が過ぎても現れなかった。更に、機動隊員を付近一帯に送り込んだが、バイクの姿さえ捉えることは叶わなかった。

現職の警察官を狙撃した犯人が逃走中なのだ。すぐさま県内各所で検問が敷かれ、他県に抜ける道は封鎖された。ただ相手が乗っているのはモトクロス用バイクだ。道のない山や森のなかを越えて抜けられたなら路上の検問は意味をなさない。捜査一課と交通部が中心となり、Nシステムであらゆる道を捜したがそれらしき姿はなく、しばらくしてようやく山あいの杣道《そまみち》のようなところにバイクの轍《わだち》があるのを発見した。私道に出たところまでは追えたが、そこからタイヤ痕《こん》はふっつりと途絶えた。どこか屋内に潜んだか、大型トラックの荷台などに積んで移動したのだろうというのが大方の見方だった。

Nシステムでも見つけられないとわかった時点で、本部はすぐに警察庁を通じ、近隣の県警へ応援要請をした。ナンバープレートを付けていないモトクロッサーだから車両番号からの特定はできないが、逃走犯の姿はカメラ映像に捉えられている。フルフェイスで大して役には立たないかもしれないが、今はそれしか手がかりがない。

街角に白バイや捜査車両が頻繁に姿を現し、地域課員らが職質を続けた。

時間が経つほどにマスコミが免許センターの玄関門前に集まり出し、やがて中継車がきて、ニュース速報が流れた。百川知事が緊急会見を開き、警察施設内で狙撃するという蛮行を興奮した口調で罵《ののし》り、なにがあっても犯人を捕縛すると叫んだ。

狙われたのは知事ではないのかという質問に、顔を真っ赤にして、もしそうならテロだと唾を飛ばし、誰を狙ったものであれ、いち女性警察官が身代わりになったことは痛ましいと唇を震わせた。

当然ながら運転免許センターは封鎖され、手続きは一時中止となった。職員らは全員、庁舎内に留め置かれ、事件発生時の様子や犯人について事情聴取が行われた。解放された者から順次、マスコミへの対応に注意しつつ、退庁するよういわれる。

野路は聴取の順番待ちを無視し、一人部屋を出た。同僚に止められたが、なぜか前川が放っておけ、といってくれた。庁舎の裏口から出ると、人だかりのある玄関を避けてセンターを囲うフェンスを乗り越えて屋外に出る。タクシーを拾って警察病院へと向かった。

救急車で一旦、近くの救急病院に搬送後、白根深雪は警察病院へと移送されていた。狙われたのが誰か判明していない以上、護衛をつける必要があったためだ。

病院の出入り口では記者らが待ち構えており、裏口から入り込むと今度はＩＣＵのある階に大勢の警察関係者が詰めていた。すぐに制服警官に誰何《すいか》されるが、バッジを見せて通してもらう。本部関係者に知り合いは少ないが、白バイの全国大会で優勝した野路の顔を知る者がいた。

「どうした」といわれ、白根深雪の同僚だと答える。細かいことを訊かれることもなく、納得したように頷くと、奥へ入れてくれた。

　大きなガラス窓の向こうで、深雪は機器に囲まれて横たわっていた。顔色は倒れたときと少しも変わっていない気がした。酸素吸入器をつけているが、まるで陶器の人形のように目を瞑《つぶ》ったまま動かない。体のどこもかしこも生きている者のあるべき反応を見せていない。不安に大声で呼びかけたくなる。その気配を察したのか、野路を知る警官が、「危険な状態だそうだが、白根巡査長も警察官だ。必ず踏ん張ってくれるだろう」といった。

　黙って頷き、窓に触れていた手を引き剝《は》がす。白根巡査長の家族がこられたぞ、という声が聞こえ、野路は部屋を出た。

　廊下には本部の幹部や捜査一課の刑事らしいのも屯《たむろ》して、声を潜めるように話し込んでいた。見失ったようだという言葉を耳にし、野路の頭はかっと煮えた。

　病院を出ると、真っすぐ小松原署へと向かう。

　所轄も雑然としていた。免許センターでネタを仕入れることのできなかった記者が、こちらへと流れてきている。総務課も交通課もそんな連中の対応に追われて、右往左往していた。時折、怒声が聞こえ、甲高く叫ぶ声もあった。

　前哨基地となっている捜査本部なら、情報は集まっている筈だと野路は考え、階段を駆け上がる。途中、殺気だった刑事に声をかけられたが無視して戸を開けた。捜査本部のなかは更に騒然としていた。

「ライフルの出所は、当たれるか」

「バイクの型式の資料を出せ」

「捜索範囲を広げるといっていますが」

「ボードの前に立つな」

整然と並べられていた筈の長テーブルは乱れ、いくつものパイプ椅子が倒れている。正面奥にはホワイトボードだけでは足りず、壁に白い紙を張りつけてマジックで書き入れていた。パソコンの画面を覗く者、スクリーンの映像をスクロールして指示している者、ファックスから出てくる資料を読む者、無線で声をがならせている者。天井近くのエアコンからは冷風が落ちてきているのに、この場にいる全員の顔には汗が滲んでいる。

野路は足を踏み入れ、顔を左右に振る。するといきなり怒声が響いた。

「役立たずだから役立たずだといったんだ」

緊張しながら声の元を捜すと、黒いライダースーツを着た男が捜査本部の刑事らしい男と向き合っているのが見えた。

「都さん?」

怒鳴った刑事に肩を小突かれ、都が上半身を揺らすのが目に入った。ヘルメットを左手に持つ後ろ姿で表情は窺えないが、全身が強張っているのがわかる。

「バイク犯に二度も逃げられ、未だにそいつらが誰なのか、尻尾《しっぽ》ひとつ見つけられていない。黒バイ隊は、こういうときのためにあるんじゃないのか。たとえ試験運用中でも捜査員だろうが。違うか」

都は答えない。すぐ後ろでいきり立つ部下を黙って押さえている。

「用がないなら出て行けよ。邪魔なんだよ。こっちはそれどころじゃないんだ」

野路が駆け寄ろうとしたら肩を摑まれた。振り向く間もなく、凄い力で後ろに引き倒されそうになる。

「なにするんだ」足をもつれさせながら振り返ると、落合庄司の顔があった。怒っているようでもあり、倦《う》んでいるようでもある。

「いいから、こっちにこい。お前はどうしてそう、捜査本部に殴り込みばっかりかけるんだ」

「殴り込みって」

どうやら前の姫野署事件のことをいっているらしい。むっとするが、落合は関知しないという風に講堂の外へ出た。渋々ついて行くと、少しして都らが出てくるのが見えた。部下と共に頭を下げ、講堂の戸を閉める。振り返って野路と落合を見つけると、はっとしたように目を見開いたが、すぐに片方の口角だけを上げた。

「来ていたのか、野路」

「都さん」

野路がかける言葉に迷っているあいだに、都は素早く正面に立って頭を下げた。

「すまん。捕り逃がした」

「どうして俺に謝るんですか」

落合も不思議そうな目を向ける。

「ああ。そうだな。撃たれたのが、野路の知り合いだと聞いたからかな」

それを聞いて、落合が眉を吊り上げた。「そうなのか？　お前の彼女なのか？」

野路は無理に笑おうとしたが力が入らず、ただ視線だけを返した。落合が肩を落とす。

「そうか。それならまあ、無理もないな。お前、病院に行ってなくていいのか」

「病院からきたんです。まだ意識が」といって小さく首を振る。すぐに顔を上げ、「犯人が捕まったのを確認したら、また行くつもりです。それでどうなっているかと思ったのですが」といった。

「ううむ」と落合が呻く。都の表情からも、捜査が進んでいないのはわかる。あえてなにもいわず、「そうだ、落合主任、例の暴力団の件はどうなりました」と訊いた。

大里綾子の件で、落合ら合同捜査本部は暴力団大稲会《おおいな》系築見《ちくみ》組の取り調べに出向いた。

一応、大稲会の傘下《さんか》組織ではあるのだが、築見の組長は高齢で、子分の人数もしれている。大稲会の幹部連中からもあてにされていないらしく、自由気ままにやっていた。それがここ最近、妙に羽振りがいいとか、近々解散するらしいというような噂が立った。組対が情報収集に走り、築見の組員が大里綾子と接触したらしいとの手がかりを得て、組の捜索令状を取ったのだ。

「結論からいうと、大里を殺害したマルヒは確保した」

「え。本当ですか。ですが、そんな情報は入ってきていないですよ」

「ああ、昨日のことだからな」

築見組長は手入れされることに歯向かうことなく、更にはなにも出てこなかったことにも文句をつけなかった。むしろ協力的な態度さえ見せた。その上、破門した連中がなにかやっているらしいという情報を出し、自身の組とは関わりがないという先手を打ってきた。

「わしらも組対もそんなことまともに信じちゃいないが、なにも出なかった以上、しようがない。そうしたら」

翌日、元築見組の組員だという、下っ端らしい若い男が出頭してきたというのだ。落合は苛立つ表情を浮かべる。

「してやられたって感じだな」

「身代わりってことですか」

野路が訊くと、落合は唇をめくれさせ、僅かに首を傾げた。

「いや、大里綾子を殺したのは間違いないだろう。遺体にその男の指紋が付いていた」

「それなら」

「ああ。だが、誰に雇われたかは吐かない。あくまでも自分一人でしたことだという」

「動機はなんだといっているんですか」

犯行の経緯を尋ねると、早朝、たまたま車のなかで寝ているのを見つけたといった。

「車のなか？　例の軽四乗用車ですね」

「ああ。私鉄喜央駅付近に停まっていた車の運転席で、大里綾子が寝ているのを見つけたというんだ。脅《おど》して金でも盗ってやろうと思ったら、抵抗したからそのまま殺したと」

供述の通り、首を絞められ、金品が盗まれていた。しかも被疑者は、大里綾子の所持品を持っていた。

「指紋もあるから、殺したのはヤツで間違いないだろうが、黒幕はいわない。だからわしらは、まだ逮捕状を取らずにぎゅうぎゅう締め上げているところだったんだ。そんなところに、今朝の騒ぎが起きた」

都が腕を組み、「狙撃事件は不正免許証に関係していると考えていますか」といいながら野路にも目をやる。

「わからん。ただ、狙われたのが知事であれ、公安委員であれ、全警察官は狙撃事件に集中することになる。わしらもとろとろしていられない。検察も今回の件で途端に浮足だった。とにかく強殺だけでいいから、さっさと送れと急《せ》かしてきやがった。ああいう連中は、簡単には吐かないから、検察と相談して策を練ろうかと思っていたんだが、そんな悠《ゆう》長《ちょう》なことはしていられなくなった。諦めてさっき逮捕状を執行したところだ」

「落合主任はどう考えているんですか」

「うん？」

「鳴瀬係長の件、大里拉致殺害事件、そして狙撃事件、これらはみな不正免許証がらみで繋がっていると？」

「ふん。タイミングが良すぎる。たとえ大里の殺害が行きずりの犯行だとしても、不正免許証に関与しているのは間違いない。更にはモトクロス集団だ。今、そのモトクロス用バイクが今回の狙撃犯逃走のバイクと同じか照合している。一致すれば、全ては同じ根だとして扱うだろう」

「じゃあ、その築見組は？　本当に関係していないんですか」

「さあな。組長は破門した野郎だ、の一点張り。周囲の人間も同じことしかいわない。だが、モトクロス野郎が組と繋がれば、さすがにいい逃れはできないと思うが」

「そうですか。それなら」

ふいに階段から足音が響いた。記者らは一階で足止めされているから、警官だろう。顔を見るなり落合は姿勢を正し、都も室内の敬礼をした。

「小松原の署長だ」

都がいうのに野路も頭を下げる。署長は野路ら三人を一瞥《いちべつ》だにせず、講堂の戸を開けた。

「知らせが入った」

轟《とどろ》くような声に、捜査本部の面々もふと手を止め、口を噤む。水を打ったような様子をゆっくり見回して、短く伝える。

「今さっき連絡が入った。白根深雪巡査長が――」

落合と都が野路の横顔に視線を当てたことに気づいた。なぜか、講堂の開いた戸の向こうが遠くなる気がした。

「先ほど息を引き取った。殉職《じゅんしょく》された」

17

都はアクセルをいっぱいに回して、県道を走り抜けた。サイレンは鳴らさず、赤色灯だけを点ける。

バイク愛好家が、周囲への騒音も交通ルールも気にせず、好きなだけ起伏のあるダートコースを楽しむためのエリア。そんなモトクロス練習場は、バイク人口の多いY県にはいくつかある。県の協会に登録している施設は全て調べていた。それ以外となると、私有地を使って個人的に楽しむ場所になる。ひとつひとつ訪ねて精査していたが、これと思われるところは見つからなかった。そんなところに、余り知られていないモトクロス場があることがわかった。

「ネットでツブヤいているのを見つけました」と部下の一人がスマホの画面を見せた。

それを元にモトクロス場の経営者や管理者、利用者らに確かめてみると、県南部、姫野市の奥の山中に、ある場所が浮かび上がってきたのだ。

都は部下を二人連れ、そこに向かっていた。黒バイ隊のバイクはＣＢ４００だから、ダートコースは走れない。念のため、都だけＣＢに乗り、二人にはトレール車を使わせた。

交通機動隊にあるものだが、訓練用だから公道は走れても赤色灯のたぐいはない。都が赤色灯を点けて、先導する形を取る。

ガードレールが途切れたところに、車一台が通れるほどの未舗装の道があった。山の奥へと続いているらしいが、標識も案内もないから安易に入れない雰囲気だ。進んでみると途中にいくつか待避所はあるが、車両が頻繁に行き交っている風でもない。奥へ入って結構な傾斜を駆ける。二人は平気だが、ＣＢは砂利《じゃり》にハンドルを取られ、苦労しながら雑木林のあいだを抜けた。

右に左に細く折れ曲がった道を辿り、十五分ほど走ってようやく開けた場所に出た。切り立った場所から、眼下にすり鉢状に切り崩した広い空間を見る。およそ東京ドーム半分ほどのグラウンド状の敷地だ。ところどころ起伏や盛り上がった場所があり、右手には三十度近い傾斜の壁もある。テープで仕切って、大会のようなコースが形成され、様々な高低のジャンプスポットも設えている。数台のモトクロッサーが走り回っているのが見えた。土くれを飛ばし、エンジンを噴かす音が響く。コーナーを曲がるのに失敗して後輪を滑らせ、バイクが横倒しになった。笑い声が起きるなか、一台のバイクが坂道を駆け上がり、大きくジャンプした。

後輪で無事着地するのを見て、部下の一人が、感嘆したように呻いた。

「行くぞ」

二人が頷くのを見て、都は坂を駆け下りた。

「よくこれでここまで上がってこられましたね」

三十代半ばくらいの吊り目の男が、都のCBを見ながら、感心半分、笑い半分でいった。

「黒バイ隊ですか。へえ、知らないなぁ。知ってる？」

他の三人のライダーも二十代から三十代くらいで、それぞれ顔に泥をつけ、タオルを握ったまま首を振る。

「白バイの覆面版ってこと？」

学生風の男が訊く。都は笑って、まあ、そんなもんだといった。

コースへ入るゲートの手前に管理棟らしきプレハブの小屋があり、その横に乗用車二台のほか、バイク搬送用らしいアルミバンが停められてあった。色は黒ではなく濃い緑だ。

わざわざバイクを運んできているのかと訊くと、「トレール車じゃ思い切り走れないから」と答える。ミラーもナンバーもない、純粋に車体だけのものでも自分仕様にカスタムしているから、自車に拘《こだわ》るのもいる。搬送できない者はここでモトクロッサーをレンタルするらしい。

「それで訊きたいことってなんですか」

代表するように三十代の男が目を向ける。都はさっと片手を挙げると、視線を左右に振った。

「もう一人いる筈だが」

四人が合わせたように戸惑う表情を浮かべる。山道を抜けてコースを見下ろした瞬間、確かにバイクは五台あった。都は部下らに顎を振った。二人がぱっと散って、十分ほどして管理棟の裏の林のなかにいたライダーを連れて戻ってきた。

「別に隠れていた訳じゃない」

苛立たしげに叫ぶ男は四十代くらいで、色黒の顔に顎鬚《あごひげ》を生《は》やし、細い濁《にご》った眼をしている。部下が肘《ひじ》を摑んでいたが、無造作に振り払った。みんなで相手をする必要はないと思ったというが、コースから外れて林のなかにいたことの理由にはならない。

それきり口を噤んで顔を横に向ける鬚面を睨みながら、写真を差し出し、この体軀のライダー、若しくはこのバイクに見覚えはないかと尋ねた。それぞれ写真を回し見し、首を振る。鬚面男の目の前にも突きつけるが、小さく首を振っただけだった。

「これだけじゃ、よくわからないですね」

若い男がわざとらしく付け足すのを聞き、都は写真をポケットにしまった。

「ところで、ここで一番腕のいいライダーはどなたですか」

四人が顔を見合わせ、三十代の男が首を傾げる。

「さあ。他のメンバーとあんまり顔を合わせることないから。誰だろう」

他の三人はそれぞれ、「俺かな」「お前だろ」などといって笑い合う。無理に砕けた雰囲気を作ろうとしているようだが、ちらちら鬚面男の顔色を窺っているのがはっきり見て取れる。

都は目を細め、しばらく見つめたあと、おもむろにコースを見渡した。

「なかなか立派な練習場だ」と笑顔を向ける。四人は、うんうんと表情を弛めたが、鬚面の男だけは硬いままだ。

「ここは個人が趣味でやっているということで、利用者は限定されていると聞いた。そうなんですか」

学生風の男が、胸を張るようにしていう。

「そうですよ。経営者が認めたライダーだけが使えるんです」

「認めた？　テストでもあるんですか」

「それは」

おい、と横から鬚面が声をかける。学生風の男ははっとした表情を浮かべ、首を突き出して頷くと口を閉じた。

「その経営者は、この土地の持ち主とは違う人のようですね」

都らは、先にこの土地の登記簿謄本《とうほん》を確認していた。この辺り一帯の山林の持ち主は、姫野市に住む地主で、現在、八十九歳になる老女だった。介護ホームに入居していると聞いて訪ねたが、記憶が薄れているのか認知症なのか、はっきりしたことはわからなかった。もしかすると勝手に土地を改造、使用されている可能性もある。今、落合に頼んで、老女の縁者を捜してもらっていた。

「そうですか。僕らはそういうことよく知らないんですよ。好きに使っていいということで気ままに走っているだけなんでね」

「その経営者の方の名前と、住んでいる場所は？」

四人は黙り込む。

「知らない筈はないでしょう。利用しているんだから」

四人はそっと鬚面男に視線をやり、吐息を吐くのを見てとると安心したように口を開く。

「名前は確か小杉晶《こすぎあきら》。住所は知らない。連絡先は、本人の許可がないと教えられない」

と取りつく島もないようないい方をする。

「小杉晶さんですか」

「いいですか、もう。時間がもったいないんで」

「わかりました。念のため、免許証を確認させていただけますか」

「なんで。ここ公道じゃないでしょ」若い男が知った風に唇の端を歪めた。

「ですが皆さん、公道を運転して戻られるんですよね。まさか不携帯ってことはないでしょう」

「そりゃそうだけど」

「なら、一応、確認させてもらっていいですね。捜査協力ということで」

更に、なにかいおうとしたのを鬚面の男が止めた。いい合ったところで埒《らち》が明かないのはわかっているらしい。他の四人にも声をかけて、それぞれ免許証を出させた。都の部下が手分けして氏名住所を書き取る。鬚面の男は、佐伯伴男《さえきともお》という名だった。

「ありがとうございました」

都らは、再び坂を登って山道に入ると、一気に下った。県道に出たところで、小松原の捜査本部に連絡を入れる。報告を終えて電話を切ると、

「都隊長、放っておいていいんですか。なんか怪しくないですか、あの連中」と部下の一

人が目を怒《いか》らせていう。

「そうですよ。こんな山奥の誰も知らないコースで、認められたライダーだけが走っているなんてうさん臭い」

「だが、例のモトクロス野郎はあのなかにはいない」

部下二人が互いの顔を見合わせる。

「走行テクニックを見ればわかる。あの五人の力量は、あのモトクロス野郎の足下にも及ばない。仲間の可能性はあるがな」

「それなら」

「今はまだこれ以上の捜査はできない。本部に帰って証拠を集めてからだ。行くぞ」

「はいっ」

都は県道を赤い灯を飛ばしながら走った。走りながら思いを巡らせる。

狙撃犯は未だに捕まらない。不正免許証のことがあるから、別人になりすまして国外へでも逃亡されたら事件解決は遠のく。本部に設置された特別捜査本部も小松原署も毎日夜を徹して情報を集めていた。その一人である落合の真っ赤に落ちくぼんだ目は、激務を克明に語っていた。だが疲労困憊《こんぱい》という気配は少しも窺えず、むしろ手負いの獣のように鬼気迫るものが全身から発せられていた。そして——。

野路のあのときの表情を思い出す。

白根深雪巡査長の殉職を知らされた瞬間、野路の上半身は衝撃を受けたかのように揺らぎ、そのまま床に突っ伏すかと思えた。実際、都は受け止めようと両手を差し出しかけたくらいだ。野路は震える手で拳を作ると、強く己の膝を打ちつけた。何度も何度も。

『側にいたのに――。すぐ側にいたんだ』

そして息を吸い込むようにして体を起こすと、青ざめた顔に真っ赤に潤《うる》んだ目で呟いた。

『必ず仕留めてやる』

この男はどんな手を使ってでも犯人を見つけるだろうと思った。そして都は、野路よりも前に自分の手で捕えねばと覚悟を決めた。

小松原署に戻ると、落合が手を振って呼んだ。

「おい、小杉晶ってのは女だぞ」

「えっ」

都は舌打ちした。部下もぎりぎり目を吊り上げる。

「あの野郎、適当なこといいやがって」

「もっとあるぞ。小杉の自宅に向かった連中が聞き込んできた」と落合は気の毒そうな目を向ける。

「小杉晶は三年前に死んでいる」

都まで目を吊り上げる。くそう。都は、免許証で見た五人の住所と名前を思い浮かべる。あの佐伯という鬚面の男を一番に問い詰めてやる。

「交通事故だったようだ。両親は既に他界、三つ下の弟が一人いるだけで、家は晶が死んでから空き家となっている」

「弟――」

都がふと漏らすと、落合の表情が動いた。気になって強く尋ねると、落合は片頬を歪めながらも名前を教えてくれた。

小杉国春《くにはる》。晶の名前を出すのだから、弟があのモトクロス場に関わっている可能性はある。

「都隊長っ」

突然、部下の一人が血相を変えて、スマホの画面を差し出す。

「どうした」

「見てください、これを」

都は画面いっぱいに広がる若い男の顔を見た。落合も横から覗き込む。

小杉国春。モトクロスライダー。全日本グランプリ大会の優勝者。五年前のものだが、その前年と二年連続で優勝していた。若手が多く参戦するクラスで、メーカーからではなくプライベーターとして出走。数あるレースのなかでも、小杉国春が出たものはスピードやテクニックは元より、血気盛んな若者が多いため苛烈《かれつ》さにおいても群を抜いていた。毎回、転倒衝突などが起き、車両の破損は当たり前、怪我人の出ない回はないといわれている。

都はスマホを奪い取り、次々に小杉国春に関するページを開けてゆく。

業界では有名な選手のようだが、なぜか五年前の優勝を最後に姿を消している。短いブログ記事があった。四年前の夏、路上で喧嘩《けんか》をして執行猶予の判決を受けたとある。

都はさっと落合の顔を見た。刑事の目が鈍く光っている。

「もしかして国春を？」

「ああ。二課とうちの捜査員が捜し始めている」

都と部下は互いに顔を見合わせる。

「お宅らのお陰で、敵の尻尾の先が見えた。黒バイ隊の面目躍如《めんもくやくじょ》だな」

そういって歩きかけた落合だが、足を止めてふと困った顔を見せた。

「このことを野路に知らせるのか」

手袋を嵌《は》めるのを止め、短い躊躇《ためら》いのあと、都は小さく息を吐く。

「いわない訳にはいかないでしょう。隠していたとわかったら、あいつはなにをするかわからない。あくまでも俺らと協力態勢を取れと念を押すためにも、情報の共有はしておきたい」

「そうか。そうだな」

18

事件発生から三日後、警察葬が行われた。

冬なのに珍しい晴天の日で、その明るさが余計に胸を突く。

場所は県警本部横にある警察共済会館。その後、慰霊祭が行われ、警察学校の敷地の奥にある碑に名前が刻まれる。

式典会場は厳戒態勢となった。百川知事がどうしても参列するというのだ。百川がくるのなら公安委員会の面々も出なくてはならない。マスコミも大挙する。通常の警察葬では考えられない機動隊の出動となり、本部周辺を一時、通行止めにする大がかりなものとなった。

警察からは本部長を始めとする幹部諸氏、各部署職員、所属の長らが参列。免許センターからも業務に支障のない程度で数十名の職員が列席することになった。

鑑識作業などを終えた免許センターは、翌日から開庁している。更新手続きなら各警察署でもできるが、新規免許のための学科試験、行政処分に関する聴き取りなどは他では行えない。技能試験にしても、全て予約制だから改めて取り直してもらうにも大変な手間となる。そのため、免許センターはいち早く、通常業務に戻らなくてはならない。ただ玄関門の周辺にはマスコミ関係者が屯《たむろ》し、なかに入って勝手にカメラを回そうとするのもいる。それを諌《いさ》めるのは警備員だが、到底、普段の人数では足りない。小松原署からの応援に機動隊員を加えて、しばらくはセンター周辺を制服警官が警備することになった。

試験監督課は、鳴瀬係長が入院中のため最上課長が部屋に居ることが多くなった。野路は課長に葬儀への参列の許可を求めた。なにか訊かれるかと思ったが、最上は黙って頷くと、配置の変更を指示した。他の同僚らもなにもいわず、なかには、「代わりに最後の挨拶をしてきてくれ。白根さんにはうっかり免許を失効したとき世話になった」と目を潤ませる人もいた。

野路は制服を整えると会館に向かった。

会場は多くの警察官が取り囲み、なかに入る際には制服を着ているにも拘わらずバッジの呈示を求められ、職員データとの照合まで求めされた。受付する箇所は複数用意されているが、確認に手間を取られ、なかなか進まない。ぼんやり見ていると、喪服を着た男性と低い声でいい合っている受付台があった。通り過ぎようとしたら、見覚えがある顔を見つけて声をかける。免許センターの警備員の一人だ。深雪にどうしてもお別れをいいたくてきたというので、野路が受付の係員に身元を保証し、なんとかなかに入れてもらう。年配の警備員だが、目を赤くして頭を下げると会場の隅の席へと向かった。

野路は、パイプ椅子が整然と並ぶあいだを抜けて歩く。正面には白菊が一面に広がっていて、まるで雪が降り積もっているかのようだ。中央で深雪が制服を着て、正面を向いて挙手敬礼をしていた。個人的に撮った写真なのだろう、敬礼しながら笑っている。右頬にえくぼがあった。野路はしばらくその遺影を見つめ、手近にある椅子に腰を落とした。制帽を脱いで膝の上に置く。式典が開始されるまで、まだ一時間近くあった。

視線を手元に落としたまま、当時の様子を繰り返し目の奥に浮かび上がらせていた。あのとき、自分はどこにいたのか。どうして異変に気づけなかったのか。深雪がどこにいて、どっちを向いていたのか、どうして記憶にないのか。

隣に誰か座る気配がした。顔を上げずにずっとそのままでいると、「野路主任」と呼ばれた。見ると、作成課の藤原主任だった。目が酷く腫《は》れている。

小さく頭を下げると、藤原は座ったまま姿勢を正して視線を真っすぐ祭壇に向けた。なにかいいたそうな様子が窺えたが、声をかけずじっと待っている。藤原は意を決したように、前を向いたまま話し出した。

「余計なことかもしれないけど、白根さんのご家族にご挨拶だけでもされませんか」

「え」

「彼女は、ご両親と社会人になったばかりの弟さんの四人家族なの。職場でおうちのことか、よく話してくれたわ。仲のいい家族らしくて、仕事のことでもなんでも話すらしいのよ。だからたぶん……いえ、きっと野路主任のことも、ご両親や弟さんに話していたと思う」

すっと息を呑んだ。藤原は慌てて、膝の上で小さく手を振る。

「そんな大袈裟なことじゃないの。ただ、親御さんにしてみれば、ああ、娘がいっていたのはこの人のことか、と喜んでくださる気がするの。なんでも、どんな些細なことでも、彼女のことなら知りたいと、きっとご家族は思っていらっしゃると……その、病院で、大変な哀しまれようだったから」と藤原はハンカチを取り出し、ぐいと目頭を押さえた。拭っても拭っても涙が溢れ出るらしく、野路はたまらず顔を背《そむ》け、拳に力を入れて堪えた。

葬儀が終わると、ほとんどの警察官が所属へと戻って行った。藤原も、すぐにセンターに戻らないといけないからといって、慌ただしく会場をあとにする。野路はぽつねんとパイプ椅子に座っていた。

閑散とした会場の祭壇近くで動きがあった。いきなり横手の出入り口から、カメラを構えたマスコミらしい数人が駆け込んでくる。すぐにSPの黒服集団が現れた。その輪から背の高い男性が抜け出ると、祭壇の前で立ち尽くす喪服を着た年配の男性へと駆け寄る。百川知事は男性の両手を摑むと、真剣な眼差しでなにかいいながら強く振った。そして沈痛な表情のまま、肩を柔らかく抱くように引き寄せる。カメラのフラッシュが瞬《また》いた。少しして離れると、側にいる橘秘書に小さく頷き、百川はSPらに引っ張られるようにして出て行った。マスコミがそのあとを追い、更に本部長ら幹部と倉治センター長も追って会場から消えた。あとには男性一人だけが取り残される形となった。

男性は、いっとき百川が出て行ったあとを眺めていたが、再び祭壇に向き直ると白菊のなかの遺影を見上げる。

深雪の父親だと思い、制帽を手に野路は近づいた。気配に気づいて振り返る。室内の敬礼をして、「免許センター試験監督課の野路明良です。白根巡査長とは何度か——食事をご一緒させていただきました」といった。

男性は、ぼうっとした表情で野路を見つめていたが、やがて氷が解けてゆくように頬を弛ませていった。ああ、と笑顔を作る。片方の頬にえくぼができるのが見えた。野路は目を伏せ、この度は、と言葉を濁した。

「あなたですか。深雪が、楽しそうに話していましたよ。オートバイの後ろに乗せてもらって気持ちが良かったと大層はしゃいでいました。妻が、危なくないのかといったら」そこまでいって言葉を詰まらせた。近くにその妻と社会人だという弟はいない。

「家内の具合が悪くなって、今、息子が奥で様子を見ているんですよ」と鼻を啜《すす》った。指で目尻を拭うと、「娘はそんな妻にね、大丈夫よ、その人は全国の白バイのなかで一番になるくらい優秀な人だから。もっとも安全なドライバーなのよ、と自慢げにいっていました」

野路は喉元まで出かかった言葉を呑み込む。申し訳ありませんでした、自分はすぐ側にいたのに娘さんを守れなかった、と。

父親は、黙って目を伏せる野路に、深雪がお世話になりありがとうございました、と頭を下げた。野路も深く返して、側を離れた。

「あ、そうだ」

父親の声に、慌てて振り返る。

「これ、あなたにお返ししたらいいかな。免許センターの方でしたよね」とズボンのポケットからなにかを取り出す。待っていると、深雪の免許証が差し出された。

「これは?」

父親は微かに笑みを浮かべながら、「娘の持ち物のなかにあったんですが」という。形見として持っていてはといいかけるが、父親は察して首を振った。

「いや、ちゃんともう一枚ありますから。こっちはどうやら間違って作ったものらしい。本当はきちんと処分しなくちゃいけないのでしょう。しようがない娘だ。お願いしていいですか」

え? 野路はよく理解できないまま、とにかく受け取る。そして反射的に素早くポケットに入れた。視線を感じて、父親越しに祭壇の脇を見やった。出入り口の扉を開けて、本部警務部職員、倉治センター長、笛吹課長、そして公安委員らがこちらを窺っている。深雪の父親を迎えにきたのだろう。センター長が野路の顔を思い出したらしく、近づいてこようとしたので、すぐに挨拶して身を翻す。足早に会場を出て上着を脱ぐと、タクシーを拾った。リアウィンドウ越しに会場を振り返ると、一人の男の姿が見えた。すぐ垣根に身を潜めたからはっきり誰とはわからなかった。だが、なぜか野路を追いかけてきたような気がした。

野路は姿勢を戻し、ポケットから免許証を取り出す。白根深雪の顔写真入り免許証だ。氏名、生年月日、住所、免許証番号などにおかしな点はない。

「なんだろう。どうして免許証を二枚も作っていたんだ」

間違えて作成したものなら、すぐその場で廃棄する筈だ。少なくとも免許センターから外に出ることはない。

交付年月日を見た。一週間前になっている。深雪と会う機会を失い、どうしているだろうと気を揉《も》んでいたころだ。

窓ガラスに掲《かか》げて透かして見る。チップの影がちゃんと見えた。

19

都から、小杉晶・国春姉弟のことを聞かされた。

「勝手な真似はするなよ。俺らが今、行方を捜しているから待て」

黒バイ隊が免許センターにやってきて、都は野路に対し、強くいい含めるようにいった。わかっていると頷いて見せたが、都は納得していないかのようにいつまでも睨みつけていた。

土曜の公休日、野路は久々に交通機動隊に出向いて、白バイ特別練習生のコーチをしている木祖川に会った。

全国白バイ安全運転競技大会に出場するための選手を指導している男だ。以前には野路と共に、大会優勝を目指して切磋琢磨した仲間でもあった。その木祖川からトレール車を貸してもらうことにしていた。

「お前、またなにか無茶をしようとしているんじゃないだろうな」木祖川が勘鋭くいう。

「勘なんかなくてもわかる。お前が、モトクロス集団とやりあったという噂は耳にしている。その上、免許センターの同僚を殺されたんだ。そんな目に遭って、黙って大人しくしている人間じゃない」といって一旦、口を閉じた。少しの間ののち、再び強い口調でいう。

「貸すのはいい。だが、用心しろよ。お前が得意にしているのはトライアルだ。モトクロスレースとは違う」

「わかっています」

白バイ大会で行うのはトライアルで、一人ずつ採点するものだ。傾斜や障害のあるトリッキーなコースをどれほどうまく、コース逸脱、足接地などすることなく潜り抜けるかを争う、いわばバランス走行の競技。起伏のあるコースをいっせいに走り抜けてスピードを競うモトクロスレースとは全く異なる。

だが、と木祖川が真面目な顔に口元だけ弛めた。

「トライアルにはトライアルだからこその技術がある。その一点に関しては、お前は今でも全国で一番だ」

野路は黙って頷くと、公道を走行できるトレール車に跨《また》がった。木祖川の心配そうな顔を振り切って道路へ勢いよく飛び出す。真っすぐ、都から聞いた県道を辿る。例の私設モトクロス場を見に行こうと思ったのだ。

都らは、そこで会った五名のモトクロスライダーを取り調べたといった。だが、一人を除いた四名は、身上、経歴、背景まで調べてみても怪しむべきものはなにも出なかった。残った一人、鬚面で、四十三歳になる佐伯伴男の行方だけがわからないということだった。

落合ら捜査本部の調べでは、佐伯は窃盗脅迫の前科持ちで、数年前から仕事もせず、どうやって生活しているのか不明だという。友人や家族もなく、反社組織に所属しているのかどうかもわからない。

「わからない尽くしで、唯一、判明しているのがモトクロスライダーということか」

都が垣間見た限りでは、そこそこの腕前らしい。佐伯は未成年のころからバイクを乗り回し、暴走族で検挙されたこともあった。普段からモトクロッサーを愛用し、あちこちの練習場に出没していた。しかも佐伯はバイクなどを搬送できるアルミバンも所有している。

落合のいる小松原の捜査本部は元より、特別捜査本部でも、佐伯伴男とモトクロス場を管理していると思われる小杉国春の所在確認に全力を注いでいる。

野路は、ネットから小杉の顔写真を手に入れた。

今年、三十一歳。写真は全国優勝したころのものだから二十五、六だろう。若く、血気に溢れ、自信に満ちた顔をしていた。バランスの取れた体軀に髪はスポーツ刈りで色黒、頬骨が張った顔にどんぐり眼《まなこ》が印象的だ。大会の映像をネットから探して何度も目を通した。ハンドルさばきから車体の引き回し、ジャンプ、着地、コーナリング、そのどれをとってもずば抜けている。まるで野を駆け、獲物を追うジャッカルのようだ。

この小杉が四年前の傷害事件以降、モトクロス界から姿を消した。およそその一年後にたった一人の身内である姉を失った。今の国春にはなにも恐れるものはないのかもしれない。

バイクで走行する姿や表彰台に立つ顔を舐めるように見たが、深夜のモトクロス集団のリーダーと重なる部分があるかどうかはわからなかった。小杉国春は今どこにいて、なにを考え、なんのためにバイクに乗っているのか。もし、被疑者の一人であるなら、なぜ、不正免許証に関わることになったのか。過去を浚《さら》っても、結びつくものは未だなにひとつでてこない。

　野路は横道に気づくとアクセルを戻し、ハンドルを切った。スピードを抑えながら、砂利道を上がる。間もなく開けた場所に出た。都がいったように、かなり本格的に作ったレーストラックだ。だが、人気《ひとけ》は全くない。広々とした空間が、呆《ほう》けたように横たわっているばかりだ。人の声はもちろん、鳥の囀《さえず》りさえなく、風が吹き寄せる響きだけが野路を取り巻いた。

「撤収した訳か」

　プレハブ造りの管理棟に目を向ける。都の報告を受けた捜査本部が、隅々まで調べた筈だが、手がかりになるようなものはなにも出なかったのだろう。規制している様子もない。坂を下りて、建物の側にバイクを停めた。引き戸に手をかけると、最初から鍵などなかったのか、簡単に開いた。

　なかは着替えができるようにパーティションで仕切ったロッカーが並ぶ。トイレ、簡易シャワールームに流し台、給湯設備などの水回りと、あとはテーブルと椅子。壁にはどこかの大会の写真らしいものが飾られていた。棚のなかには、モトクロス雑誌、工具類、オイルなどが置かれている。

野路は、ヘルメットをテーブルに置いて、いちいち確認してみた。写真はフリースタイルらしい空中で浮遊しているものや片手で回転しているもので、他に出場選手らの集合写真もあった。丁寧にチェックしたが、知った顔はなかった。小杉と思われる顔も佐伯も見当たらない。雑誌のページも繰ったが、気になるものはなかった。棚のなかには他にレース出場のためのゼッケン申込書、ライセンス取得の申請用紙などもある。小杉に繋がるものはなにひとつなく、それで捜査本部も諦めて練習場を差し押さえることもせず放置しているのだろう。これが、所有者に無断で造成、使用されていたものなら事件化され強制捜査もできるが、二人に対する容疑も確定していない以上、まだそこまではできない。

野路はコースを走ってみた。トレール車なので無茶なジャンプはできないが、それでも起伏やコーナーの角度など結構タフな造りとなっていて、本格的なレーサーでも十分楽しめそうだ。ここで佐伯は練習をしていた。モトクロス集団の一員として腕を磨いていたのだろうか。メンバーはわかっているだけで三人。他の二人もきていたのか。小杉国春と佐伯が例の一味なのか。

最後にコーストラックをひと渡り眺めて、車体の向きを変えた。

山道を下りて県道に出ると、微かにエンジン音が聞こえた。素知らぬ顔をして走り続けるが、ずっとあとをついてきている気がした。野路は少しスピードを上げて距離を取ると、カーブを曲がってすぐのところで急停車し、道路脇に身を寄せる。

少しすると二台のバイクが姿を現した。そのまま野路の横を走り抜けて行く。しばらくその後ろ姿を見送っていたが、不審な様子は見られなかった。

「考え過ぎか」

野路は再び、アクセルを回して走り出した。

20

自宅に戻るなり、捜査本部から呼び出しを受けた。

再び、ヘルメットを取り、バイクで小松原署に向かう。捜査員は大方出払っているらしく、講堂はがらんとしていた。入り口近くのテーブルに落合が座っているのが目に入ったが、挨拶する前に奥の雛壇《ひなだん》から手招きされた。

野路は一課の班長から直々《じきじき》に叱責された。どうやら、例の私設モトクロス場には、捜査本部の刑事が何人か張り込んでいたようだ。もしかすると佐伯がまた姿を現すかもしれないと考えたからだが、やってきたのは佐伯でなく野路だった。おまけにあちこち嗅《か》ぎ回るから、刑事らはしばらく様子を見ていて、帰る野路を追跡することにした。途中、車両照会をして職員データから警察官だとわかると、一応尾行は中止となったが、捜査本部に報告はなされた。

モトクロス場に刑事が張り込んでいたとは気づかなかった。どうやら冷静さが欠如していたようだと反省するが、落合は、「そういうことじゃないだろう」とさすがに眉間の皺を深くさせる。そういいながらも、野路の勝手な振る舞いには、殉職した深雪のことがあるからと取りなしてくれて、間もなく解放された。

「お前の気持ちがわかるからある程度は大目に見るが、それも限度があるぞ」

落合の充血した目で睨まれ、野路は素直に頭を下げた。

月曜日になると、今度は倉治センター長に呼び出される。

「勝手な真似をするなっ」といきなり怒声を浴びた。幹部室にいた課長らが驚いて息を呑むほどの凄まじさだった。捜査本部から連絡を受けたのだろうが、倉治は顔を青ざめさせ、薄い唇を震わせている。

「巡査部長ごときがなんのつもりだ。一課長から電話をもらって、散々嫌みをいわれたぞ。お前は、以前にも大里綾子の拉致事件の際、金魚の糞《ふん》よろしく黒バイ隊にくっついて行ったそうだな。そして今回は、刑事が見張る現場に出向いて、いっぱしの捜査員の真似事か」

野路は頭を下げて謝るしかなかったが、倉治の怒りはなかなか治まらない。

「免許センターに刑事課があるとは知らなかったと皮肉られたわ。不正免許証のことだけでも大変なのに、うちの職員の休みの日の行動まで把握していなくてはならんのか。赴任したばかりのわしに恥をかかせてなにが面白い」

最上課長がたまらず席を立ち、「わたしからもよくいい聞かせ……」といいかけたのに、強い口調で遮《さえぎ》る。

「本を正せば、課長の監督管理が杜撰《ずさん》ということじゃないのか、最上。試験監督課はいったいどういう部署なんだ。庁舎から飛び降りる係長といい、部下に勝手気ままをさせるところなのか」

「野路っ」

最上が、体軀に似合わぬ俊敏さで飛びかかり、そこに作成課長の笛吹も加勢してやっと野路を押さえ込む。そうしなければ、センター長を殴っていたかもしれない。二人に引きずられるようにして幹部室を出た。最上はセンター長に弁明するためにか、すぐに部屋に戻る。笛吹が扉の前に立ち塞がって野路を見つめた。

「野路、落ち着け。あの人も色々あるんだ」

「なんですか、色々って」

「一課長とは同期でな、噂ではお互いをライバル視していると聞く。ただし、同じ本部の警視ではあるが一課は花形で、次は大規模署の署長と決まっている。それに比べて倉治さんは、問題のある免許センターに突然の異動だ。本人もある程度は覚悟していたらしいが、まさかここにくるとは思っていなかっただろう。腐るのは仕方がない」

「だからといって、鳴瀬係長のことをあんな風にいうのは」

「わかってる、わかってる。本気でいったわけじゃない。頼むから大人しくしていてくれんか。次は本当に処分を食らうぞ」

「構いません」

笛吹は軽く目を開き、気弱な笑みを浮かべる。

「若いからそういう強気でいられるんだ。失うものがない者の強さか。羨《うらや》ましいもんだ。だがお前も主任なんだから、いい加減わかれ。これ以上無茶をすれば最上さんに迷惑をかけるし、俺だってとばっちりを食う」

そういわれると、野路も口を引き結ぶしかない。そんな様子に安堵したのか、笛吹は、もういいから部屋に戻れ、と肩を押した。

倉治からは、今後、事件に関連する場所にはいっさい近づくなと厳命されるにとどまる。なんらかのペナルティを受けるかと覚悟したが、どうやら最上が治めてくれたようだ。

午後からは技能試験の監督をする。

昼休み、準備をすませた野路は一階の食堂に向かった。職員用のスペースが奥にあり、窓際へと小走りに近づく。既に、作成課の藤原が弁当の包みに手を置いて、窓の外を眺めていた。

「すみません、昼飯時に呼び出したりして」野路は頭を下げる。

「大丈夫。食事は早い方だから」と笑い、すぐに真面目な顔に変えて、それで？　と訊く。

野路は頷き、ポケットから免許証を取り出した。藤原はそれを手に取ってしげしげ眺める。

「本物の免許証に見えるけど。つまり、うちで作られたものね。別にもう一枚有効な免許証があるというの？」

葬儀のあと深雪の父親から渡され、そのときは深く考えず、詳しく尋ねることもしなかった。だが、確かにもう一枚あるといっていた。藤原は免許証を返しながら、「だからチップの内容を確認したいと?」と眉間に皺を寄せる。

誰かを巻き込みたくはなかった。特に、作成課の人間は、不正免許証に関わる人間がいる可能性もある。未だ誰と特定できないから、上層部も厳しい処遇を取りかねていて、不正行為が行われないよう、業務中は本部の人間が作成課で監視する態勢だけ取られていた。近く、全員、異動になるだろうという噂もある。

「単に間違ったものかとも思ったんですが、ちょっと気になって」というと、藤原は意外にも強く首を振った。

「有効な免許証が二枚も存在するなどあり得ないわ。そのことは作成課である白根さん自身が一番わかっている。恐らくわざと作ったのでしょう」

「わざと」

ぞくりと毛が逆立つのを覚える。藤原までもが鳥肌が立ったのを抑えるように腕をさする。この免許証になにかある。そう感じながらも、一方で作成作業に従事しているだけの深雪に、なにが気づけるだろうという疑念もある。それでも、一応確認だけはしておきたかった。

「わかった」

藤原は心を決めたように頷く。警察葬で涙を溢れさせた姿を見て以来、今の野路にとっては信を置くに足りる数少ない人だ。

「白根さんの記載事項確認暗証番号を手に入れるわ。スマホに送るから、見たらすぐ削除してね」

「ありがとう。感謝します」深く頭を下げる。

藤原がにこっと笑うのに、野路はふと思いついて訊いてみた。

「倉治センター長？」

「ええ。ちらっと耳にしたんですが、倉治さんがこの問題あるセンターにきたのにはなにか訳があるようなことを」

藤原は微かに首を傾げ、視線を窓の外へと向ける。

「さすがに警視クラスのことだから、わたしなんかには知りようがないけど」

「そうですか。いえ、すみません。それじゃ、よろしくお願いします」

作成課に戻る後ろ姿を見送った。

終業間近、藤原からメッセージが入った。八桁の番号。四桁の第一暗証と第二暗証だ。それを覚えて野路はすぐ削除した。

免許センターの一階奥に、一般用チップ閲覧のための端末が置いてある。第一暗証で免許証に記載されている事項が画面に出る。そして第二暗証で、免許証に記載されていない本籍と顔写真が見られるようになっている。

人気のなくなった時間、野路は深雪の免許証を端末にセットし、暗証番号を押した。画面には免許証を拡大したようなものが現れる。免許証の表面に記載されているものとなんら変わりはない。本籍も県内の所番地で、顔写真も本人のものだ。おかしな点はない。

周囲を見渡して免許証をポケットにしまうと、誰もいないのを確認して庁舎を出た。


二日後、愛車の400を駆って待ち合わせの場所に向かう。

大型書店の駐車場に、黒いバイクが三台隠れるように停まっていた。都がフルフェイスのシールドを上げて視線を合わせてきた。

「いいな、野路。お前は口を開くなよ。たまたま俺らの捜査の場にいたという体《てい》で頼むぞ」

「了解です」

三人が逆V字で走行する少し後ろをついて走る。

やがて郊外のバイクショップに着いた。午後七時過ぎで、さすがに店内に客の姿はない。バイクの音に気づいたのか、店主らしい四十代の男性が汚れたツナギ姿で出てきた。

「お電話させていただいた都です」

都はバッジを見せ、後ろは部下です、と口早にいい、「お時間いただきありがとうございます」と頭を下げた。店主は複雑な表情のまま、どうぞと招き入れてくれた。都らについて野路も続く。

店主は一旦外に出て、シャッターを半分ほど下ろした。

真新しいバイクに並んで、修理中なのか泥のついたオフロードバイクがタイヤを外した姿で置かれている。店主の伊井《いい》は、昔、モトクロッサーに乗っていて、少し前までレースに参加していたという。そのとき、小杉国春と知り合った。

「小杉くんがねえ」

伊井は残念そうに、それでいてなにか納得するという風に言葉を続けた。「彼は優秀なライダーでしたよ。才能っていうんですかね。天性のものがあった。あのまま続けていれば国際大会でも十分活躍できたでしょう。ただ、残念なことに性格がね」

レースであれ試合であれ、人と競う限りはある程度の気性の荒さは必要だ。誰にも負けないという信念がなければ、人に先んじることはできない。

「彼の場合は、短気という程度ではすまない乱暴な性癖でした。こんなことがありました。練習場で軽くレースをしたあと、その場で飲み会になってね。酔ったやつが、たまたま彼のモトクロッサーにビールをかけたんですよ。すっかり泥だらけになったマシンでしたから、それくらいのことと思うじゃないですか。だが小杉くんはもう、周囲が引くほど激怒してね。かけた男を血塗れにするほど殴った。僕らが慌てて止めたから良かったものの、そうでなければ大事《おおごと》になっていたでしょう」

粗末な椅子に座って背中を丸め、伊井はそのときのことを思い出すのか疲れた息を吐く。

「そんなだったから、傷害事件を起こして捕まったと聞いたときは、やはりな、と思いましたよ」

「それ以後は、お会いになっていないのですか」

「え？」ああ、そうですよ、と伊井はいう。「いっときはレースに復帰しようと頑張っていたようですが、あいつの姉さんが事故で亡くなってね。それ以来、人が変わったようだと人づてに聞きました」

関わりになって面倒に巻き込まれたくなかったし、と伊井は恥じるように顔を歪めた。

「僕も、この店を出そうと資金集めに必死だったんで」

都は、うんうん、とわかったという風に頷きながら店舗を見渡す。そして、バイクをいちいち指差し、ああ、あれはなになにだ、あれはいいな、こっちのは俺が欲しいヤツだ、だけど高いんだよな、と独り言のように喋り続ける。伊井が不審そうな顔をするのを見て、「いや、失礼」と頭を掻いた。

「ところで、小杉国春とは本当に会っていないんですか。金を借りたこともない？」といきなり切り出した。

伊井はぎょっと顔色を変える。野路はじっとその顔を睨みつけた。そこで伊井はようやく、自分が事情を聞かれる理由に気づいたようだった。

「こちらの調べではね、お宅、この店の経営に行き詰まって借金をしていますよね。しかも金を借りた相手の一人が、小杉国春だということはわかっているんですよ」

落合が伊井の周辺を調べて手に入れた情報のひとつだった。都はそれを聞いて、バイクショップの店主の事情聴取は自分がすると手を挙げたのだ。

伊井は警察が聞き込みにくると聞いて、なんだろうと不安に思ったに違いない。だが、小杉からの金は直接の手渡しで、貸借契約書のようなものは作っていない。足がつくとは考えなかった。だが、今、顔色を変えたところを見ると、小杉から得た金がまっとうなものでないと知っていたらしい。

「警察はね、そんなに甘くないですよ」

都がねめつけると、伊井は途端にうろたえ始めた。

部下の一人が手帳を広げ、赤字経営で債務を抱え、店舗を手放すしかないところまで追い詰められたころ、突如、全額返済というマジックが起きているといった。伊井はその際、銀行の融資担当者に漏らしたそうだ。バイク仲間が融通してくれたと。捜査本部の刑事が付近に聞き込みをかけたところ、その時期、小杉らしき男がショップに出入りしていたこともわかった。

「どうして会っていないなんて嘘を吐いたんです？」

「え、いや。なんか関わりになるとマズイんじゃないかって。だってあいつ傷害事件とか起こしていたから」

「ただ金を借りただけなら、なにも隠す必要はないでしょう。あなたと小杉は親しかった。モトクロス仲間に訊いたら、みんな口を揃えていってましたよ。小杉といったら、すぐに伊井さんに訊けば、と教えてくれました」

ううう、と伊井は息を止めたかのように顔を赤く染めた。

「それでいくら借りたんですか」

知っていて訊いている。伊井は黒目を忙しなく動かし、どう答えようかと必死で考える。その様子を見て、都はおかしそうに笑う。「三〇〇万だろ。大金だよな。ところでその金、返したんですか、小杉に」

伊井は押し黙る。

「ここの経営、今も赤字らしいですね。三〇〇万なんか返せる筈もないか。それとも、金はもらったも同然ってことですか。小杉はなにもいいませんか」

伊井は顔じゅう汗みずくにさせ、小刻《こきざ》みに手を震わせる。都が大仰に腕を振って立ち上がる。自分の影で伊井を包むと、荒らげた声を放った。

「どういう金かわかっていたんだろう。だから、返さなくてもいいと思った。むしろ小杉の弱味を握ったつもりで、更に資金を得ようと脅しでもかけたか」

「まさか、まさか、そんなおっかないことしません」顔を上げて必死で首を振る。

「なにがおっかない」と都は鋭く問うた。伊井は、だって知っているんでしょう、と唇を噛む。

「小杉は、組の手下みたいなことしているんだから、そんなの相手に面倒を起こしたら命がいくつあっても足りない」

「組？　なんという組だ」

「え、えっと」

「築見組か」

伊井の目が見開き、あ、そうだ、と頷く。「それです。そういっていた。なんか卑猥《ひわい》な名前だなっていったら、怒り出しやがって」

「いつ会った。最後に会ったのはいつだ」

思わず野路は怒鳴った。都がきっと振り返ったが、なにもいわない。

伊井は額《ひたい》の汗を拭い、ちらりと壁のカレンダーを見る。

「え、えっと、四、五日前かな。バイクの修理をしてくれといってここにきました」

ここはモトクロス集団のバイクベースだったのだ。自車を持つライダーなら、それなりにメンテナンスはできる。だが、手に入りにくいパーツや専用の器具は、やはり専門店でないと無理だ。ギブアンドテイク。だから、金を貸したといっても取り立てることはしなかった。この伊井という男も、叩けば埃《ほこり》が出るに違いない。

野路も都もそうとわかって、尋問に拍車をかける。

「小杉はどんなことをして金を稼いでいる」

「そ、そんなこと知らないよ」

「いい加減なことというなっ。そうでなければ、どうしてそんなに小杉との関わりを隠そうとする。不法行為をしていると知っていたんだろう。汚れた金だとわかってもらっていた。だから、小杉のいうまま、バイクの修理をしてやったり、必要なものを取り寄せてやったりしていたんじゃないのか」

都に加えて部下二人も立ち上がって取り囲む。伊井は椅子から転げ落ち、床に尻もちをついて怯えた顔を見せた。野路がその胸倉を摑んで、激しく揺する。

「正直にいえ。お前は小杉のためになにをしてやった。ライフル銃を取り寄せたんだろう。それが人殺しに使われると知って渡した。そうだろうっ」

伊井が、ひいっと顔を引きつらせる。睨まれ、首を絞められながらも必死で違うと叫ぶ。

「ら、ライフル？　そ、そんなもの知らない。ひ、人殺しなんて、僕は関係ない。そんな、そんなこと知らない、やめてくれ、僕はなにもしていない」

都が野路を引き剝がす。やっと息が吐けたという風に肩を落とす伊井に、都が追い打ちをかけた。

「正直にいわないと、お宅、殺人の共犯になるよ。今のうちならまだ間に合う。小杉は今どこでなにをしている」

そういって伊井の両肩を摑むと、引き上げるようにして立たせて、どんと椅子に座らせた。ライダースーツを着た四人の警官に囲まれ、伊井は目を剝いたまま固まる。

部下が奥の流し台から、水道の水を入れたコップを差し出す。伊井は震える手で摑むとそれを一気に飲み干した。

都が、録音させてもらうよ、といってスマホを操作する。

伊井が訥々《とつとつ》と述べることは、おおよそ落合ら捜査本部が想像したことと差異はなかった。

モトクロス仲間で小杉国春と唯一、親しくしていたのが伊井昇二《しょうじ》。二人は表向き疎遠な振りをしていたが、小杉が傷害事件を起こしたあともずっと付き合いを続けていた。やがて小杉が暴力団と親しくなったのを知ったが、伊井はそれでも態度を変えず、むしろいつか利用できるだろうと考え、なにくれとなく世話をすることにした。バイクの修理はもちろん、小杉の名でやりにくいことなど、伊井が替わって手続きした。

そんな小杉がなにか金儲けに加担していると知ったのは、一年ほど前だった。それは、店の資金繰りに困った伊井に、大金をあっさり用意してくれたことで確実なものとなった。どんな金儲けなのか、自分も加えてもらえないかといったが、小杉はさすがに難色を示した。

「凄い？」野路が訊くと、伊井は頷いた。

「ああ、小杉がマジにいったんだ。仕切っている男は、すげえヤツだって。シビアなとこもあるから、めったな人間は加えられないそうだ。それでもなんとか頼むっていったら、小杉のヤツ、自分のいうことなら聞いてくれるだろうけどな、って。じゃあそのうち頼むよといった。小杉のことをそいつはずい分、信用しているらしい」

「その凄いヤツというのは？」

わからない、と首を振った。「さすがにそれまでは教えてもらえなかった。ただ、今やっている商売はうまくいけば、とてつもない大金を生むとはいっていたな」

犯罪者や過去を消したい人間が生まれ変わって別の人生を生きることができる。望めば外国でもどこでも行きたいところにゆける、そういうものだと小杉はいったそうだ。

「なんだと？　もう一度いってくれ。今なんていった」野路は思わず声を張り上げた。

伊井は戸惑うように顎を引く。「あ、あの、再生の、ためのライセンスだとあいつはいった」

モトクロスのレースに出るためには協会に登録申請し、ライセンスを取得しなくてはならない。そういうものかと訊いたら、小杉は笑って、そうだといったらしい。

野路と都は顔を見合わせた。

それから少しして、落合ら捜査本部の車両が、密かに伊井のバイクショップ近くに現れた。調書を取るため伊井を連行し、小杉が現れた場合のことを考えて、捜査員を店の周囲で見張らせる。捜査本部の人間でない野路がいるのを見咎める者がいたが、落合がうまく誤魔化してくれた。頭を下げるとその背を思い切りはたかれる。

「これだけはいっておくぞ。もう警察葬はご免だ。あんなものは生涯に一度で充分だ」

そういって歩き出すのに、野路は黙って腰を深く折った。

21

十二月――。

朝から冷え込みが厳しかったが、免許センターの三階は、妙な緊張に包まれていた。

偶然見かけた藤原主任を引き留めて尋ねると、「またこられるのよ」と、作成課の通路の方を目で示す。

「ほら、公安委員長が新しくなられたでしょう? あの狙撃事件で、ご挨拶がうやむやになったから、改めて顔出しするってことなの」

「なるほど。確か、弁護士の磯辺衛氏でしたね」

「そう」

「百川知事も?」

藤原は苦笑する。「さすがにこられないわよ。元来、ここは公安委員会の管轄だものだけど、と遠い目をした。

「白根さんのことがあったせいか、百川知事は株を上げたわよね。誰かに狙われたことで、世間はその人物が重要人物、かけがえのない人だとイメージしてしまうでしょ？　ま、実際、県のトップなんだけど」

　そうとも限らないとは思うが、元々人気のあった知事だからだろう。

「わたしはあんまり好かないけどね」と藤原は冷めた顔をする。

「へえ」

　中年女性に人気があると聞いていたが、人によるらしい。そんな野路の表情を見て藤原は軽く肩をすくめる。

「両親を亡くされて自力でここまで昇ってきた人でしょ。そのことは立派だと思うし、努力も信念も凄いわ。だけど、なんか冷めているっていうのか。なにもかもが計算ずくって感じがするのよね」

　選挙時の活動の仕方はもちろん、会見のやり方、質疑応答の仕方、イベントなどにおける対応など、一番良い形でアピールできるようイメージ戦略は練っている筈だ。恐らく、専門のブレーンがいて、橘秘書もその一人ではないか。普通のことだと思うが、藤原はなにかしら引っかかりを感じるのか、「ほら、病院や施設の慰問とかあるじゃない。迎えに出てきた小さな子を抱き上げて、にっこりっていうやつ」という。

うんうんと頷く。

「所轄の知り合いがそのとき警護を担当していて、たまたま見たんだって」

「なにをですか」

「子どもがね、うっかり汚れた手で知事の背広を摑んだの。食べ残しでも付いていたんでしょ。百川知事は、その子の手をつねるようにして払いのけたらしいの。不快そうな顔をしてね」

まあ、人間だからそういうときもあるでしょうけど、といって口角を下げた。

「気に入らないのは、その際、カメラが向いていないのを確かめたってとこよ」

それで計算ずくってことか。計算高いともいえる。県民の支持を得るためには、どう見られるかは大事だ。そういうことまで考えて行動しなくては、今の地位は保てないのかもしれない。藤原には子どもがいるから気になるのだろう。

会釈して離れようとしたら、そうだ、と呟くのが聞こえた。すぐに向き直ると、ちらりと野路に視線を当て、「気に入らないといえばね」と声を潜めた。側によって身を屈める。

「倉治センター長のこと訊いていたでしょ」

「ああ、はい」

「あれから、知り合いに訊いてみたの。倉治さんが前任で勤めていた署の人にね」

さすがに奉職二十年以上にもなると知り合いも多方面に広がる。藤原の上司であった人があくまで噂だが、とこっそり教えてくれたそうだ。

「饗応《きょうおう》?」

「そう。倉治さん、副署長だったから、管内の協力者とちょっとした会合くらいはするじゃない。ただ、その相手のなかに反社の人間がいたとか」

「え」

「噂として広まる前に、すぐに否定するような話がどこからか下りてきたらしいけど。でもね」

藤原が黙って目を伏せるのに、野路は頷いて応える。相手がそういう人物であったと知らなかったケースもあるだろうが、それでも問題にはなる。警察組織は理由を明示しないまま、処分するのではないか。つまり倉治にとっては、このセンターにきたのが処分であり、左遷《させん》なのだ。もう上に上がれる芽はないということだ。

問題を収拾するために新しい幹部が赴任するのは、事を解決できると見込まれた優秀な人材か、正反対に最終的に責任を取ってもらうだけの倉治のような人間のどちらかだ。倉治がきたことからも、本部では今回の事案が全面解決に届かないと悲観的に考えていることが窺える。懸命に事件を追っている刑事や制服警官のことを思うと、どうにもやり切れない話だ。

倉治もやり切れないだろうが、ある意味自業自得だ。ただ、いったいなぜそんな連中と関わりを持ったのか。

「どこの組の人間かはわかりませんか」

さすがの藤原も、そこまではわからないと首を振った。

午後の学科試験の監督をするため、階段を下りていると、踊り場の窓から試験場の奥の通用門が開くのが見えた。黒いセダンが一台入ってきて、こちらへ鼻先を向けた。

「磯辺弁護士か」

センター長や最上課長ら幹部の姿は昼前からなかった。公安委員室で待機しているのだろう。

夕方、全てを終えて帰り支度を始めた。着替えようとロッカーを開けると、なにかがはらりと落ちた。慌てて拾うと二つ折りの小さな紙切れだった。開いて見て、思わずぎょっとする。

『レンラク乞《こ》う　イソベ　〇〇〇－〇〇〇〇－〇〇〇〇』

野路は素早くズボンのポケットにしまい、周囲を窺う。隣にいた同僚に訊いてみた。

「今日、公安委員長がセンターにこられていたようですけど、この部屋にもきたのかな？」

「ああ。なんか各部屋を回って挨拶していたらしい。でも、うちはみんな出払っていたから誰も会ってないいんじゃないか。最上課長は別だろうけど」

各部屋を挨拶回り？　公安委員長がそんなことをするだろうか。だが、今は不正免許証の件もあるし、襲撃事件もあった。委員長から色々、庁内を確認したいといわれれば、センター長もとやかくいえないだろう。このメモはそのときロッカーに入れられたものだろうか。扉を閉じて、目の高さに貼ってある野路明良と印字されたシールを見つめた。

センターを出ると、以前、都と待ち合わせた大型書店の駐車場へと向かった。隅の人気のない場所にバイクを停め、ヘルメットを脱いでハンドルの上に置く。シートに跨《また》がったまま、メモを開いて記された番号にかけた。三度目の呼び出し音で応答があった。

「磯辺です」

「あの、わたしは」

「メモを拾われた？」

「は。ああ、はい」

「じゃあ、ショートメッセージを送りますので、よろしく」

それだけいって切れた。

「なんだ?」

素っ気ないやり取りを不快に思うより、声の調子に警戒しているような硬さがあることを訝《いぶか》しんだ。電話の盗聴を心配しているのか。なぜ、公安委員長ともあろうものがと、嫌な予感がして思わず周囲を見回し、ゆっくりヘルメットを手に取った。

ショートメッセージが入った音がした。開けて見ると、場所だけの記載がある。いつの何時と書かれていないということは、今すぐということだろう。野路はエンジンをかけ、前後に目を配りながら夜の街を駆け抜けた。

賑やかな場所だった。狭い通りに格安店やリサイクルショップ、電気店、フィギュア専門店などが軒《のき》を並べ、午後七時を回っても昼のように明るく、若年層が屯《たむろ》している。バイクを有料駐車場に停めて歩く。通りのなかほどにカードショップがあり、大人から子どもまでが体をくっつけるほどに密集し、目を凝らしている。冬の寒さもここにはなく、むしろ熱気に満ちていた。その二階にショットバーのような店があり、狭い階段を駆け上がった。

薄暗く、大音量の音楽と人の大きな話し声が充満している。壁を背に丸いカウンターテーブルに肘を突いて、ショットグラスを手にしている年配の男に目を留めた。狙撃事件の際に見たのと同じ面長の顔だと気づき、小さく会釈を送る。こんな場所でもそう目立たないのは、意外に若者ばかりでもないからだろう。見れば楕円テーブルには中年女性のグループがいるし、カウンターには老人といっていいような男性が二人話し込んでいる。

野路はソフトドリンクを頼んで、奥へと向かう。野路です、といってテーブルにグラスを置いた。ライダースジャケットの前を開け、名刺を渡すべきか迷っていると、磯辺が、

「バイク？」と訊いてきた。ソフトドリンクを見てそう思ったのだろう。

「はい」

「そう。じゃ、あんまり長居しない方がいいね」

磯辺はくっとショットドリンクを飲み干すとグラスを置いた。酒は強いらしい。

「白根さんは気の毒なことをした」

野路はじっと視線を磯辺に注ぐ。

未だに捜査本部では狙われたのが百川なのか、この磯辺なのか、その他の人物なのか判断できずにいた。公安部が頭ひとつ抜け出す感じで動き出していることは聞いている。であれば磯辺ら公安委員にもＳＰくらいついていそうなものだが、周囲にそれらしい影はなかった。

「百川さんはともかく、こんな老いぼれに今さら護衛など必要ないだろうと遠慮した。他

の二人は知らないですけどね」と察したようにいう。

「あの、どうして俺に？」

「うん」といって磯辺は短く逡巡《しゅんじゅん》し、顔を上げる。やり手弁護士らしい峻厳《しゅんげん》な眼差しはなく、切なそうに沈んだ影が見て取れた。

「白根さんからあなたの名前を聞いていてね」

「えっ」

磯辺衛は、深雪が密かに不正免許証のことを調べていたと告げた。

公安委員長に抜擢《ばってき》された磯辺は、不正免許証事件を耳にすると解決すべき最優先案件と独自で動き出した。弁護士だからことの重大性も認識できるし、更には警察という巨大組織ゆえの拙速《せっそく》さが手がかりを見失ってしまうことも身をもって知っていた。

「百川さんに頼んで、検証させてもらった。本当に免許センターで人知れず作業ができるものなのか。さすがにこの年寄一人だけでは危なっかしいと思ったのだろう、秘書をつけてくれたよ」

百川知事はそういうところは気の付く人のようだから、と特に褒めているようでもない顔でいう。

磯辺と橘は、夜間人気のなくなった免許センターを訪れた。玄関門の横にある警備員室には笛吹作成課長に待機してもらっていた。まず警備員に巡回ルートや各部屋の施錠の様子、防犯カメラの映像などについて聞き取りをし、庁舎の裏口を潜って三階を目指した。センターでは鳴瀬の事件が起きたあと、防犯カメラや警備員の数を増やし、廊下の天井灯も一晩中点灯するようにしていた。当時の様子との違いを確認しながら、笛吹課長から聞いた暗証番号で作成課のドアを開けて入った。

「そうしたら、そこに白根さんがいたんですよ。わたしも橘くんも驚いたよ。てっきり、不正免許証を作りにきた犯人かと思った。向こうもそう思ったようだったがね」と口元を弛め、そして、「彼女は立派な警察官だね」いや、だった、といい直した。

「一人で不正免許証が作成されたと思われる日時を絞《しぼ》り込んでいたよ。話を聞いてなるほどと思ったね。昼間、上書きすれば簡単なことだ。だが、そうなるとやはり作成課に共犯がいることになる」

ショックを受けているようだった、といいながら空《から》のショットグラスを指でなぞる。

「同僚を疑うのは忍びないが、こうなった以上は覚悟を決めて、ひとつひとつ怪しいアクセスとその時間帯に作成課にいた人間を抽出して照合してみるといった」

「それは大変だ」

「ああ。すぐにはできないだろうが、仕事の合間に様子を見ながらやるといったな。若いながら勇気のある人だと思った。それを聞いて、わたしも橘くんも協力を申し出た。このことは白根さんとわたしと橘くん、それに笛吹課長だけ、いや、知事には知らせなくてはいけないので、五人だけの秘密にしておこう。そして怪しい人物が浮かんだら、直接、わたしに知らせてもらいたいと頼んだ。笛吹さんは嫌な顔したけどね」

「…………」

野路は、唇を強く嚙んだ。どうして俺にいってくれなかった。バイクの腕前は信じていても、人間としては頼られていなかったということか。詮無《せんな》いことと思いながらも、苦いものが喉を通り過ぎる。

磯辺がそんな野路の表情を見て取った。

「すまんな。わたしが他には誰にもいわないよう口止めした。センターの職員はみな容疑者だともいえる。誰を信じ、疑うべきかわからない状況だったんでそう頼んだ」

申し訳なさそうな顔をしたが、すぐに頰を弛めた。深雪は、それでも相談したい人がいる、絶対信じられる人だからといったらしい。

「誰かと訊いてみたら、試験監督課の野路主任だといった。だが、もうしばらくは待ってくれないかと頼んだ。万が一、調査がうまくいかなかったとき、その人物のせいだと怪しまれてもいけない、取り調べを受けることにでもなったら迷惑になるよと説得した。なのにそのとき以来、白根さんからは連絡がなくってね」

　握りかけた拳をほどき、グラスを両手でくるんだ。「……そうでしたか。それで俺に連絡をされた訳ですか」

「うむ。疑わしい職員をあぶり出すのに時間がかかっているのかとも思ったんだが」そういって磯辺はちらりと野路を見る。

「もしかしたら、我々のことが信用できず、やはり君に相談したのかと」

　野路は僅かの間、息を止めた。あの日、深雪が狙撃された日、携帯電話にはメッセージが入っていた。

『今日、仕事が終わったら、家まで送っていただけますか』

　そのことに気づいたのは、夜も更けてからだった。メッセージの発信時刻は、朝礼が始まる少し前だった。野路達は中庭に集合し始めており、深雪は恐らく百川知事らの出迎えをしていただろう。

　単にバイクに乗って帰りたいということだったのかもしれない。だが、狙撃事件が起きたせいで、この短いメッセージに意味があるのではという考えが、野路の頭からずっと消えなかった。今、磯辺から相談をされたのではないかと訊かれて、その思いは強く、むしろ確信に変わった。深雪はなにか手がかりを見つけ、それを野路に知らせようとしたのだ。

押し黙った野路の態度に、磯辺は眉を撥《は》ね上げさせる。

「なにか聞いているのかね。もしそうなら」

野路はかぶりを振る。磯辺は不審そうな目をするが、無理強いしても無駄だと思ったのか、話を続けた。

「ここからが本題だ」

磯辺と橘は免許証作成についての仕組みや手順などを深雪から教わった。一緒にあれこれ考えてみたという。実際に作ってもみた。

「そう難しい作業ではなかった。部屋に侵入さえすれば誰でもできる」

「誰でも部屋に入れる訳では」

「暗証番号は毎朝、変更されるらしいね。だが、笛吹作成課長以下、作成課の人間なら誰もが知るんだから、余り意味はないと思う。むしろ難しいのは、その免許証をどうさばくかだ」

ああ、と野路は息を吞むようにドリンクを口にした。

「本物の免許証を手に入れて別人となって生きる、別人の名前であっても車を運転したい──そんなことを考える連中はどんなだかおよそ見当がつくし、この世には大勢いるだろう。大里さんのように、人命を救いたいという義俠《ぎきょう》心《しん》から手を出す者まで入れたら膨大だ。顧客を集めるのはネットでもできるから難しくないだろうが、肝心なのはその人物の顔写真を手に入れ、出来上がった免許証を渡して金のやり取りをすることだ」

いい加減な人間をあいだに入れるとすぐに足がつく。振り込め詐欺のように、下請けの下請けみたいに、なにもわかっていないバイトを使えば黒幕は安心かもしれないが、たちまちほころびが出て警察の知るところとなる。

「わたしは思うんだ。これは案外、大がかりな組織などではなく、小さくとも強固な繋がりで結束している人間によるものではないかとね」

「例えば簗見?」

「うむ。反社組織が関わっていることは聞いている。その簗見組というのは、弱小とはいえ昔《むかし》気質《かたぎ》の組だそうだね。モトクロス集団もその一味らしいじゃないか」

そこまで知っているのか。さすがに人権派弁護士だけあって、これまでの公安委員のように座って結果を待っているタイプではないらしい。よくいえば精力的で、悪くいえば出しゃばりだ。おまけに向こう見ず。野路と似ている。

「暴力団にしてみればまたとない、いい稼ぎだ。わたしなら一枚一〇〇万、いや三〇〇万出してもいい。それで金を借りれば支払った金などすぐ回収できるし、おまけに前科が消えて正社員にもなれ、正規のパスポートだって取れるんだ。むしろ安いもんだ」

これまでどれほどの数の不正免許証が作られたかわからないが、築見組があっさり強盗殺人の被疑者を差し出したことからも、大きな収入源だということがわかる。

「築見は近々解散するという噂がありますが」野路は落合から聞いた話を口にした。組がなくなってしまうのに、収入源など必要だろうか。磯辺は、そうなのか、といって目を宙に置いた。しばらくして、ゆっくり頷く。

「もしかすると築見のような組は堅気《かたぎ》になって、自分達だけで金を稼ぐ方がいいと考えたのかもしれんな。組のしきたりや上納金、更には警察の締めつけを思えば、暴力団でいることにさほどメリットはないだろう。実際、半グレみたいなのが増えているしな。しかも不正免許証を手にすれば、まっとうな市井《しせい》の人間として生きられる。将来、金持ちになって偉くなることもできるじゃないか。いつか大臣になったりしてな」

わっはっはっ、と笑うが、野路は笑えなかった。本当にそんなことが可能なのだろうか。

磯辺も自分の冗談をうそ寒く感じたのか、すぐに真面目な顔に戻した。

「これまでの弁護士経験からいうが、築見組のように身内同士の繋がりが強く、いざとなれば尻尾切りも身代わりも立てられるだけの強い絆《きずな》を持つ組がバックにいることは重要だ。といって今回のような場合は、暴力団が主軸ではできないとも思う。警官が仲間として加わっているんだ。仲間内でいざこざが起きるようなことは避けねばならないし、不公平なことをして結束が崩れるようでは元も子もない。連中をきちんと掌握《しょうあく》し、指示に従わせるだけのカリスマ性を持つ人間が黒幕にいる気がする」

「カリスマ」

店主の伊井がいった、「すげえヤツ」という言葉を思い出す。磯辺という弁護士の洞察力、思考力はさすがだ。公安委員長に就任して、まだ間がないのにここまでのことを考えている。感心する気持ちと同時に疑問も湧いた。そういう人物だと知る者が、先手を打って始末しようとしたのではないか。狙撃犯が狙ったのは磯辺弁護士のような気がしてきた。だとすれば、磯辺の周辺に警護が付かないのはあり得ない。

野路はすっと視線を周囲に放った。カウンターの周囲で談笑し、酒を酌《く》み交わす客。テーブルのあいだを器用に歩き回るミニスカートのホールスタッフ。フロアでダンスの真似事をしている若い男女。どれも怪しく見えるが、みな違うといわれればそうとも思える。野路は諦めて視線を戻した。監察ならなんとか気づけても、捜査経験のない野路では公安の尾行はそう簡単に見破れない。

「ところで君は、姫野署の事件で大層な活躍をしたそうだね」という。

「いや、なんだかわたしの若いころに似ているなと思ったんだ」

またその話かと思いつつ、「それがなにか」と訊く。

22

白バイ時代、野路は県内にとどまらず、県外のモトクロス練習場まで出かけた。隊内での練習だけでは物足りず、平日の終業後や休みの日に一般に混じって走ったのだ。そして行くときは大概、白バイの仲間と一緒だった。

トライアルだけでなく、レースのように起伏のあるコースを競い合ったこともある。ジャンピングスポットでは、どれほど高く飛び上がれるか、コーナリングではどれだけカーブに沿って曲がれるか。後輪で土くれを噴き上がらせ、後続をわざと泥だらけにして笑い合った。一日中走り回ったあと、バイクの整備をし、飯を食って帰途に就く。

白バイの全国大会を目前に控えたある日、野路は仲間とそんな練習をした帰りに、後輩が運転する車に乗っていて事故に遭った。大怪我を負い、長い入院を余儀なくされた。その年の大会は棄権することになり、大勢の関係者に迷惑をかけた。指に僅かな後遺症があり、野路はもう二度と白バイに乗ることはできなくなった。それでも、まだ生きていた。

運転していた後輩は、帰らぬ人となった。まだ若く、警察官としても将来のある人間だった。

誰も野路のせいだとはいわなかったが、陰では後輩を死なせた白バイ隊員と囁かれた。警察を辞めようと思ったが、仲間であり先輩でもある木祖川や多くの人の厚意を受けて思いとどまった。過去の栄誉も悲惨な事故も後輩を死なせた後悔も、全てを抱えて警察官としてこの職務を全うしようと思った。忍耐という盾を翳《かざ》しながら、逃げることなく勤め続けようと決めた。

そうはいっても、野路の心の傷は誰にも理解されることはない。慰《なぐさ》められることはあっても、この辛さが消えてなくなることはなかった。野路のそんな気持ちに気づいていたのか、鳴瀬係長はなにくれとなく言葉をかけてくれた。そして、白根深雪の真面目で屈託ない態度はささくれそうになる気持ちを削ぎ落としてくれた。

そんな二人のうち、一人が命を落とし、一人が今も生死の境をさ迷っている。

小杉国春の存在を知ってから、休みの日はもちろん、毎日、仕事が終わるとあちこちのモトクロス練習場を調べて回った。モトクロスのレースがあると知ると、大会会場まで出向いて聞き込みをかけた。捜査本部や都らも同じことをしただろうが、その日によってやってくる人間は違う。タイミングがズレれば、会える者にも会えない場合があるから、野路は都らが出向いた場所も、日を変え、時間を変えて何度も訪ねた。

そのことに気づいた都は、さすがに顔色を変えた。

「いい加減にしろ。これ以上、捜査に関われば上から処分をくらうぞ。落合さんだって庇《かば》い切れない」

野路は黙って目を向ける。都はきつく口を引き結んだまま、胸を上下させて息が荒くなるのを抑えているようだった。

「俺達が信用できないのか。任せられないというのか」

返答次第では、力ずくでも止めさせるという覚悟を都は隠さなかった。野路は姿勢を正し、正面からしっかりその目を受け止めた。

「すみません、都さん。警察官としてだけでなく、バイク乗りとして、この事件だけはどうしても見過ごせないんです。若い女性警官の命を奪った連中のなかに、バイクの世界で名を馳《は》せた人間がいるかもしれない。そうとわかってから、俺はなんとしてでも自分の手でそいつのバイクを停めてやりたいと思うようになった」

都はしばらく睨んだあと、大きな息を吐くと同時に拳になりかけた手をほどいた。

「お前が出た大会を見た」

いきなりいい出した。

「大会って、白バイのですか？」

都は頷き、口の片端を上げる。

「お前のバイクにはステアリングがついていないのかと思った」

「？」

「ハンドルさばきというのではなく、なんというのか、全身で動かしている、バイクと一体となって走っているように見えた」

都は目を逸らし、「こんな運転をするヤツがいるんだと驚き」そして、「無性に腹が立った。悔しくてな」といった。

都は、いつかスラロームで勝負をしよう、と笑い、「それまで無事でいろよ」といった。

それから十日以上、モトクロス場回りを続け、ようやく小杉国春を知る人物を見つけることができた。

山間を走る県道を抜けて、隣県のキャンピング場近くにあるダートパークランドという練習場だ。都らも一度は訪れているだろうが、時間帯を遅くしたのが功を奏した。

夜間ライトが煌々《こうこう》と照るなか、いくつものエンジン音が響き渡る。数人のライダーがコース上でレースを展開し、土くれを蹴上げていた。

管理棟の前で待つ野路の元に、白いモトクロッサーが寄ってきて停まった。ライダーが降りて、白いジェットタイプのヘルメットを脱ぐ。長い髪がこぼれ落ちた。赤と白のライダースーツに黒のプロテクターで身を固めた二十代後半くらいの細身の女性。色黒で鼻筋の通った魅力ある顔立ちをしている。怪訝そうな目で、「あたしに用って、あなた？」といった。野路は警察バッジを見せた。一人で走り回ると決めてから、処罰覚悟で警察バッジを持ち出していた。

「あちらの方からあなたが小杉国春さんと親しいと伺いました」

辻《つじ》アミルと名乗った女性は手袋を脱ぐと、長い髪をぞんざいに払いのけ、すねたような表情をちらりと浮かばせた。「ったく。久々にきたらこれだ」

女性のモトクロスライダーはそれほど多くないし、アミルのような容姿だとどうしても目立つ。本人もそうとわかっているからか仕方ないという風に首をすくめる。

「そうよ。付き合っていたわ。でももうずい分前のことだけどね」

そして、彼、なにかしたのと訊く。

「詳しいことはいえません。すみませんが、お話を伺わせてもらえませんか」

ヘルメットをいじりながらも不安そうな目つきを隠さない。なんとか頼むと手を合わせるようにして、話を聞き出す。

小杉国春はライダーとしての腕は一流だったが、人間としては未熟だったとアミルはいった。

「ライダーじゃなかったら、ヤクザになっていただろうっていうくらい、喧嘩っ早かった。あたしも何度か殴られた」

だからレースに出るにもメーカーに所属せず、個人で走った。メーカーのチームに入れば、マシンやその他の費用は心配しなくていいが、色々しばりができるし、和を乱すなとうるさくいわれる。

「そういうの、あいつには無理だから。レース費用やバイクのメンテ代をバイトして稼いでいた」

人と交われない人間になったのには、寂しい過去があったからだろうと、アミルはそのときの頰の痛みを思い出すように撫でながらいう。

小杉と姉の晶は、早くに母を亡くしたあと、残されたアルコール依存症の父親と祖母の面倒を看《み》なくてはならなかった。まだ高校生と中学生だったそうだ。寝たきりではなかったが認知症を発症した祖母は、二人が学校に行っているあいだ、よく行方をくらませた。留守番の父親は酒を飲んで眠りこけているから役には立たない。二人で夜の街を捜し回り、警察から連絡を受けて引き取りに行くことも再々だった。

「役所とか施設を頼ろうとはしなかった？」

アミルが肩をすくめる。「そういう話もあったそうだけど、アルコール依存症の父親が自分の母親を他人に任せたくないとかいって、普段面倒なんか看ないくせに、そんなときに限って暴れて抵抗するんだって。それで仕方なく、また晶さんと二人で世話したそう。そうしているうち」

父親が火事を起こした。全焼にはならなかったが煙に巻かれた祖母が死に、そのことでショックを受けた父親が電車に飛び込んで死亡。それを目《ま》の当たりにした姉の晶は、しばらく心療内科に通うほどのダメージを受けた。

「国春と晶さんは、ごく普通の学生生活も送れないまま世間に出て、働き始めたのよ。晶さんは精神的にちょっと弱くて、なにやっても続かなかった。お祖母《ばあ》さんや父親の面倒から解放されたのに今度は晶の世話か、って、国春よくぼやいていた。ストレスも相当、溜まっていたみたい。キレそうになる気持ちを持て余しているとき、モトクロスに出会ったんだ。教えてくれる人もいて、すっかりはまり込んだ。あたしとはそんなとき知り合ったの。国春には才能があった。あっという間に上達してさ、全日本のチャンピオンにまでなった」

「だが傷害事件を起こした」

「うん。あれも国春が一方的に悪い訳じゃない。彼の活躍をやっかんだ男が色々いってさ、しまいに晶さんの悪口までいったことに、とうとう国春も我慢できなかったんだ。そうなるとあいつ抑えが利かないからさ。相手が意識なくして抵抗できなくなってもまだ殴りつけた。よく殺さなかったたって思うよ」

「その事件のせいでモトクロスを止《や》めたんですね」

「ううん。止めたのは、晶さんが死んじゃったせい」

傷害事件では執行猶予がついた。大っぴらにレースに出ることはできないが、その分、マシンに手をかけ、練習場で走り回っていた。一年ちょっとの執行猶予が明けようかというとき姉の晶が死んだ。

「交通事故だとか」

「まあ、そうなんだけど」

「違うんですか?」

「国春は自殺だと思っている。父親のときと同じ」

落合から聞いた話では、小杉晶は深夜、横断歩道のない車道を渡ろうとして轢《ひ》かれたということだった。

「即死じゃなかったけど、一か月ほど入院して亡くなった。そのあいだほとんど意識は戻らなかったから、晶さんがなにをしようとしていたのかは結局、わからなかった」

「それなのにどうして自殺だと？」

「あの晩、喧嘩したんだって」

「喧嘩？」

「そう。仕事もできずに引き籠《こも》りみたいになっていた晶さんが、国春のことを責めたんだそう。自分はこんなに苦しんでいるのに、国春はバイクに乗って毎日楽しそうにしているって。それで国春がいない隙に、免許証をハサミで切り刻んだ。それを見つけた国春が思わず殴ったみたい」

暴力はいけないが、彼の気持ちもわかると、アミルは沈んだ声でいう。

「当時の国春は、生活費の上に、レースに出るための費用も練習代も稼がなくちゃいけなかった。朝昼晩、もうガッツリでさ、がむしゃらにバイトしていた。そんなときに、国春だけが楽をしているみたいなことをいわれた上に、免許証を刻まれたんだから、そりゃキレるよ」

いきなり殴られた晶は、恐怖から家を飛び出した。アルコール依存症の父親のことを思い出したのかもしれない。国春は怒りが治まるのを待って、捜しに行こうとした。

「だけどそのとき既に、晶さんは車の前に飛び出していたって訳。轢《ひ》いた人、タガワとかいったかな、その人には気の毒なことをしたって、国春自身がいっていたくらいだからさ」

再三、自宅に詫《わ》びを入れにきていた加害者を、国春は逆に慰めていたという。だが時間が経つほどに、自分にとって重荷でしかなかった姉が自殺を図り、目を覚まさない状態が長く続いたことで、国春の心はささくれていった。父親と同じことをされた悲しみだけでなく、怒りや後悔までもが尽きない泉のように湧いては執拗に苦しめた。側に人を寄せつけず、手のつけられない状態となった。アミルもさすがに音を上げ、国春の元から逃げるように去ったらしい。

「晶さんが亡くなったと聞いて訪ねたんだけど、自宅にはいなかった。どこを捜しても見つけられなくてさ。ねえ、国春は今どこにいるの？　なにしているの？　もしかして警察に追われているの？」

そのどれにも答えられないといった。アミルは哀しげな目をして、うなだれるように顔を伏せた。

「先ほど、久々に乗りにきたようなことをいっていましたね。しばらくモトクロスから離れていた？」

アミルが上目遣いに、だからなんなのよ、という風に見つめる。

「それがまたどうして乗ろうと？」

「別に。ただ乗りたくなっただけ」首を横に振って、長い髪で表情を隠す。

「もしかして、警官狙撃事件にモトクロスライダーが関わっていると知ったからですか？　それが小杉ではないかと思ったのでは？　ここにくれば会えるのではないかと思った？」

「そんなこと思ってないっ」

美しい顔を歪めて、声を荒らげる。そしてヘルメットを被ると、すたすたとバイクの方へと戻って行った。


深夜の県道を走る車は少ない。両側は山肌が迫っていて、バイクのエンジン音が反響する。道路灯だけ点る黒い道が延々と延び、前照灯が照らす路面を見ながら野路は走り、そして考えていた。

モトクロスライダーとして全国一を極めた男が転落した。そこで手にしたものは暴力団と悪徳警官がグルになって不正免許証を売りさばく汚れた仕事。恐らく大里綾子の殺人と狙撃手の逃走ほう助という重大犯罪にも加担している。

姉を死なせたという負い目が小杉をそこまで追いやったのだろうか。

大きなカーブの手前でスピードを落とし、ゆっくり曲がる。ちらりと視線をガードレールの向こうの山の斜面に向けた。

坂道を転がるのは容易い。そして一度転がり出せば速度は増すばかりで、時間が経つほど止めるのが難しくなる。山なら、木々や石の出っ張りをしっかり摑んで、歯を食いしばって堪えればいい。そうしなければ、転がる体は止められない。

もし、自分があの事故のあと、警察を辞めていたらどうなっていただろう。木祖川や恩師の山部や姫野署の人々がいなければ、どうしていただろう。体を止めるための枝や石がなかったなら、自分は小杉と大して変わらぬ人生を送っていたかもしれない。

車のないカーブの道が続く。野路はアクセルを回し、スピードを上げた。アウトインアウト。道の遠い側からカーブの内側を目指して真っすぐ突っ込み、そのまま道のアウト側へほぼ直線を描くように走り切る。そうすることで、スピードを落とすことなくカーブを回れる。

だが野路は手前でブレーキをかけ、速度を落とした。そしてカーブに沿うよう丁寧に回った。

自分を止めてくれるものがあるかどうかではない。見つけようとするか、それを摑む意志があるかどうかじゃないだろうか。辻アミルは、今も小杉のことを案じていた。別れ際、もし見つかったら知らせてくれないかと泥に汚れた顔で野路に頼んだ。

小杉にも手を伸ばせば、すぐ摑めるところに木や石の出っ張りはあったのだ。

野路が磯辺から聞き及んだ話を小松原署の捜査本部に伝えると、二課が中心となって改めて免許センターの捜索を始めることになった。落合も三階にやってきて、試験監督に向かおうとしていた野路を呼び止める。

「白根さんがやろうとしていたやり方で、わしらももう一度調査することになった。鳴瀬さんの事件が起きて、わざわざ情報を知らせてくれたのに、わしはそのことを生かせなかった。遅きに失したかもしれんが、彼女の遺志にはなんとしてでも報いたい」

それで二課にくっついて出向いてきたのか。見つめている先で、落合は情けなさそうな表情を消し、「特別捜査本部が視点を変えるようだぞ」といった。

「どういうことですか。視点というのは？」

「これまで狙撃手が狙ったのは、百川知事か磯辺公安委員長か新しいセンター長辺りだと絞っていたが、こうなると白根巡査長も可能性はあるのじゃないか、と考え直す向きに出た」

そうか、と思う。深雪は、作成課で不正免許証に関わる人間を捜し出そうとしていた。そのことに気づいた一味が口を封じたという線も出てくる訳だ。

「野路、顔が怖いぞ。落ち着け」

「あ、はい」

　思わず掌で顔を拭う。

「一応、その線も考えるということだから思い詰めるな。犯人を捕まえたらわかることだ。いいな」

「はい」

「あ、そうそう。野路、ご苦労だったな、小杉国春の女を見つけてくれて。お陰でわしを含め、捜査本部の連中は、なにやってたんだと上司からお目玉くらったけどな」

「すみません」

「冗談だ。今、特別捜査本部が、そのアミルって女の聴取を始めた。当分のあいだ行確《こうかく》がつくだろう。小杉が連絡を取るかもしれんからな」

「そうですか」ちょっと気の毒だったなと思う。思うが今は小杉を見つけ出すのが最優先だ。

「そういえばもう一人の知り合いはどうなりました。バイクショップの」

「ああ。あいつの店やその周辺、自宅、知り合いまで全て特別捜査本部の掌のなかだ。携帯電話であれ、パソコンであれ、手紙でも伝書鳩でも通信手段という手段は網羅し、掌握しているから安心しろ」

「そこまで」

落合が気持ちの悪い笑顔を見せる。

「当たり前だろう。公安が動いてんだ。なんせ、警察施設の、警察官がうじゃうじゃいる中庭で警察官が射殺されたんだ。犯人を捕まえられなきゃ、Y県警は全国の警察から笑い者になる」

悔しいといいながらもどこか張り切った様子の落合は、身軽く体を返すと作成課の方へと走って行った。

それを見送って、野路は廊下の窓から中庭を見下ろした。

未だに立入禁止となっていた。警察学校にある「慰霊の碑」での式典はいつ行われるかまだ決まっていない。本部長が、犯人を確保してからといっているらしい。右手の中指と薬指が後遺症のせいで小刻みに震え出す。ぐっと握り拳を作った。

転落するのを押しとどめてくれた仲間のお陰で、野路は再び警察官を続けることを決意し、この免許センターにやってきた。そして堪えて踏みとどまった斜面を這い上がろうと動き出していた。そんな野路に向かって、手を差し延べてくれたのが白根深雪だった。か細い腕だったが、その腕を摑めば斜面から上がれるという確信が、野路の心のどこかにあったのだ。そう気づいたときには、白い腕は消えていた。

野路は拳を解《ほど》き、中庭から目を離すと階段を駆け下りた。

23

十二月の中旬に入って、指定暴力団大稲会の傘下組織である築見組が、所轄署に解散届を提出した。

警察からあらぬ疑いをかけられた上、自分のところの元組員が強盗殺人を犯したことで上層部に面目が立たなくなった、加えて組長が高齢であることなどを理由としていた。

都景志郎は、部下を連れてY県の南東にある三池《みいけ》市尾高《おだか》に向かう。駅から車で十分はかかる高台にある住宅地で、古くから住む人が多く、普段は鳥の声しか聞こえない閑静なエリアだ。

そこに大稲会の組長宅があった。

都は豪奢《ごうしゃ》な二階建ての屋敷を坂の上に見つけて、エンジンを切る。バイクを押して裏道を行き、協力を依頼して借り受けたマンションの駐車場に入った。階段を上がって、三階の部屋のインターホンを鳴らす。すぐに内側から扉が開き、なかに入れてもらう。

そこには県警本部組織犯罪対策課の面々が張り込みをしていた。

「お疲れ様です」

都と二人の部下は小声で挨拶を送り、窓のカーテンの隙間から外を見ている捜査員に近づいて、どうですかと訊く。都と同じくらいの年齢の刑事は、首を左右に振り、また視線を外に向けた。

リビングの中央にあるテーブルにも捜査員が座っており、パソコンの画面を見ていた。覗くと組長宅の映像が流れている。出入りした人間をスクロールしながらチェックしていた。

映像からだけでも、その二階建ての屋敷が飛びぬけて立派なものであることがわかる。玄関は元より、屋敷の周囲もまるで軍関係の施設を思わせる鉄製の門や強固な石垣で囲まれている。門の向こうには組員が待機しているらしく、車が近づくとしばらくやり取りをしたのち、観音開きの門扉を手動で開け閉めした。

捜査員の手元には、屋敷のなかにいると思われる組員、出入りした組員らの顔写真が大きく引き伸ばされて置かれている。

「いいですか」

都は、捜査員が頷くのを見て写真を手に取った。二人の部下にも回す。

「しっかり頭に入れろ」

「こっちもだ」ダイニングキッチンにいる組対課の係長が、紙をひらひら振っている。部下が受け取り、都に手渡す。

「車種と車両番号ですね。幹部のはどれですか」

テーブルにいる刑事がリストを覗き込み、「そのアウディとクラウン二台、防弾ガラスを嵌《は》めたアウディが組長ので、そっちの赤のランドクルーザーは坊ちゃんのだ」という。

「坊ちゃん？」

部下が口にしたので、都が応えかけると係長が先に声を出した。

「大稲会の組長には息子が二人いる。一人は、跡目として組内でもそれなりに認められ、着々とその地位を固めている。だが弟の方は、誰に似たのか軽薄な野郎で、おまけに野心家ときている。兄貴を差し置いて組を仕切れないかと考えている節がある。もちろん大稲の幹部はそんな愚息《ぐそく》など眼中にないが、組員のなかには弟を担ぎ出してお人形として据えれば組を手中にできると欲をかく者もいてな。ちょっとしたお家騒動が起きそうな気配があるんだ」

「なるほど。その弟の車がランドクルーザー」

「ああ。ここんとこしょっちゅう出入りしている。撒いた粉薬が、弟には効いたのかもしれん」

都は改めて二人の息子の顔写真を睨む。確かに、長男は精悍な顔立ちで、眼差《まなざ》しも鋭く、頭も良さそうだ。オーダーメイドのスーツを着こなし、鍛えた体つきをしている。一方の弟は金髪で、着ている物はブランド品らしいが、派手なだけで少しもセンスが感じられない。その癖、目や口元に獣じみた気配が滲む。

組対では、長男を跡目、弟を坊ちゃんと呼ぶ。都が係長の側に行き、「動き出しそうですか」と訊いた。

「ああ。それできてもらった」

まあ座れ、というので、都が係長の隣の椅子を引いて腰掛け、部下らはそのまま床に胡坐《あぐら》を組んで、首を伸ばす。

「築見が解散届を出し、受理された。当然、親である大稲にはちゃんと仁義を切って脱会することの了承は得ている。相当前から支度していたようだ。すんなり受け入れられたようだが、そこに俺らのSを使って噂を飛ばさせた」

都が頷く。

「築見がおいしい商売を見つけて、稼ぎを一人占めしようとしている、というやつですね」

「そうだ。大稲会にしてみれば、築見組長が高齢で上納金も滞《とどこお》りがちだったことから、先はないと思って脱会を許したのだろうが、噂を聞いてはたと思い返した。組から抜けるにはそれなりの迷惑料を支払うことになっている。構成員一人につき五十から百、組長なら三百から五百。築見には五人ほどいるから合わせれば一千万近くになる。上納金も満足に払えない組が、そんな大金どうしたのだろうと気になってきた。噂はもしや本当か、本当であれば放ってはおけないってことになる」

「その金の点からも、やはり築見は不正免許証に関与していると思って間違いないですね」

「まだ物証はないがな。そっちは特別捜査本部と小松原が追いかけているんだろう?」

都は頷く。係長は、窓の向こうを見ていう。

「大稲会は組長を含め、跡目も幹部も切れ者揃いだ。だからこっちの撒いた餌《えさ》にそう簡単に食いつかないことは予想しているが、この坊ちゃんは違う。崩せる可能性があるとしたら、この男だ」

係長は、派手な服装をした若い男の写真を指で弾《はじ》いた。

「少し前に坊ちゃんのお付きの若いのが屋敷に入っていった。これでランドクルーザーが出てくるようなら餌に食いついたと考えられる」

「わかりました」と都が返事をするやいなや、窓際から低く鋭い声がした。

「係長、出ます」

驚くような素早さで係長が窓際に身を寄せ、カーテンの隙間から覗き見る。都らはリビングのテーブルにあるパソコン画面を見た。玄関の門がゆっくり開いてゆく。その隙間に赤い色が見えて、都はヘルメットを握って身を返した。部下二人もあとに続く。

背に、「頼んだぞ」という声が飛んできた。


近くには寄れないと判断した。

舗装された坂道を上がると山茶花《さざんか》に囲まれた駐車場が現れ、石段の向こうに本殿が見える。周囲は鬱蒼《うっそう》とした林に囲まれて、右手奥に墓地へ続く細い道があった。寺の駐車場には今、赤のランドクルーザーとお付きの車が一台だけ。

大稲会の次男は車を降りると、数人の家来に囲まれるように本殿裏へ回った。黒い服のあいだから光沢のあるダウンコートが見える。坊ちゃんは金の髪をなびかせ、ポケットに手を突っ込んだまま、雑木林のなかにある蔵と思われるコンクリート造りの建物のなかに入って行く。

都らは、バイクから離れると足音を忍ばせた。なにせ身を隠そうにも、近くにあるのは葉を落とした枯れ木ばかりだ。吹き抜ける冷たい風はともかく、少しでも枯れ葉を踏めば気づかれるかもしれない。無理をせず、少し距離はあるが本殿下へと潜り込む。太い柱の陰からスコープで覗き、部下らは、寺の関係者が出てこないか渡り廊下の先を見張った。

こんな場所を使うのだから寺の者も加担しているのだろう。あとでわかったことだが、ここは大稲会の組長の妻の実家の菩提寺《ぼだいじ》で、大稲会とは昔から親しくしていた。

組員が出てきて参拝者用のトイレに向かう。その際、蔵の扉が開き、なかの声が漏れ聞こえた。男の呻き声、苛立ったような叫び、怒声と共に打ち鳴らされる金属音、なにかがぶつかる音。そして悲鳴。

都は腕時計を見る。組対に連絡して十分ほどが経過する。もうそろそろやってくるだろう。男がトイレから戻って、また蔵の扉が開いた。泣き声と笑い声。閉まると同時に静けさが戻り、再び耳を澄ませていると枯れ葉を踏む音が微かにした。

都と二人の部下がはっと身構える。神経を尖らせたまま、互いの背を合わせて三六〇度に視界を広げた。

「隊長、あそこに」

いわれて都が目を向けると、雑木林のあいだから黒いスーツ姿が見えた。そして周囲に出動服を着、ポリカーボネイトの盾を翳《かざ》した機動隊員が見える。本殿の奥からも足音がした。床下から出て見上げると、袈裟を身に着けた住職とその家族らしい数人が廊下に現れ、刑事らに引き立てられるようにして階段を下りてゆく。

蔵の周囲に、機動隊員が散らばる。

「チャンスを待つ」

いきなり耳元で声がして、都は思わず肩を跳ねさせる。いつのまにきたのか、組対の係長がすぐ側で身を屈めていた。チャンスというのは、誰かが出てくるのを待つということだ。都らは頷き、膝を突いてまた息を潜める。

その瞬間は間もなくやってきた。

扉が開いたと同時に、鳩が飛び立つように警官が樹々のなかから現れ、大声が放たれる。蔵の奥から拳銃の発射音がしたと思ったら、機動隊員がすかさず催涙弾を投げ入れた。たちまち煙がもうと広がる。奥からむせて咳き込む声がして、組員らが転がり出てきた。そして目を瞑《つぶ》りながらも暴れ、必死で抵抗する。坊ちゃんが誰かに手を引かれて出てきた。機動隊員が襲いかかる。一人が刃物らしいのを振り回すが、坊ちゃんはその後ろで身を屈めて、なんとかしろっ、と怒鳴るだけだ。捕まった際の容疑を軽くするために、親分クラスに武器は持たせない。拳銃や刃物を所持しているだけで刑務所に放り込まれるからだ。だから盾になる家来が倒れれば、徒手空拳《としゅくうけん》。地面に押しつけられ、腕をねじ上げられると野犬のように歯を剝き、オヤジが黙っていないぞと捨てゼリフを吐くのが精いっぱい。そんな坊ちゃんと組員らを順次取り押さえ、組対の係長は、銃砲刀剣類所持等取締法違反の容疑で逮捕すると宣言する。

都らも暴れる組員を制圧し、坊ちゃんを含めた五、六人をパトカーや捜査車両に分散して乗り込ませるのを手伝う。間もなく合図に応じて、駐車場の方から担架を抱えた救急隊員がやってきた。血塗れの男を素早く乗せて、救急車が走り出す。

「あれがいるんだろう?」

組対の係長が遠ざかる救急車を顎で指すのに、都は、「ありがとうございました」と頭を下げて駆け出した。

特別捜査本部が繰り出したのは、カエサル方式と呼ばれるものだ。『カエサルのものはカエサルに』の名言から名付けられたもので、暴力団のことは暴力団に始末をつけさせる意味合いを持つ。目ぼしい証拠がなく強制執行をしにくい場合、わざと仲間内で不和を起こさせて荒事になったところに警察が介入、有無をいわさず引っ張るやり方だ。

坊ちゃんと呼ばれる大稲会の次男は、噂の真偽を確かめるべく、組員を使って築見の構成員を捕えさせた。危険を察していた築見組は解散と同時に姿をくらませていたが、そこは暴力団同士、見つけるのは訳ない。その知らせが今日、坊ちゃんにもたらされた。

荒っぽいことをするのに使っていた寺の蔵のなかで、築見の構成員に対して拷問が行われた。どんな稼ぎを見つけた、誰が首謀者だ、そんなことを問い詰めていたのだろう。そこに警察が踏み込んだということだ。

都らは赤色灯を点けたバイクで、救急車を取り囲むように警察病院まで伴走する。そこには、特別捜査本部と小松原署の捜査本部の刑事らが待機していた。

命からがら救われた築見の構成員に、今度は刑事らが容赦なく問い詰める。ストレッチャーで運ばれ、医師が止めろと怒鳴るのを無視して、「首謀者は誰だ」とがなった。

「いわないと治療は受けさせんぞ」と酸素吸入器まで取り上げる。構成員は苦痛に顔を歪め、酸素吸入器に手を伸ばしながらいう。

「名前は、知らない、小杉が、連れてきた……知り合い」

「大した人物らしいじゃないか、ひょっとして有名人か」

「?」

「百川か？　百川知事だ。テレビで見たことがあるだろう。その男は知事なのかと訊いている」

構成員は戸惑うように黒目を左右に振る。

「いつも、サングラス、マスクで……」

ちっ、と刑事は舌打ちする。それを聞いてマズいと思ったのか、必死でいう。

「知事じゃない、と思う。サングラスし、ても知事、ならわかる」

「いい加減にしてください。本当に死んでしまいますよ」と医師がいうのに、渋々吸入器を返した。何人かの刑事は名残惜しそうに処置室までついて行く。終わればまた尋問をするのだ。

そんな様子を都らは、少し離れたところから腕を組んで見ていた。刑事の一団のなかから、男が一人抜け出てきて都の方にくる。落合だった。

「どう思う」

「確かに、百川知事なら、たとえサングラスをしていてもわかるんじゃないかと思います」

「ふむ。あんな状態で嘘を吐くとは思えんしな。わしらの予想は外れたか」

「…………」

捜査本部で黒幕の素性についてあらゆる方向から検討された。そのときのことを都は思い出していた。

警察施設内で狙撃するという前代未聞の事案。これにどんな意味があるのか。

脅しか見せしめか、口封じ。死んだのは女性警察官だから警察に対しての宣戦布告という線もあった。当時の様子から、朝礼台の上にいた百川か磯辺が狙われたと考えるのが順当で、それゆえ公安も動くことになった。

ただ、知事と公安委員のどちらかを始末したところで、不正免許証の件がうやむやになるとは思えない。怯えて捜査を止めさせるだろうと考えたとしたら余りに短絡的だ。脅しでないなら口封じ。確かに、白根深雪は警察内部の協力者を捜そうとしていた。しかし狙うなら他の機会でも良かった筈だ。わざわざ警察官が集まるなかで撃つことはない。

そう考えると見せしめの線が濃くなる。知事は恰好の的だろう。やはり狙われたのは百川ではないかという意見が出た。SPが付いていて簡単には近づけないし、近づこうとする者は厳しくチェックされる。だが、警察施設内で襲われるなど誰も考えないから油断する。実際、狙撃手は簡単に庁舎内に侵入できた。

だとすれば百川の行動を把握している者が関係することになる。あの日の訪問は、知事のスケジュールにはなかった。新しい公安委員長とセンター長が一緒に挨拶に立つことは少し前から計画されていたが、知事はそのことを聞いて、急遽、橘らと相談して決めたのだ。

また、襲撃後、避難するため知事車に乗り込んだ百川が、本来の運転手でなく橘に運転しろと命じたこともわかった。誰も信用できないからと怯えたらしい。更にはバイクショップの伊井の供述、不正免許証犯罪に関わる一味の結束性から、黒幕はカリスマ性がある人物という磯辺の意見に耳が向いた。一転、捜査本部の見方が変わった。

もしかすると百川が疑われないようにと自ら仕組んだことではないか。ついでに、邪魔な磯辺や深雪の存在を消すことができれば一石二鳥と考えたか。ＳＰでもなく、通常の運転手でもなく、日ごろ運転などしない橋にさせたのは、モトクロッサーをわざと逃がすため。

「それなら、最初から磯辺を選ばなければ良かったじゃないか」

そんな意見も出たが、百川にすれば自分の手駒になると考えたが、当てが外れたという見方もできる。

落合は、百川の線に興味を持った。

知事ともあろう者がという考えもなくはなかったが、なにせ任期はあと僅かで、国政を睨んでいるなら、確かな手応えが欲しいだろう。県内では人気はあるが、全国区となると不透明だ。いち議員に納まらず、永田町の中枢を目指すのなら大阪や神奈川のような大規模県の知事ならともかく、Ｙ県の自治体の長出身では心もとない。そういうときには金がものをいう。怪しむべきは動機がある者。落合は長年の捜査経験からそう目星をつけた。

簗見の構成員は黒幕の顔を見ている可能性があった。だから大稲会の連中に拷問され、弱気になっているところを突けば吐くと考えたが、問い詰めた男は否定した。

「わしの勘も鈍ったな」

頭を掻く落合の口角は上がっているが、目は怒りにも似た悔しさでぎらついている。

「百川知事はやはり見せしめとして狙われたのでしょうか。暴力団のやりそうなことです」

「そうかもしれん」

納得していない落合の口ぶりに、都は更にいう。

「磯辺公安委員長かセンター長、他の職員が一味という可能性はどうです。ただ磯辺弁護士は年齢も年齢ですし、小杉との接点がわからない」

小杉の傷害事件や姉の交通事故には全く関わっていなかった。

「倉治センター長は他所《よそ》からきたばかりの人間だから考えにくいが、いい噂はきかんな。あとは前任のセンター長か、他の職員か」

ええ、と都は頷き、「内部捜査で発覚する前に手を引こうとしたかもしれない。そんな仲間を始末しようとしたか、若しくは脅した」というと、落合は、にっと嫌な笑いを見せた。

「センターにいる仲間に脅しか。その線はあり得るな」

そのとき携帯電話がバイブした。都がポケットから取り出して画面を見、少しの間をおいて落合に目を向けた。

「野路からです」

「今日のことを知らせたのか」

「いえ。ただ、カエサルをするらしいことはいっています」

「百川の線はなさそうだといってやれ」

「はい」

都はボタンを押した。

24

野路は、都からの話を聞き、正直、落胆した。

磯辺から、黒幕はカリスマ性のある人物だろうと聞いてから、なんとなく百川を脳裏に浮かべていた。そのことで都と話し合った。

百川がもし永田町で働くことになれば、免許センターにおける不正免許証の作成はY県にとどまらず、どこでも行えるのではないか。議員なら地方県の免許センターにも接触できるし、考えたくないが不正に手を貸す警察官も出てくるかもしれない。Y県は、そのための試金石ではなかったかと、そんな風に思った。

「考え過ぎだったか」と野路はバイクに乗ったまま空を仰ぐ。

試験官ブースから声がかかった。「野路、八番、入るぞ」

ヘルメットを被ったまま頷き、指で了解のサインを作った。受験者がバイクに跨《また》がり、出発する。野路はそのあとについた。いくつかの失点があり、結局、八番はコース半分くらいで戻るよう指示を受けることになった。野路が先導して、受験者をスタート地点へ連れて行く。八番はヘルメットを脱ぐと、試験官ブースにどこが悪かったのか訊きに行き、待っていた友人のところへ苦笑いしながら戻った。

「悪い。せっかく連れてきてもらったのに」

次、頑張れと励まされながら庁舎へ歩いてゆくのを見送っているとき、ふと思い出した。築見の構成員は、その黒幕の男は小杉が連れてきたといったことを。

終業時間がくるのを今か今かと待ち、チャイムと共に飛び出した。バイクで走り出し、県道に入ったところで、後ろをついてくる黒い影に気づいた。野路はミラーに目を配りながら、緊張に体を硬くした。見ているとパッシングライトが光った。

「都さんか」ほっと息を吐く。

信号で止まったとき、黒バイが横に並んで、都がシールドを上げた。

「お前だけを行かせる訳にはいかんだろう」

野路は苦笑いし、小さく頭を下げた。

ダートパークランドという看板を横目に見ながら、アクセルを回した。辻アミルに関しては、今も行動確認がされているから居所はすぐわかる。捜査に関わるなと怒鳴った都が、あっさり野路に教えてくれたことに少しも疑いを持たなかったことが自分でもおかしかった。よく考えれば野路に参考人と接触させる訳がない。都は、最初から同行するつもりだったのだ。

夜間照明で煌々《こうこう》と照らされた練習場のコース脇に立ち、疾駆する赤と白のライダースーツを捜した。見つけて手を振って呼ぶが、無視される。

野路は管理棟へ走り、レンタルのモトクロッサーを借りるとコースに出た。エンジンを全開にし、丘を越え、カーブを曲がる。起伏を抜けた先に赤と白のスーツを見つけ、追いかけた。野路に気づいたアミルはアクセルを回し、ジャンピングスポットで大きく飛んだ。野路はそのあとを跳ねる。アミルは泥を跳ね上がらせながら、片足を蹴ってカーブを曲がる。野路は斜面を上り、斜めに走り抜けてカーブの先へと躍り出る。アミルは驚いてハンドルを強引に切り、そのせいで泥だまりにタイヤを取られて転倒した。野路はバイクから降りると、素早く地面に四つん這いになるアミルの腕を引き上げ、コースから離脱する。二人のバイクも脇に寄せ、駆け寄ってくる都を待った。

アミルはヘルメットを被ったまま、子どものように三角座りをしている。

「なにをそんなにむくれている」

アミルはシールドを上げることもせず顔を横に向けた。

「小杉のことで訊きたいことがあるんだ」

野路が身を屈めて覗き込むと、アミルはヘルメットを脱ぐなり投げつけてきた。咄嗟に避けるが、こめかみに当たって落ちた。都が、大丈夫かという。小さく頷き返して、「教えて欲しいんだ」と再びアミルの顔を見た。

長い髪をかき上げて、「あたしを見張って、国春を捕まえようってんでしょ。そんなことに協力できない」と綺麗な目を吊り上げた。行動確認されていることに気づいているらしい。

「いずれ小杉は逮捕される。それが遅れれば遅れるほど罪が重くなるとは思わないか」

「逃げ切れるかもしれない」

「どこへ」

アミルが、軽く目を瞠《みは》る。

「どこへ逃げる。その先、小杉にどんな暮らしが待っているんだ」

「……知らない」

「小杉が関わる事件では犠牲者が出た。殺人事件だ。それも警察官が死んだ。知っているだろう。殺人に時効はない。永遠に、死ぬまで逃げ続けなくてはならない。そして大事な仲間を殺された以上、俺ら警察組織はなんとしてでも小杉を見つける。そして見つけたなら」

言葉を切ると、アミルが怯えたような目を向けた。なによ、国春をどうする気と先ほどとは違う声音で尋ねる。野路はそれに応えず、「君が小杉と接触していないことはわかっている。連絡があったら教えてもらいたいが、それも無理強いするつもりはない。少しだけ小杉の昔話を聞かせてくれないか」と地面に胡坐を組んで座った。

膝を握り締めていたアミルは、口調を僅かに和らげ、「昔のこと？」といった。

「小杉にモトクロスを教えてくれる人がいたといったな」

「ああ、うん」

「なんていう男だ。覚えているか」

小杉は若いときの苦労があって、人と馴染むことができなかった。友人と呼べる者もいない。今、浮かんでいるのはバイクショップを経営している伊井くらいだが、これも果たして友と呼べるか怪しい。それ以外でとなると、この辻アミルになるが、そうだ、とふと思い出した。小杉にとってモトクロスは、疲弊した人生のなかでようやく見つけた生きがいだった。それを教えてくれた人間になら心を開いたのではないか。

「ああ。えっと、なんだったかな。ちょっと歳は上だったけど、若いころからバイクを乗り回していたとかいってた」

「そうか」といって、野路は都を見上げた。都が自分のスマホを操作し、野路に渡す。野路はそこにある男の写真を見せた。

アミルがふっと笑う。「やだ。これ百川でしょ。知事じゃん」

「違うか」

「はあ？　なにいってんの、なんで知事が国春と知り合いなのよ」

「じゃあ、これは」

野路はどんどんスクロールしてゆく。あ、とアミルが声を上げた。

「これ、こいつ。鬚生《ひげは》やしておじん臭くなっているけど、確かに、これ」

野路は都にも画面を見せる。佐伯伴男だった。やはりモトクロスの一味の一人はこの佐伯なのだ。

アミルは、佐伯のことを余り好きではなかったようだ。なんとなく胡散臭く思えたという。

「昔、悪さをしたとかいってたし。たぶん前科があったんじゃないかな。だから、バイクが好きでも公式戦には出ないで、一人でこういうところで走ってたんだと思う」

「そうか。小杉とはいつ知り合ったんだろう」

「確か、国春がお祖母さんと父親を亡くしたころくらいじゃなかったかな。高校にも行かずバイトして、いつも苛ついていたって。たまたまバイクを盗もうとしたのを見つかって、それが佐伯ので、てっきり警察に突き出されるかと思ったら、乗ってみるかって誘われたらしいよ。それからはまったのよね。佐伯が他人とつるまないで、黙々とバイクを走らせるだけなのが、国春には逆に親しめたみたい。けど、あたしは佐伯のこと、なんとなく嫌いだったな」

それが今や、チームになって悪事へと走っている。もしかすると、簗見と関わりを持ったのも佐伯の線からかもしれない。

「あ、ねえ」とアミルがふいにいう。膝頭に付くほど顔を傾げて、野路の持つスマホを覗き見ようとしていた。

「どうした」

「さっきスクロールしていたなかに、ちらっと」

慌てて写真を一からめくる。アミルはじっと見て首を傾げる。

「これ。もしかして、太川《たがわ》?」

「タガワ?」

「ほら、前にいったじゃん。国春の家によくきてたって。あたしも一度か二度見かけただけだから自信ないけど」

都と野路は顔を見合わせ、揃ってその画面を見つめた。

「なんでだ」思わず都が叫ぶ。「どうしてこいつが?」

アミルが面倒臭そうにいう。

「だからぁ、国春が気の毒がっていたって」

わぁーっとコースの方から大きな声が響いた。誰かが見事な走りかジャンプを見せたのだろう、アミルが気にして振り返る。野路と都はスマホの画面を見たまま、身動きひとつしなかった。

十二月も後半になると、世間はクリスマスを通り越して、新年を迎える準備へ完全にシフトチェンジしたようだ。様々な音楽や色彩に溢れる街を抜け、通勤ラッシュの車列を右側に見ながら走った。途中、バイクを停めて花屋に寄るが、野路は、どんな花がいいかわからなかったから店員に任せた。

白根家の菩提寺は、三戸部署管轄内にあった。手桶を持って階段を上がり、整然と並ぶ墓石の銘《めい》を確認しながら進んだ。白根の文字を見つけて、膝を折る。線香に火を点け、花を手向《たむ》けた。手を合わせて胸のうちで声をかけた。

ちゃんと受け取ったぞ。

数日前、野路は、お墓の場所を尋ねるために白根家に電話を入れた。その際、ついでのようにして父親に訊いてみた。

『間違って作った免許証だといわれましたね』

深雪の父親は、僅かのあいだ黙り込み、やがて思い出したように、『ああ。深雪の免許証ですね。ご面倒をおかけして』といった。

『どうしてわたしに渡した方が間違ったものだと思われたんですか』

交付年月日は、野路がもらったものの方が新しい。普通なら最新の方が有効だと考える。

『え。だって間違っていましたから』

『間違って？』

『ええ。住所が違っていた』

『住所？』

野路は何度も免許証を見ている。深雪を自宅まで送っていたから、その市であり町であることは確認している。戸惑う気持ちが声に出ていたのだろう、父親は察していってくれた。

『町名まではあっているんですよ。でも、そのあとの番地の数字が全然違う』

そういって正しい丁、番、号を教えてくれた。野路は手元にある免許証に視線を走らせ、違っていることにようやく気づいた。どうしてわからなかったのか、思わず頭を強く叩いた。

その後、すぐに免許センターにある端末を使って、暗証番号で再び、チップにある免許証の記載事項を確認した。やはりだ。本籍欄にある番地も、父親に聞いた数字と違うものが記載されている。

間違った数を取り出して並べた。十桁の数字になった。書かれている順番に並べる。そして野路は考えた。免許証で数字の羅列といってすぐに思い浮かぶのは免許証番号だ。だがあれは十二桁だ。

「いや、違う。全てを書き込む必要はない。肝心なのは三桁目以降だ」

免許証番号の最初の二桁は、県のコード番号だ。Y県であることを教える必要がないから外したと考えられる。

野路は、県のコードを足して十二桁の免許証番号を作り、それが誰の者であるか電話で免許証照会した。係員は抑揚のない声で、ひとつの名前を回答した。

白根深雪が伝えようとした名前だ。

25

昼前、最上監督課長は幹部室に入ると大きな声で告げた。

「たった今、捜査本部の知り合いから聞きました。どうやら事件は大詰めらしい。これでようやく白根くんの仇《かたき》が討てます」

倉治センター長が驚いて立ち上がる。「それは本当か。黒幕がわかったというのか」

最上は大きく頷き、顔を赤くして続けた。

「特別捜査本部が令状を申請しているそうです。早ければ午後にでも県庁に出向くといっていました」

「県庁？」

「それはどういうことです」

「まさか、公安委員の誰か？」

部屋にいる幹部らが口々にいう。県庁の奥にも公安委員会室がある。最上は眉間を寄せて深い皺を作ると、「いや、違うようですよ」という。

「え。じゃあ」

「まさか」

課長らは目を剝き、倉治は絶句した。

「詳しいことは教えてもらえなかったが、とんでもない名前が出てきたらしい」

それから、どういうことだろう、捜査本部に訊いてみようかとあれこれ話し合う。最上のもたらした情報で幹部室は騒然とし、仕事も手につかない有様となった。そんななか一人、そっとドアを開けて出て行く。

廊下を曲がった先のトイレの個室に入ると、すぐに水の流れる音がした。それは何度も繰り返される。ようやく出てくると、尻ポケットに軽く手を当て、携帯電話が収まったことを確認した。洗面台に足を向け、蛇口をひねってホッとしたように鏡を見ると、後ろに見知らぬ男の顔が映り込んでいた。ぎょっとして振り返ると、トイレの出入り口にも何人かの人影が見えた。

「な、なんだ」

「お待ちしていましたよ。さあ、渡してください」

「な、なに？　なんの真似だ」

「携帯電話をお預かりしましょう。どちらに掛けられたのか確認させていただきます」

「誰だ、お前は」

「落合といいます。小松原署の捜査本部にいる者です。ここへも再三、きていたんですが、覚えていただけてなかったようですな、笛吹作成課長」

「………」

　落合が更に手を伸ばすと、あとずさりして笛吹は尻ポケットから携帯電話を取り出し、奥の窓へと走り出す。だがすぐに背を摑まれ、制服を引っ張られ、足払いをされてタイル張りの床に組み伏せられた。

　その背に落合は膝を乗せ、「観念しろっ。この腐れ野郎が。白根巡査長がお前を怪しいとちゃんといい遺《のこ》していたんだ。もう逃げられんぞ」と怒鳴りつけた。

　捜査員に手足を押さえられながらも、笛吹は、「え。白根が」と戸惑う声を上げた。深雪が上に報告する前に対処したつもりだったのだろう。

「鳴瀬係長を殺そうとしたのもお前かっ」

　笛吹の黒目は臆病者らしい暗さで揺れ惑う。落合が力を込めると、今にも泣き出さんばかりの掠《かす》れた声で答えた。

「ち、違う。俺じゃない、俺はただ」

「ただ、なんだ。始末する手伝いをしただけとでもいうのか」

笛吹は唇を震わせると、そのまま固く目を瞑《つぶ》った。

鳴瀬は黒バイ隊を指導した夜などに、センター内で笛吹の姿を見かけていた。周囲を気にしながら一階の配電室近くにいたのも見ていた。気になって作成課のドアの前まで行ったこともあった。妙だとは思ったが、作成課長が免許センターにいたところでおかしなことはない。自分もこうやって居残っているのだから、と知らん顔をしていた。

だが、不正免許証のことが発覚した途端、笛吹の行動が気になり出した。直に問い質そうとした。これが全く関係のない人間なら、鳴瀬は訊くことをせず、すぐに二課か監察に報告しただろう。疑いながらも、まさか、と思っていた。信じたかったのだ。

笛吹は鳴瀬から、夜遅くなにをしていたのかと問われ、説明するといって人気がなくなるまで待たせた。そのあいだに仲間に連絡をし、どうしようと相談したのだ。

「だ、だから、突き落としたのは、そいつなんだ」

「ふざけるな。貴様は最初からそのつもりだったんだろうが」

たとえ不意打ちでも体軀のいい鳴瀬を窓から落とすのは難しい。二人がかりでやっとだったのではないか。しかも、笛吹はそのあと、適当な免許証を作成し、鳴瀬のロッカーに忍び込ませる真似までしている。

落合は涙を流す笛吹を冷めた目で見下ろし、携帯電話を出した。都がすぐ応答した。

「こっちはすんだ。そっちはどうだ」

「はい。動き出しました」

「無理はするな。捜査本部の指示に従え、いいな」

「わかっています。小杉らと合流する気配がないようなら、その場で押さえます」

「うむ」

「ですが、ぎりぎりまで追いますよ」

「野路もきているのか」

「姿は見えませんが、恐らく」

「くそ。仕方ないな。都主任、頼むぞ」

「了解です」

都は携帯電話をしまうと、ヘルメットを装着し、手袋を嵌《は》めた。

県庁の裏口で待機していたが、マルヒは表から出て行ったようだ。すぐに部下から連絡が入り、都はバイクに乗って、裏道から正面玄関へと回った。

きちんと背広を着て、コートを手にし、書類鞄を持って身軽く表通りに出てくる姿を見つけた。普段は車寄せに公用車を待たせて乗り込むだけだから、裏口というのが思いつかなかったらしい。サングラスをしてマスクをしているが一目瞭然だ。

手を挙げてタクシーを停めた。乗り込んで動き出したが、少し先の信号に引っかかって停まるのを見た都は部下らに指示を出し、前後左右に分かれる。今日だけは全車出動だ。加えて特別捜査本部からも覆面が出ているが、距離を取っているからここからでは見えない。

走り出したタクシーを追尾する。やがて繁華街が途切れる角にある銀行の前で停まると、男が降りた。タクシーはその場に停まったままなので、都らは離れて待つ。すぐに覆面車両が横づけして、捜査員二人があとを追うように銀行に入って行った。

マルヒは十分ほどで戻ってきて、またタクシーに乗り込む。都らも再び追跡を始める。前後左右、目を凝らして捜してみたが、捜査車両は見えても野路の姿はなかった。どこかの車両の陰にでも潜んでいるのだろう。都は諦めて、マルヒの乗ったタクシーに目をやる。無線を通して連絡が入った。

「貸金庫？」思わずヘルメットのなかで呟いた。

銀行に調べに入った捜査員の話では、マルヒは貸金庫を借りており、さっきそのなかからなにかを取り出したということだ。

　捜査本部にいる指揮官の声が聞こえた。

「不正免許証かもしれん。小杉ら仲間の分を用意していて、いざとなったときに渡す手筈にしていたのだろう。免許証があることで、ちゃんと逃げられると安心させられる。また、まとめて預かっていることで、操る道具にもできるし、勝手に逃げ出さない縛りにもできるだろう」

　なるほど、と都は思う。もしそうなら、これから向かう先には不正免許証に関わる一味のほとんどが集結している可能性がある。無線を通して聞こえる声も緊張をはらんでいた。

「千載一遇《せんざいいちぐう》だ。この機会を逃がせば、二度と連中を追えないと覚悟しろ。決して目を離すな、くらいつけ。いいな」

　都は口のなかで強く返事をした。安堵と共に、かつて味わったことのないほどの激しい活力と高揚感が湧き上がるのを感じた。全身が細かく震える。これが武者震いかと初めて知った。ミラーを覗いて、部下の様子を見る。緊張している様子が小さな鏡でも見て取れた。都は左手を伸ばし、ゆっくり親指を立てる。ミラーのなかの部下らが気づいて、頷いたのが見えた。

再び、アクセルを回した。

26

県道を一時間近く走り続けて、三叉路《さんさろ》を左に曲がる。この先は、Y県にある村のひとつで、限界集落として案じられている一帯だ。

タクシーはその村の出入り口の手前で停まり、マスクをした男が降りる。左右を念入りに確認し、タクシーが見えなくなるまで待って、右手の坂道を上り出した。道はやがて車一台分くらいの幅の山道になり、雑木林のなかに長く放置された田畑の跡が見える。更に、男は坂を上り、古い一軒の農家へと入って行った。

とうの昔に最後の住民が死亡して以後、相続人もわからず放擲《ほうてき》されたままの家屋だ。農家だっただけに敷地は広く、納屋や倉庫、離れなども散在する。

野路はエンジンを切り、バイクを押して坂を上る。少し先には、都ら黒バイ部隊も同じように歩いている。都が気づいて足を止め、横に並ぶのを待って声をかけてきた。

「どこにいた。うまく隠れてついてきたじゃないか」

「元白バイに愚問《ぐもん》ですよ。姿を見られたらスピード違反は捕まえられません」

「そりゃそうだな」

わざと砕けたことをいうのは、都の部下らの緊張度が半端ないように見えたからだろう。気遣う都自身も、笑ったつもりの口角が引きつっている。そういう野路も、手汗が半端ない。手袋を脱いでは何度もズボンで拭う。

農家が眼下に見える場所の大きな岩陰に身を潜め、特別捜査本部の刑事らが態勢を整えるのを待つ。十分な距離を取って周辺一帯、機動隊らが取り囲む。野路に気づいて険しい目を向けてくる捜査員もいたが、都があいだに入ってなんとか取りなしてくれた。

現場責任者が声を潜めながらいう。

「相手はライフルを持っている。他にも武器があるかもしれない」

笛吹課長を取り調べている落合ら小松原署の捜査本部刑事から、犯人一味の詳細がわかればすぐに連絡がくることになっている。だが、手こずっているのか、未だ知らせはこない。時間切れとばかりに特別捜査本部は突入を決めた。不正免許証を手にしたなら、すぐに高飛びするだろう。万が一でも取り逃がしたら、追跡が難しくなる。

本部からの指示を受けて、現場責任者は下知《げち》を飛ばす。

「ここで必ず全員捕縛する」

刑事や機動隊中隊長らが黙って頷く。

都ら黒バイ捜査隊は、バイクで逃走した場合を考えて斜面で待機していた。農家の敷地にはバイクも車も見えなかったが、ここには優に隠せるだけの納屋などの建物がある。恐らく、どこかに車を潜ませているのだろう。村の出入り口にも機動捜査隊やパトカーなどを配置させていた。

野路も都の側で待つ。エンジンキーをONに入れたまま、スターターボタンに指をかける。緊張すると後遺症のある中指の震えが酷くなる。それを見ながら、落ち着けと何度も深呼吸を繰り返した。

しんと森が静まった。鳥の声も風の音も消えた気がした。林のあいだを抜けて冬陽が低い位置から射し込んでくる。白っぽい光だったものが、徐々にオレンジ色に変わってゆく。すぐ側の枝に、陽の色と同じ色の羽根を持つ小鳥が止まったのが見えた。野路はヘルメット越しに目をやる。左右に小首を傾げ、黒々と光る丸い目をこちらに向けた。

小鳥のような目をしていたな。

白根深雪の顔が思い浮かんだとき、野路の心は森の静けさと同化した気がした。手の指の震えが治まっている。

その瞬間、鋭く叫ぶ声が聞こえた。

「前へっ」

林に潜んでいた機動隊員らがいっせいに姿を現し、農家を取り囲む。現場責任者と刑事が玄関近くまで行って、声を上げた。

「警察だ。なかにいる者は出てこい。この家の周囲は既に包囲した。全員、武器を捨て、ゆっくり出てこいっ」

そういい終わった瞬間、激しい音と共に縁側の雨戸が跳ね上がり、大きな影が飛び出してきた。

モトクロッサーだ。

モトクロスレース用のバイクに乗った小杉らしい男を先頭に、二台のトレール車がまるで生き物のように襲いかかり、機動隊員の盾を弾き飛ばした。そのまま警察の包囲網を破って走り出すと、一拍遅れて農家の隣に立つ納屋から、一台の乗用車が朽《く》ちた戸を破って出てきた。

刑事や機動隊員は慌てて回避する。

「追えっ」

誰かが叫ぶ。刑事の何人かは拳銃を構えて狙いをつけるが、木々が邪魔をして撃てない。

野路と都ら黒バイ隊は、モトクロッサーを見た瞬間、アクセルを回して走り出していた。三台のバイクは枯れ木をなぎ倒すようにして、山肌の道なき道を駆け下りてゆく。野路らはそんなバイクに視線を張りつけたまま、全速力で山道を下る。少し先には、逃走車両が猛スピードで走る姿があった。助手席に一人、後部座席に二人、最低でも四人は乗っているようだ。ちらっと見た程度だが、助手席にいる男はサングラスをかけ、マスクをしていた気がする。

犯人一味は、警察がきているのを承知していたのだ。タイミングを見て、いっせいに逃走を図った。ここは人目につかず隠れるにはもってこいの場所だが、包囲されたら身動きできない。だから最初から正面突破をするつもりでその準備もしていた。

たちまちサイレン音が、地鳴りのように鳴り響いた。聞き馴れた白バイの甲高い音が重なる。山と山に挟まれて音は反響し、凄まじい大きさとなって轟く。陽は既に山の端に傾いて、視界がじわりと薄墨色に染まる。そんななか、パトカーや捜査車両の赤色灯、前照灯が花火のように煌《きら》めいた。

モトクロス集団は斜面を抜け、舗装道路に飛び出すと待ち構える機動隊員の囲いを切り崩す。その隙を狙って、乗用車が猛スピードで逃走した。パトカーが追いかけようとしたが、モトクロス集団は方向転換すると目の前を走り回って進路を塞ぐ。そこに野路と黒バイ隊が山から下りてきた。トレール車の一台が気づいて、黒バイ隊に向かって突っ込んでくる。左手に長い棒が見え、車のヘッドライトに反射して煌《きら》めいた。

「都さん、鉄パイプだ」

「わかってる」

黒バイ隊は編成を解き、左右に散ってトレール車を挟み撃ちにしようとした。だが、いきなり短い破裂音が聞こえ、目の前で黒バイの一台がハンドルを取られたかのように大きく左右に揺れて横転した。地面に伏す隊員の肩先に血が滲んでいる。

発射された方向へ振り返ると、もう一台のトレール車が離れたところに停まって拳銃を構えていた。

「拳銃を持っているぞ。散れっ」

都の指示に、黒バイ隊は素早く距離を取る。何台かは、バイクを停めて盾にしながら腰から拳銃を抜いた。それを見たトレール車は、銃を握ったまま走り出す。

一方、鉄パイプを持つトレール車が、今度は野路に迫る。都が、離れろと叫ぶ。だが野路はアクセルを回し、真っすぐ突き進んだ。すれ違い様、真横に振り払ってきたパイプを避け、右へ上半身を倒しながらフットブレーキをかけるバイクの後輪をわざと滑らせ車体をトレール車にぶつける。トレール車はふらついたのを両足とブレーキ操作でなんとか踏ん張る。だがそのせいで鉄パイプを落とした。野路はUターンしてパイプを拾うと走りながら、「都さん」と叫んで放り投げた。都は片手で受け取ると、黒バイ隊が拳銃の攻撃から逃れるためにぐるぐる走り回っているなかをすり抜けた。都に気づいた相手が銃口を向けるのと同時に、ギアをニュートラルに入れてハンドルから手を離し、両手で握り直した鉄パイプを狙い定めて投げつけた。トレール車のライダーの胸元に当たり、男は拳銃を落としてのけぞる。慌てて体勢を立て直そうとするが、そこに黒バイ隊が体当たりしてバイクごと倒した。地面に転がった被疑者に、わっと襲いかかる。制圧した上でヘルメットを剝《は》ぐと、佐伯伴男の憤怒に塗れた顔が現れた。

もう一台のトレール車には機動隊員が盾を投げつけ、動きを封じた。野路はすぐに、「小杉はどこだ」と叫びながら周囲を見回す。視野の端になにかが光った気がした。顔を向けると道路脇の林のなかでモトクロッサーに乗った男が、じっとこちらを見ていた。小さな光がパッシングライトのように点滅する。誘っているのか。深雪を襲ったときも、狙撃手を逃すため試験場を走る小杉はヘルメットの奥で笑っていた。この男にとって犯罪もレースと同じ。どこか楽しんでいる。

かっと頭に血が上る。絶対にこの手で捕まえてやる。そこに都が、「野路っ」と叫んだ。振り返ると都が、側にいる部下を指す。都は念のため、何人かの部下にオフロードバイクを使わせていた。

「これを使え」

野路は頷き、素早く降りて入れ替わる。それを待っていたかのように、モトクロッサーが、小杉国春が、動き出した。

「あの野郎」

林のなかから道路へ飛び出す小杉を全速力で追う。やがて前方からパトカーが向かってくるのが見え、小杉は素早くガードレールの隙間を見つけて山肌へと張りついた。そのまま斜面を駆け上がる。野路も道を外れ、あとを追った。

相手はモトクロスのレーサー車だ。野路の乗るトレール車と比べれば、ダートロードでは小杉の方が有利。だが、ここからは山中だ。均《なら》されたレース場と違って、あらゆる障害を越えることが目的のトライアルに馴染む野路には、むしろ好都合だった。

モトクロスライダーは急な斜面を駆け上ることは得意でも、飛び出た岩や縦横に枝を張る樹々のあいだをすり抜けるのは慣れていない。たちまち野路は小杉の背を捉える。

「待て、小杉」

灰色の小山のような岩石が露出しているのを見て、小杉は迂回する。野路はそのまま膝に力を入れ、前輪を浮かせてバイクで乗り上げた。岩から岩へと跳び移り、一気に越えて小杉の前に躍り出る。急ブレーキを踏んだ小杉と睨み合った。

目が笑っている。野路はシールドを上げて大声を放つ。

「観念しろ、小杉」

「あんた、白バイの英雄なんだろ」

そういって小杉は、ヘルメットを無造作に脱いだ。小杉国春は五年前のチャンピオンであったころの容貌とそれほど変わってはいなかった。ただ、あのときのような自信に溢れ、躍動するような輝きは微塵もなく、土汚れを浴びたような肌に眼だけが異様な鋭さを帯びていた。

「あんたのことは知っていたよ。白バイ大会で優勝したときの映像もネットで見た。俺もモトクロスでチャンピオンになったことのある人間だ。頂点に立ったときの誇らしさは知っている」

「一緒にするな」

「ふん。そうだな」と微かに眼光が陰る。「確かに違う。あんたは今も警官として仕事に勤《いそ》しみ、俺は脱落者となって生きるのに精一杯の有様だ。それでも俺はずっと走り続けていた。さっさとバイクを降りて、呑気《のんき》にお巡りやっているお前には負けないテクニックを今も、いや昔以上に持っている。違うのはそこだよ」

レースに出なくともバイクに乗ってさえいれば、ライダーでいられるんだ、と車体を強く弾いた。野路は目を細め、そんな小杉を睨みつける。

「それほどバイクが好きなのに、どうして悪事に加担した。なぜ、ダートコースを走り続けなかった」

はっ、と小杉は乾いた息を吐いた。

「好きでもな、金がなきゃなんにもできないんだよ。やりたいことをするには金もいるし、綺麗な体もいるんだよ」

「綺麗な体？」

「俺や佐伯みたいな前科持ちは、真面目に働こうとしても、すぐに行き詰まる。罪を償って、更生したといっても誰かにちょっとネットに書き込まれたら、もう終わりさ。周囲の態度は一変し、社会から徐々に弾かれてゆく」

「そんなことは」

「あるんだよっ。たかが罰金刑ひとつで夢を諦めなきゃならなくなった男もいるんだ。だったら、あとは金儲けするしかないだろう。汚い金であれ綺麗な金であれ、金の力は同じだからな」

「金でどうする」

「違う形で夢を叶えることが」

小杉は言葉を止めた。その先までいっていいのか逡巡したようだった。替わりに野路が答える。

「それは、自分は表に出ず、陰で牛耳《ぎゅうじ》るということか。人を使って夢を叶える、そういう道を選んだというのか、橘裕司は」

小杉は軽く目を瞠《みは》った。


三年前の夕刻、姉の晶が危篤《きとく》だとの知らせが入って病院に駆けつけた。

廊下のベンチには男が一人悄然と座り込んでいた。声をかけてもどこかぼんやりとしていて、身内の俺よりショックを受けているようだった。

死に顔を存分に見て、ため息だけを置いて病室を出た。助かる見込みはないと聞いていたから覚悟はしていたが、思わず舌打ちが出た。これで俺は一生拭えない後悔を背負ったのだと思った。

夜、晶が逃げるように家を飛び出したとき、俺はすぐに追わなかった。心のどこかでこのまま戻らなければいいと望んでいた気がする。姉は、そんな薄情な弟にそれなりの報いを受けさせた。意識不明の状態でたっぷりひと月は面倒を看させ、なにも残さず、ただ負い目だけを与えて逝ったのだ。

悔しさと哀しさでなにもかもが疎ましくなった。加害者に対しての恨みさえも湧かなかった。事故の直後に顔を合わせたとき、『ブレーキが間に合わなかった、本当にすみません、申し訳ありません』と土下座するように床に座り込んだ姿に、自分が重なったのを今も覚えている。

申し訳ありません——それは俺が晶にいうべき言葉だったのかもしれない。

結局、姉にも過失があったということで男は大した罪には問われなかったし、保険も下りた。それでも男は何度も病院に見舞いに訪れ、自宅にきては俺に謝罪を繰り返した。

こ綺麗な身なりと出来の良さそうな顔、丁寧な言葉遣い、そのどれもが俺とは正反対の世界の人間だと思えた。けれど、俺はこの男と会って話をするのが、それほど嫌じゃなかった。たった一人の身内を殺した男なのに。

一か月ほどの入院ののち、小杉晶は死んだ。誰よりも望みと期待をもって姉を見舞い続けていた男は、深く絶望した。

葬儀社の車を待つあいだ、病院の廊下のベンチに座って、その絶望の意味を聞いた。聞いて気の毒に思った。ここにも一人、晶によってその人生を狂わされた男がいると。

葬儀を終えて二人で飲みに出た。互いの不幸をいい合った。自分とは全く違う世界の男だと思っていたが、大して変わらない人生を歩んできたのだと知った。

男は、親の期待という名の縄で、がんじがらめになっていた。母方の祖父は市長経験者で、父親は市会議員だった。そのせいで子どものころから政界を目指すための教育を施《ほどこ》され、敷かれたレールをよそ見せず進むよう教え込まれた。やがて父親が若い女に乗り換え、母と離婚。籍だけは父親の下にあったが母との二人暮らしは、それまで以上に息苦しいものとなった。夫に侮《あなど》られた悔しさの分だけ、息子の将来に賭《か》けていたのだ。やりたいことを我慢し、いいたいこともいえないまま、大人になっても母の期待に応えられない焦燥感をくすぶらせ続けた。

俺も、祖母や父親に縛られ、二人から解放されたあとは晶の面倒を看なくてはならなくなった。バイクに出会わなければ、まともな人生を歩めないまま惨《みじ》めに野垂れ死んでいたことだろう。そんな俺にとってバイクを知ったことは奇跡のような幸運だった。モトクロスは、この世に俺の生を繋ぎ留める一本の輝く綱となった。だが、それも些細な喧嘩ひとつで呆気なく失った。一度はやり直せると頑張ったが世間はそう甘くない。晶の死も加わって、どうでもよくなった。全てを諦めることの楽を感じ始めていた。

男も一度は、奇跡のような幸運を得た。抑圧された毎日に、思いがけないチャンスが舞い込んできたのだ。百川朱人と知り合ったことで、目の前が扉を開けたかのような明るさに満ちた。夢が現実となれば、自分のこれまでの陰々《いんいん》とした生き方が、大いなる将来のための布石だったのだと慰められる気がした。これで堂々と生きてゆけると確信したのだ。だが、それが晶の死で呆気なく消滅した。

二人で訳がわからなくなるまで飲んだ帰り、酔っ払いに絡まれた。殴り合いの喧嘩になりかけたが昔のことが蘇って反撃の拳が止まった。心のどこかにまだレースへの未練があったのだろう。いいように殴られ、このまま死ぬかもしれないと思った。そのとき、喧嘩などしたことのない男が俺を救うため、猛然と突っかかっていったのだ。がむしゃらに腕を振り回すだけの素人喧嘩で、結局、二人ともぼこぼこにされて終わったのだが、俺は少しも悔しくなかった。血だらけの顔をした男と一緒にゴミ集積場の上に転がって、おかしくなって笑った。笑えて泣けた。

男が隣で呻き声を上げるのを聞いて、体を起こしていってやった。

『大丈夫だ、あんたならなんとかなる。俺とは違う。優秀なんだから、別のやり方、考えろよ。そのために、俺になにかできることがあったら――』

それを聞いた男は噴き出すと、乾いた鼻血を拭いながら大笑いした。遺族が加害者にいうセリフじゃない、というのに俺も思わず笑った。

笑いながら見返す男の目には、姉にはなかった慈《いつく》しみの光が宿っていた。俺の目にも同じものが映っているといいなと思った。

それからしばらくして、男が明るい目をして訪ねてきた。

『なあ、小杉さん、手伝ってくれないか。一緒にやろう』

『なにを?』

『この世界を牛耳るんだ』

小杉国春は、太川裕司のその言葉に思わず破顔《はがん》した。

「そうだ。あいつは百川になってもおかしくない人間だった」と、小杉は遠い目を戻してぎらつかせた。

「いずれは議員になって、国の中心に立つ人間になる筈だった。知事に声をかけてもらったときは、そんな夢を叶えるチャンスを手に入れたと思ったそうだよ。けど、すぐにそれはこっぱ微塵に砕けた。俺の姉貴を轢《ひ》いてしまったからだ。小杉晶の自殺に巻き込まれたせいで全てを諦めなくてはならなくなった」

太川裕司は、研究に勤《いそ》しみ教鞭《きょうべん》をとる日々から抜け出す機会をずっと狙っていた。知事になったばかりの百川は、信頼できるブレーンを捜していた。同じ出身大学の研究会を通じて百川と知り合うと、太川はこれまで得た知識と研究の成果を駆使して、新任知事が頭を悩ます政策や様々な問題の解決に手を貸した。そのため早朝であれ夜中であれ、呼び出されればすぐに駆けつけることもした。事故を起こしたのは、そんなときだった。

即死ではなかったが、小杉晶は重傷を負い、のちに死亡している。ドライブレコーダーにある被害者の様子から、運転者の過失割合は減じられたが、罰金と免停の処分は受けざるを得なかった。罰を受け、行政処分が終わると、すぐに離婚した母方の姓、橘に変更した。少しでも過去を消したいという思いがあったからだろう。

橘裕司となったあと、正式に知事の政務秘書としての任に就いた。

「だが、そこまでなんだよ。橘が行けるのは」と小杉はいう。

なぜ、という言葉を野路は呑み込んだ。統計上は死亡事故ではなかったが、ひと月後に小杉晶は死んでいる。死亡事故といっていい。たとえ罰金であれ、国会議員が、或いは閣僚が、過去に交通事故を起こして人を死なせていたとわかればどうなるか。今や簡単に身上経歴が世間に晒《さら》される時代だ。若い女性を死なせた過去は大きな枷《かせ》になる。

「俺は申し訳なく思ったよ。詫びにきてくれた太川、いや橘さんに、逆に俺が詫びたくらいだ。晶をあんな風にしたのは俺のせいだし、あんたはその巻き添えを食ったに過ぎないんだと」

百川知事は事故のことを知っても橘を秘書にする意志は変えなかった。むしろ、いっそう重宝するようになった。自分より優秀な人間を側に置くことには、出し抜かれるという危惧もあったろうが、橘の経歴に傷がついたことで、蹴落とされる可能性が消えたからだ。そうとなれば存分に自陣の参謀として、生涯、こき使えると安堵しただろう。そのことが余計に橘のプライドを傷つけたのかもしれないが。

陽が沈んだのか、辺りに薄墨色の靄《もや》が広がる。そんななかでも、はっきり小杉が笑っているのが見えた。

「でもな、あいつの凄いところは、それで全てを諦めようとしなかったことだよ。橘さんは、すぐに頭を切り替えた。そして別の形で叶えてみせると決めた」

「百川知事を操るということか」

「そうだよ。単純で見栄えのする百川を表舞台に立たせ、実際は橘さんが裏で指図し、牛耳る。そしてそれはやがて政界での暗躍へと繋がるんだ」

小杉の言葉の端々には、橘への強い信頼、いや崇敬の気持ちさえ窺える。橘という男は、人を従わせる才に秀でた人間らしい。

野路は、狙撃事件の際、知事車を運転していた橘を見て疑いを濃くした。運転するよう知事がいったかどうか、それは問題ではない。知事が橘に運転を任せたこと、それほど橘を頼りにしていることに違和感を抱いた。思い返してみれば、百川は常に橘を側に置き、なんでも相談していた節がある。精悍でアグレッシブ、県民に人気のある知事という偶像を作り上げたのが橘だとしたら、その目的はなんだろう。そのために必要なものはなんだろう、と考えた。

「だから金か」

「ああ、百川を永田町に送り込むには金がいる。だから手伝うことにした。俺にも大金が入るっていうしさ。これまで人のためばかりに稼いできた。そんな人生にはうんざりだ。大金を得て、人並みの暮らしをしたくなった、いや、人並み以上の暮らしをな。これまでの分を取り戻すんだ」

野路は奥歯に力を入れて、ぎりぎり噛みしめる。

「ふざけるな」

にっと笑う。「ふざけてなんかいないさ。俺らは真剣だった。橘さんが免許証を作って売ろうといったときは感心したぜ。それも貼り合わせただけのお粗末な偽造免許じゃないんだ。免許センターで作る本物を売りさばこうってな」

ひょっとして自分自身が別人になりたいという気持ちが強くあったから、それで浮かんだ悪事なのかと野路は思う。

「そして笛吹作成課長を引き込んだ」

「ああ、あのおっさんな。味方に引き込めるお巡りはいないか探していたら、笛吹が街金に借金していることがわかった。そんで、俺が世話になっている築見組を使って更にずぶずぶにさせ、逃げられないようがんじがらめにした。警官のくせして気の弱い野郎でよ、ちょっと脅して金を見せつけたら、いそいそと加担してくれたよ。しかもよ、怪しまれたみたいだからなんとかしてくれって、自分の仲間を売ったんだぜ」

「お前が鳴瀬係長を突き落としたのか」

「鳴瀬っていうのか。やったのは俺じゃない」と舌打ちする。

「佐伯か」野路がいうと、軽く首を振った。

「佐伯さんは短絡的っていうのか、早く口封じした方がいいって、橘さんの指示も聞かないで勝手に動いたんだ。笛吹が呼び出したところを襲ったらしいが、あとで聞いて橘さんは怒ったよ。だが、それでむしろ開き直った感じはあったな」

開き直った？　野路は怒鳴る。「人を殺すことに抵抗がなくなったというつもりか。だから女性警官を撃ったのか」

「ああ。笛吹が、部下にバレたかもしれないって泣きつくからさ」と小杉は軽く目を細めた。

「実行を決めたのも、ああいう派手な形にしようといったのも橘さんだ。女の警官を狙ったとわかれば、そこから笛吹に繋がって足がつくかもしれない。百川や公安委員？　そういうのが狙われたように見せかける意味もあったんだ。橘さんが全て段取りしてくれたが、さすがにきわどかった。でも、お巡り連中が血相変えて追っかけてくるなかを逃げるのは、レースのときのような興奮があったな。特にあんた」

小杉がねめつける。「あんたが迫ったときは、さすがの俺もちょっと焦った。面白い野郎がいるなと思った。あとで橘さんから元白バイだと聞いて、そうか、あの白バイ大会のヤツかと思い出した。レースを止めてから誰かと競うということをしなくなったが、あんたとだけはバイクで勝負してみたいと、あのときからずっと思っていたよ」

「そうか」野路はエンジンを噴かす。「なら、お前の願いは叶った訳だ」

小杉は視線を野路に張り付けたまま、ヘルメットを装着する。それを見て野路はアクセルを回し、小杉へと向かいかけた。いきなり目の前が見えなくなった。急ブレーキをかけ、車体を横にして足を着いた。慌てて手袋をした手で拭うと、塗料のようなものがべったりと付いている。銀行などで使う防犯カラーボールらしい。すぐにシールドを上げて見回すと、小杉が斜面を猛スピードで下りてゆくのが見えた。

「くそっ、逃がすか」

27

転がるように坂を突っ走る。すぐに県道に出て、両側を山の斜面に挟まれた九十九折《つづらおり》の道を行く。深くて長いカーブを繰り返し、小杉に離されないよう追った。一般車両の影は見えない。道路を封鎖しているのだ。前後左右からパトカーのサイレン音が鳴り響く。逃げた乗用車を追っているせいか、いつも以上に切迫した感じがする。やがて、道に沿った山肌にぽっかりと開いた大きな穴が現れた。小杉が向かった先は、トンネル工事の現場だった。

取り外されたガードレールの代わりに腰高の柵とチェーン、立て看板が出入り口に並ぶ。周囲はすっかり夜の帷《とばり》が下りて、工事の人の姿もなく、冷たい空気だけが立ち込めていた。小杉は足で柵を蹴倒すと、躊躇《ためら》うことなくなかに入ってゆく。エンジン音がドーム状の壁に当たって反響した。野路もガード柵を踏んで奥へと進む。

暗い大きな穴のなかに光が白い筋となって揺れるのが見えた。野路もライトを点け、バイクに乗った小杉の背を捉える。

「このトンネルは既に貫通している。だが、向こう側はフェンスで通行止めにしている筈だ。通り抜けることはできない」

小杉はそのことを知らないのだろうか。もし、知っていてここに入ったのだとすれば——。

そう考えたとき、小杉の覚悟のほどが垣間見えた。この男は野路と対決しようとしている。モトクロッサーは殺意の塊となって野路に襲いかかってくるだろう。

ここがデッドエンドということか。野路は胸を大きく上下させた。恐れと勇み立つ気持ちで心が細かに震え出す。汗が額から流れて目に入った。思わず閉じた瞼の奥に、白根深雪の白い顔が浮かぶ。まだ二十六歳だった。野路はかっと目を開けると、アクセルをいっぱいまで回して小杉を追った。

二つのエンジン音が反響し、雷鳴のように轟き渡る。音が風圧になって返ってくる。

トンネルのなかにはまだ多くの機材や機械が置かれていた。壁に沿って足場が組まれ、天井付近には風管が大蛇《だいじゃ》のように延びている。リフトやモーターグレーダのような重機が見える。それ以外にも金属の管やコード、ボルト、防水シートなどが壁に沿って置かれ、真ん中の開けた場所には土嚢《どのう》や砂の山などが散見する。それらを避けながら奥を目指す。

前を走っていた小杉のモトクロッサーがいきなり宙に浮いたと思ったら、姿が消えた。前照灯の灯りのなかにドラム缶が横倒しになっているのが見えた。その上を乗り越えたのか。野路もすぐに脇を締め、膝に力を入れる。勢いのまま駆け上がり、向こう側へとジャンプする。なんとか着地したと思ったら、横手から凄まじい気配を感じた。待ち構えていた小杉が突っ込んできたのだ。前輪ブレーキをかけ、足を軸にして車体を素早く回転させる。すんでのところで躱《かわ》せたが、ほっとする間もなく今度は棒のようなものを伸ばして殴りつけてきた。反射的に上半身を仰け反らせたが、ヘルメットの上部に当たって衝撃が走った。眩暈《めまい》がして、アクセルにかかっている指が離れる。両足を踏ん張り、倒れそうになったバイクを懸命に引き起こしているあいだに、小杉はトンネルの壁を利用して素早く反転し、再び向かってきた。

野路は頭を振って目の焦点をなんとか合わせると、すぐにアクセルを回してトンネルの奥へと走った。小杉がすぐ後ろを追ってくる。

「あいつ、いったいなにを考えているんだ」

このまま逃げ切ろうという考えはないのか。やはりデッドエンドにする気なのか。野路にとってだけでなく、小杉にとってのデッドエンドに。

野路は積み上げられた鉄材の裏側に回り込むと停車し、小杉がくるのを待ち受ける。だが、エンジン音がすぐ近くまで迫ったと思ったら、ふいに濃い影の気配が頭上を覆った。目を上げるとバイクが宙に躍《おど》っている。裏側に野路が潜んでいると察した小杉は、鉄材の山をジャンピングスポットにして、上から野路に襲いかかってきたのだ。咄嗟に避けようとアクセルを回すが間に合わず、バイクの後輪が野路の背中を打った。骨が折れたかのような激しい痛みが走り、思わず呻き声を上げた。グリップだけは離さず、なんとかその場から逃れて振り返る。小杉が足を着いてターンし、こちらへと向き直るのが見えた。

資材や重機がなく、グラウンドのように広々とした空間が広がる。幅は四車線分、弧《こ》を描く天井まで四メートル以上、ほぼトンネルそのものだ。大きな洞窟内に規則正しいエンジン音が二つ、反響し合う。

向き合ったことで小杉のバイクの灯りが目に入った。小さな光。前照灯ではなく、携帯用ライトと思える光を目にして、野路は首を傾げる。モトクロッサーは、軽量化するためライトやミラー類は装着していない。だとすれば小杉は自前でこのライトを付けたということになる。夜の道路を走ることを考えたからかとも思ったが、違和感を覚えた。大里綾子を乗せた車を逃がそうと襲ってきたとき、小杉のモトクロッサーにライトはなかった。

空噴かしする音がして野路はすぐに意識を戻す。アクセルグリップに力を入れ、小杉を睨んだ。だが小杉のモトクロッサーは真っすぐ突っ込んでくることなく、野路を中心に円を描くように走り出した。徐々に速度を上げる。

どこかの時点で飛びかかってくるのだと思い、アクセルを開いたままブレーキレバーを握って忙しなく首を回し、目で追う。小杉がいきなり円を横切るように野路の脇を走り抜けると、そのまま一気に加速して傾斜のある壁を這い上がった。トンネルの弧を利用し、空中で反転し、体をひねると前輪を野路へと向けた。斜め上から襲いかかってくる小杉を見て、野路は前輪ブレーキを強く握ると同時に、重心を移動させて両足に力を込める。後輪だけを大きく振って、地面にある土や石を払ってぶつけた。当たった衝撃で小杉の体勢が崩れ、バイクが揺れる。野路のすぐ側で無様な着地をしたのを見て、もう一度、前輪を軸にバイクの後輪を浮かして回転、それで小杉をなぎ払おうとした。だが、さすがに今度は予想していたらしく、バイクごと体を倒して避けると、足で蹴って車体を起こし、エンジンを噴かして距離を取る。

小杉が再び駆ける。開けた空間を突っ切り、奥の重機や資材のある方へと向かう。あいだを潜り抜けるのに苦労しているのを見て、野路は不規則に積み上げられた資材を這い上がる。一番上まで上って向こう側へ出ると、一気に飛び下りた。資材を避けて出てきた小杉目がけて突っ込む。短い悲鳴が聞こえて、どこかに当たった手応えを感じた。だが一瞬、ふらついただけで小杉はすぐに立て直す。そしてバイクに乗ったまま身を屈ませると、地を這っている太いコードを摑んだ。野路に向かって走ってくると、すれ違い様大きく放り投げる。体にかかったのに気づいて慌てて左手で払おうとしたが、それより先に強い力で引かれ、上半身が持っていかれた。

「うわっ」

ハンドルから手が離れ、バイクが滑って横倒しになる。エンジン音が迫っているのを感じて、地面に伏した野路は慌てて横跳びに逃れた。少し先で急ブレーキの音がして目を上げると、小杉が再び向かってくるのが見えた。

野路はバイクを置いて懸命に走る。間一髪のところで近くにある足場に飛びついて小杉のバイクを躱《かわ》した。息を吐く間もなく駆け上がると、そこにあった鉄パイプや鋼板を上から投げつけた。小杉はスピードを出して足場から離れる。その様子を見て野路は足場から飛び下り、バイクを素早く起こして小杉を追った。

トンネルの奥に向かって走る。前照灯のなかにホイールローダーの巨体が浮かび上がった。壁に当たって反響していた音が消え、小杉のバイクの気配がなくなった。

「エンジンを切ったのか」

重機や積まれた鋼材の濃い影があちこちに蹲《うずくま》り、野路のバイク音以外聞こえない。全ての影が小杉に見え、激しい緊張感に胸が早鐘を打つ。アクセルを回さず、両足を着きながら、ゆっくり進む。少し行っては停まって前照灯であちこち照らした。右手奥のフォークリフトから大きな音がして息が止まった。金属かなにかが当たったような音。そちらに注意を向けていると、左から突然、エンジン音が聞こえた。はっと全身に力を込めたとき、積み上がった資材の隙間からモトクロッサーがウィリーをしたまま飛び出してきた。前輪が野路の体にのしかかってくる。間に合わなかった。左肩口をしたたか打たれて、バイクごと倒れる。左側が痺れたように動かない。折れたのかもしれない。倒れたバイクの下から右腕と足だけで這い出る。手袋をした手で地面を掻いていると、その先にブーツの爪先が見えた。野路はそろそろと顔を上げる。

小杉が立っていて、シールドを上げるとどんぐり眼で見下ろしてきた。

「いい走りだったよ。さすがは白バイの英雄だ。久々、興奮した」と手袋をした手で気のない拍手をした。

「小杉。お前、逃げおおせると思うな」負け惜しみにならないよう、必死に声を低くする。

あざ笑うかのように肩を揺すった。

「残念だが、遊びはここまでだ。そろそろ時間だ」

「なに？」

小杉はシールドを下ろすと、バイクに跨《また》がった。アクセルを噴かして、一旦、走り去るが、離れたところで方向転換してこちらを向くのが見えた。徐々にスピードを上げてゆく。バイクで野路を轢《ひ》き殺すつもりだ。

起き上がろうとするが左側に力が入らず、足にも激痛が走る。汗が噴き出す。喉を振り絞って大声を張り上げながら、満身に力を込める。右手右足でなんとか上半身を起こしたが、小杉のライトが迫っていた。

ヘルメットのなかの薄笑いが見えた気がした。

瞬間、トンネル内で大きな破裂音がこだました。同時に小杉のバイクが弾かれたように傾き、コンクリートに激突するとそのままバイクごと地面に倒れる。瞬《まばた》きもせずその様子を見ていると、入り口の方から声が聞こえた。

「野路っ」

都の声だった。気づかなかったが、いくつものエンジン音がトンネル内に響き渡っている。多くの前照灯の灯りが周囲を明るく照らし出していた。そのなかに、都の側で拳銃を構えた隊員の影が浮かび上がる。小杉のバイクに当たったらしい。

助かった、と思わず声を漏らした。目の端に小杉が立ち上がるのが見えた。倒れたモトクロッサーから離れ、都らの姿に大きく舌打ちすると駆け出した。壁にぶつかったとき、どこかを怪我したのか、左足を引きずっている。

野路は立ち上がり、「どこへ行く気だっ。もう逃げられないぞ」と怒鳴った。だが、小杉はトンネルの更に奥へと向かう。そっちの出口はまだ封鎖されている筈――。

おかしい、と思った瞬間、小杉がホイールローダーの隣に置いてある重機に乗り込むのが見えた。

「なにをする気だ」

呆気に取られていると、突然、稼働音と共に重機が動き出すのが見えた。大きな車体の先にクレーンのような細い首が伸びている。コンクリート吹付機というものだ。その首を大きく左右に振り回して、壁面に据えられている足場へとぶつける。耳を塞ぎたくなるような衝撃音がして、鉄材が次々と崩れてゆく。

動く筈のない重機が動くのを見て、ようやく全てを理解した。小杉は、最初から野路や都ら多くの警官をここに誘い込むつもりだったのだ。ここはデッドエンドじゃない。少なくとも小杉にとっては。

だから前もってモトクロッサーにライトを点けていたのだ。道路を走るだけなら道路灯があるからライトなしでも問題ない。だが、トンネルのなかは、昼でも夜でも灯りがなければ暗くて動けない。バイクにライトを装着し、重機の鍵さえも周到に手に入れていた。

山あいの古びた農家から飛び出してきた乗用車を思い出す。県警が包囲するなか、たとえ一時的に突破できたとしても、逃げ切ることは不可能だ。それがわかっていても、あの状況では飛び出すしかなかった。パトカーや白バイ、捜査車両のほぼ全てが乗用車を追った。助手席に、サングラスをしてマスクをつけた男がいたからだ。だが、あれは本当に橘裕司だったのだろうか。あれが一味の全員だったのだろうか。

さっき小杉は、そろそろ時間だ、といった。なんの時間だ。

野路は弾かれたように顔を上げると、バイクを引き起こしながら、叫んだ。

「都さん、トンネルの出口だ。そこに恐らく、橘が待っている」

「なにっ。そうか」

都ら黒バイ隊がいっせいに奥の出口に向かって走り出したが、足場が落ちてきて邪魔をする。土煙と共にどんどん積み上がり、行く手を塞ぐ。小杉はトンネルを通り抜けられないよう封じたのだ。

都は、くそっと呻き、入ってきた方へと向きを変えた。トンネルを通らず、本来の道を辿って向こう側へ出るとなれば、相当時間がかかる。恐らく間に合わない。

野路はバイクに跨《また》がると、体が裂けそうな痛みに声を上げながらも左指を動かし、ギアを入れる。アクセルを回して動き出すと、腰を浮かしてすっと立ち上がる。膝に力を入れ、体を柔軟に上下させる。ブレーキ、アクセル、クラッチを細かに操作し、崩れて折り重なる足場の残骸《ざんがい》の上に乗る。トライアルの要領でバランスを取りながら越えてゆく。

重機から降りた小杉が駆け出すのが見えた。足を引きずっているから全速力とはいえない。野路は歯を食いしばって両腕両脚に集中、バランスを取りながら、懸命に鋼板やパイプの上を伝《つた》い走る。通れるルートを瞬時に判断し、停止したままで向きを変えた。顎の下から汗が途切れることなく滴《したた》り落ちる。金属質の耳障りな音がした。視線だけ振ると、壁に残っていた足場が、まるで皮膚を捲《めく》るように順々に剝がれ落ちてゆくのが見えた。

「小杉っ」思わず声を放った。

気づいた小杉は足を止め、壁を見上げる。鉄の塊がゆっくり落ちてくる。バイクに乗っていたなら難なく躱《かわ》し、通り抜けられただろう。計画ではそのつもりだった。だが今、バイクはなく、しかも片足に怪我をしている。

茫然と見上げる小杉。本人も間に合わないと気づいたのだ。

野路は地面に飛び降りるとアクセルを回した。後ろで名を呼ぶ声が聞こえた。走りながら直前で、体を大きく傾ける。右手はフルスロットル状態。下半身がぶれないよう膝でバイクを強く挟み、痺れる左腕を思い切り伸ばした。地面に尻もちをついている小杉のライダースーツの襟に指をかける。

力を入れろ。強く握るんだ。

黒い影が頭上に迫っている。格子状に組まれたパイプが光に反射して、ヘルメットのシールド越しに煌《きら》めくのが見えた。凄まじい轟音と共に土煙が舞い、トンネルのなかが真っ白な膜で覆われた。

「野路ぃーっ」

声が聞こえた気がした。目の前の白い膜はふいに漆黒《しっこく》に変わった。痛みもなにも感じなくなった。

28

「まだか」

「…………」

「本当ならとっくに出てくるころじゃないのか」

「…………」

「おい、もう行こう。あいつはこない」

「うるさいっ」

声を荒らげた橘を見て、アルミバンの運転席にいる細身の男は舌打ちする。橘は、手に持ったサングラスを放り投げると、助手席のドアを開けて乗り込んだ。

トンネルの奥で、山が崩れたのかと思うような轟音が鳴り響いたのを確認してから、そろそろ五分が経つ。予定通りだと思ったが、いつまでたっても小杉が出てこないのがわかって、橘は顔を歪めた。

「薄情なことをいうが諦めたらどうだ。これ以上待っていてはわしらの尻に火がつくぞ」

後部座席には簗見組の組長と構成員が一人いる。老獪《ろうかい》な組長はこれまで多くの修羅場を潜ってきただけあって、動揺する気配もなく、冷静な口調で言葉を続けた。

「あんたにとっては、あの男は身内みたいなものかもしれんが、わしもそれなりに犠牲を払っているんだ」

橘は唇を嚙み、「元白バイなんかに拘《こだわ》りやがって」と呟いた。小杉が、あの男に執着しているのは気づいていた。余計なことはするなと念を押したのだが、小杉の性格からすれば片がつくまでトンネルを出てくることはないだろうとも思った。それでも、地響きが聞こえたときは無事にすんだと安堵したのだが。

「バカなヤツ」

橘は、運転席の男に出せと指示した。エンジンがかかって車は静かに走り出した。

免許センターの笛吹から連絡が入ったとき、すぐに予定していた逃走計画を実行した。

橘、小杉、それに佐伯とトレーラー車のもう一人、射撃手として雇った男と簗見組の六人。

十一名全員が逃げ切るのは難しい。築見組の連中に、組長を逃がす代わりに橘の振りをして警察を引きつける役割を了承させた。乗用車とバイクが飛び出て、警察は一気にそちらへと集中した。農家の裏手の小屋に潜んでいた橘らは密かに脱出し、別の農家に隠していたバイク運搬用のアルミバンに乗り込んで山を下りた。

小杉らはトンネル奥に警察を引きつけ、通り抜けられないように封じたあと、出口で待つ橘らと合流する筈だった。小杉ならやれる筈だった。

橘は、軽く目を瞑《つぶ》る。

三年前、ヘッドライトのなかに飛び込んできた晶という女の姿が、今も時折、脳裏をかすめる。死んでくれるなと願ったが、叶わなかった。あと腐れなくするため、誠意を見せておこうと何度も小杉家を訪れた。ひと月後に晶が死んだが、小杉は橘を責めることなく、むしろ気の毒なことをしたなといった。小杉国春も女の犠牲者なのだと知った。

百川と出会ったことで、政界を登り詰めるという夢が現実になると思った。だが、それが事故を起こしたことで雲散霧消《うさんむしょう》し、百川に気の毒な顔をされながらも、秘書でいいじゃないかといわれたことに、どす黒い怒りが沸き上がったのを覚えている。だがそれはすぐに勢いを失い、電柱の脇で吐くまで飲んで悔し涙と共に流すしかなかった。

あの晩、酔漢《すいかん》に殴られている小杉を見て、どうしてあんな無茶をしたのか今もわからない。ゴミの山のなかで顔を腫らし、痛みに呻いていた橋に小杉は声をかけてきた。真面目な顔で笑うことなく、かといって憐《あわ》れむこともなく、なにかできることがあったらいってくれ、なんでもすると告げたのだ。

小杉は佐伯という前科持ちと親しくしており、更にはその佐伯を通じて築見組とも繋がりを持っていた。もしかしたら、使えるかもしれないと思った。

綺麗ごとだけではすまないのが政治の世界だ。登ったものが勝ち。過程など関係ない、と開き直った。

そして金を集めることを考えた。とはいえ薬などのヤバいことに、素人は手を出せない。築見組は暴力団だが、昔気質の結束の固さはあってもある意味時代遅れで、仲間内では相手にされていなかった。それがかえって都合良かった。やがて不正免許証の作成を思いつくと、すぐに免許センターの警察官に狙いを定め、築見組に取り込むよう指示した。

買い手はネットや築見組を通じて募った。なるだけ口の堅い筋のいい客に絞った。厄介事を起こして追われているヤツ、過去を消したいヤツらで、少々高額でも確実なものを手に入れたいと望む客。なにせ笛吹という警官に作らせた免許証は、その辺の地下グループが小遣い稼ぎに作る貧相な偽造じゃない。どこでも間違いなく通じる本物だ。たちまち二千万に近い金を手に入れた。築見組をまず脱会させ、本格的な組織作りに取りかかろうとした矢先、つまらないことから露呈しかけた。

バカな手配犯が、警官に追われたからと逃げ出したのだ。免許証は本物なのだから、堂々と振舞えばやり過ごせたのだ。それなのに事故った挙句に死亡し、別人と知られてしまった。だが、本当にヤバくなったのは、あの女のせいだろう。

「大里綾子を客にしたのがまずかったな」

後部座席に座る築見組の組長も同じことを思っていたのか、乾いた咳をひとつすると呟いた。

大里は、大金を払ってでも不正免許証を手に入れることを望んだ。それを元に日本人のパスポートを作り、可愛がっていた留学生を逃がそうとした。公安委員というのは、いざというとき役に立つから上客だと考えたのだが、甘かった。

「ああいう手合いは、悪事に手を染めるといっても限度がある。罪を犯すことはしても、バレたら素直に刑に服するものだと思い込んでいる。素人は諦めが早い。あのまま警察に捕まれば、洗いざらい喋るのは目に見えていた」

だから、始末するしかなかった。そして警察の追手を躱《かわ》すため、すぐに実行者を差し出すよう築見組に進言した。

「あれも早計だったな。あれでうちの組が関わっていることを警察に教えた形になった。

それが結局、大稲会を揺さぶってわしらを追い詰める仕儀となった」

「じいさん、黙っててくれ」

橘は苛立つ声を上げた。すぐに若い組員が、なんだとぉ、と声を荒らげる。組長が、まあいいと宥《なだ》める風に更にいう。

「もっとも一番ヘタを打ったのはあんただがな」

橘は思わず、自分の親指を嚙んだ。

磯辺公安委員長に付き添って、夜の免許センターに出向いた。そこで白根という女性警官と出くわすことになったのは予定外のことで、更には、その警官が免許センターの協力者をあぶり出そうとしていることを知って動揺した。すぐに見つかる気配はなかったが、橘はそこでミスを犯した。

磯辺が書くためのメモ用紙を欲しがったので、つい机の上の電話の後ろにあるメモパッドに手を伸ばしたのだ。初めて入った筈の作成課の部屋で、そこにあるのを知っていたかのように行動した橘をあの女性警官は気づいた気がする。すぐに視線を逸らされたので、はっきりとはわからなかったが、それ以後、連絡がなかったことを考えれば、やはり怪しまれたのだろう。

その矢先、笛吹から、白根という女性警官に気づかれたようだと聞かされ、これはもう殺すしかないと覚悟を決めた。どうして笛吹を割り出したのかはわからなかったが、一刻も早く行動しなくてはならないと考えた。

佐伯が勝手に動いてセンターの警官を突き落としてから、橘のなかで犯罪に対する箍《たが》は弛み始めていた。うまくいくためなら、どんなことでもすべきなのだ。

簗見の手を借りて狙撃手を見つけ、百川を唆《そそのか》してあの日、免許センターに出向くよう謀《はか》った。予定通りに運んだと思ったとき、元白バイが小杉に迫った。あのときはさすがに焦り、事故以来、乗っていなかった車のハンドルを握る手が震えた。

「運転が苦手じゃ、この先、困るだろう。練習した方がいい」

狙撃手が余計なことをいう。橘は無視して、暗い窓の外に視線を向けた。

簗見の構成員が、「本当に逃げられるんだろうな」と暴力団員らしくない不安げな声を上げる。橘は振り向き、「大丈夫だ。警察は逃げた乗用車を追っている。県を抜ければ、そう簡単に追ってはこられない」といって聞かせる。

「もう一度、仕切り直しか」簗見の組長、いや、今はただの老人が口元を汚く歪めていう。

「ああ。どこか別の県にでもいって、また一からやればいい。俺らは、別人となるから問題ない」

「その別人になるための免許証っての、先にくれないか」

構成員、いや今はただの老人の付き添いが、物欲しげに手を差し出してくる。安全なところまで行ってからだ、と撥《は》ねつけようと思ったが、気を変えた。ポケットから二枚取り出し、振り返って後部座席へと伸ばした。

そのとき、車が急ブレーキをかけ、大きく前に沈んだ。反動で橘は横を向いたまま、ダッシュボードに体をぶつけた。

「なにするんだ。気をつけろ」といいかけた言葉が止まる。運転席の男が青い顔をして前を睨んでいた。慌ててフロントガラスを向く。

道路灯だけが唯一、アスファルトを照らす真夜中の県道だ。車の姿はいっさい見えない。

「なんだ？」

そんな道の真ん中に黒い影がひとつ浮かび上がっていた。バイクだ。ヘルメットを被った男が、バイクに跨《また》がったまま、こちらを向いている。

「なにをしているんだ、あの男は」

そういった瞬間、そのバイクが光を放った。赤い灯が回転して、周囲に光をばら撒く。

「しまった」

橘が叫ぶと同時に狙撃手が、「運転を替われ。始末する」と足元に置いていたライフル銃を取り出した。

「運転？　いや、俺は無理だ。お前、前にこい」と後部座席に声をかけた。だが、組長と構成員は既に後ろのドアを開けて外に飛び出していた。開いたドアから眩《まぶ》しい光が射し込んだ。前だけでなく、後ろからも左右からも、回転灯の赤い色が目を射た。

狙撃手がサイドウィンドウを下ろして乗り出すとライフルを構える。だが撃つことはできなかった。短い悲鳴を上げたと思ったら、窓から引きずり出され、ドアの向こうに消えた。いきなり助手席のドアが開く。「手を挙げろ」と怒鳴る声と、拳銃を構えている刑事らの姿が見えた。

両手をゆっくり挙げながら、橘はフロントガラスへと視線を向けた。

赤い回転灯を点けたバイクから、男が降りて近づいてくる。ヘルメットを脱いだが、見たことのない顔だった。

「なんとか間に合ったな」バイクの男は頷くようにいった。

小杉国春はしくじったのだと知った。そしてその小杉を待って、ぐずぐず時間を無駄にした己の愚かさを笑った。どうしてさっさと見切りをつけて逃げなかったのか、自分でもわからない。

橘は助手席から引きずり降ろされると、バイクの男に向かって訊いた。

「小杉は死んだのか」

男はじっと見つめたまま、なにもいおうとはしなかった。

29

落合庄司は、見舞いだといってプリンを差し出した。

甘いものは得意じゃないのだが、一応、礼をいって受け取る。また、都らがきたときにでも渡せばいい。都景志郎は甘党らしいから。

落合はパイプ椅子を広げて座ると、いきなり話し出した。

「白根さんがどうして笛吹課長だと気づいたのか、ようやくわかったぞ」

「え。本当ですか」

野路は、思わず動かした上半身に激痛が走って、声もなく顔を歪めた。落合は呆れた顔でコントローラーを握ると、ベッドを起こしてくれた。視線を落合に合わせる。

白根深雪が残した免許証番号は、笛吹美智雄警部の名前をはじき出した。深雪は、アクセス日時と職員の動向から、作成課の人間の誰も該当しないことを知った。やはり課のなかに犯罪者はいないと最初は安堵したのだろう。だが、職員出退勤記録の課長職以上の幹部のものについては、深雪では閲覧できないことを思い出した。センター長や作成課長は、普段は幹部室にいる。だが二人は講習が始まるころ、つまり免許証を作成する時間帯にはよく部屋にやってきていた。特に課長は部屋にきては、記載事項チェックなどのため免許証を手に取ったり、パソコン画面を覗き込んだりした。その姿がまざまざと頭に浮かんだ。他の職員らは仕事に追われ、課長のことなど気にもしていなかった。

「警備員だった」

「警備員？」

「ああ。免許センターに配されていた警備員達のほとんどが、メモを取っていたんだ。勤務のとき、気づいたことを走り書き程度に書き留めていた。例えば、おかしな一般来庁者があったこととか、庁舎のメンテのこととか、挨拶する職員の癖や人柄とか。覚えるためだろう。会社から指示された訳ではなく、自主的に行っていたらしい。まあ、ＯＢらしいというのか」

警備員は六十代から七十代の男性ばかりで、玄関を潜るときは誰もが挨拶を交わす。夜間、黒バイ隊の指導のため居残っていたときも顔を合わせていた。なかにはじっと野路を見ている者もいたことを思い出す。

「そのメモに課長のことが?」

「ああ。笛吹課長を時間外に庁舎内で見かけたことなんかを書き留めていた」

「それを白根が?」

「そうだ。親しく口を利く間柄だったらしい。警備員室にもよく出入りしていた」

そういわれて思い出した。いつだったか、警備員室で笑顔を見せていた深雪を野路は見かけている。警察葬に参列した警備員もいた。

「白根さんは、彼らがそんなメモを取っていたことを知っていたんだろう。そして、作成課の職員に該当する者がいないと気づいたとき、ひょっと警備員のことを思い出した」

「それで訊いて回ったってことですか」

「ああ。笛吹課長ではないかと見当はつけていただろう。出退勤記録を閲覧できない幹部の可能性が出たからな。考えられるのは作成課長かセンター長か」

「そうだったのか」

「彼女の悲運は、笛吹課長もそのことを知ったことだ」

「というと?」

「彼女が不正免許証のことを調べていたとき、磯辺公安委員長と橘が作成課に忍び込んだといっただろう」

野路は、磯辺から直接その話を聞いたことを思い出し、頷く。

「誰にも知られずにセンターに出向いたらしいが、暗証番号のことがあるから笛吹課長だけは同行した」

「……」

「笛吹課長は警備員室で待機していたそうだが、そのとき警備員がメモを取っていることに気づいたんだ。そして不正免許証を作成した夜に何度か笛吹を見かけ、そのことをメモっていることも知った」

笛吹は、深雪がよく警備員と話しているのを知っていたから気になった。その後、密かに調べてみたら、笛吹が夜間にセンター内で目撃されていた日がいつなのか尋ねていたことがわかった。

深雪は笛吹に疑念を抱いた時点で、すぐそのことを報告しようと考えた。だが、磯辺との約束があった。本当なら磯辺に知らせるべきものだったが、橘への不信感が邪魔をした。ひょっとして磯辺もグルではないかと考えたのだ。行き詰まった。そして、野路に全てを告げようと決心したのだ。

野路はあの日、短く、終業後、バイクで送ってくれと書かれた携帯電話のメッセージを思い出して唇を噛んだ。体とは別のところへ深く突き刺さってくる痛みに耐える。落合が気の毒そうな顔をしながら話を続けた。

「本来ならわしらが気づくべきだった。だが、警備員に対しては防犯カメラのことや不審な人物を見かけなかったかという聴取にとどまった。警備員の方もまさか職員の動向が手がかりになるとは思わないから、あえてメモのことは口にしなかった。個人的な心証を記したものだから、知られたくなかったらしい。だが、これは完全にわしらのしくじりだ」

と手で後頭部を叩いた。

落合のようなベテランにして追及の手が甘くなってしまったのは、不正免許証の捜査は極秘裏に行うようにという上の意向があったからだ。加えて、本官の関与が疑われていたのだから、極力、部外者には知られたくなかった。

後悔してももうなにも戻らない。野路も落合もあとの言葉を呑み込み、静かにため息を落とした。

しばらくして野路は目を戻し、「小杉はどうですか」と訊いた。落合は頷く。

「小杉が一味のなかでは一番、素直だよ。変ないい方だが、誠実に歌ってくれている」

進んで自白し、素直に警察の聴取に応じているということだ。

「そうですか」

落合は精一杯伸びをし、大きな欠伸《あくび》を放った。

「これからが厄介だ。どれほどの数の不正免許証が出回っているか知らんが、追跡捜査にしばらくかかるだろう。二課が主だってやることだがな」

それからしばらく、不正免許証事件はニュースのトップとして扱われた。

百川朱人知事も警察の取り調べを受けたが、事件への関与はないということで放免となった。だが、議会からも世間からも責任追及の声が上がり、人気は急降下。不透明な金の授受があるというマスコミの報道を受けて、間もなく、知事職辞任を表明した。検察が動いているという噂もあった。

白根深雪警部補の慰霊祭が実施されることになった。

本部長臨席の下、警察学校の一角で粛々《しゆくしゆく》と行われた。野路は入院していたため、列席できなかった。

鳴瀬斗紀男係長はまだ回復の途上ではあったが、外出許可を取って車椅子で式典に出席した。一番後ろで男泣きに泣いていたとあとで聞いた。

エピローグ

三月――。

暦の上では春だ。

それなのに朝から酷い冷え込みようで、野路は冬物のジャケットを再び羽織った。これが最後の寒さかと襟を立て、背を曲げて歩く。

玉砂利を敷いたなかに足を踏み入れると、すぐに紺色の制服が目に入った。地面に屈み込んで手を動かしている。足音に気づいたらしく、制服の背が振り返った。

「ああ。野路か」

山部佑警察学校教官は、しゃがんだまま顔だけ上げて、微かに笑《え》んだ。

「山部教官、なにをしておられるんですか」

「うん？　ちょっとな」とまた地面に目を落とす。野路は近づいて、その手もとを覗き込んだ。どうやら玉砂利の隙間から伸びた雑草を引き抜いていたらしい。

「学生にやらせたらいいじゃないですか」

「うむ。たまたま気づいたんでな」

山部は野路の恩師でもある。まだ四十代だが、以前大きな怪我をしたせいか、年齢より老けて見えた。いや、心労のせいでやつれたのかもしれない。そう思いながら野路は、目の前に立つ大きな黒御影石《くろみかげいし》を振り仰いだ。

『慰霊の碑』の白い文字が浮き上がる。その隣に殉職した者の氏名が刻まれた板石がある。一番端に白根深雪の四文字が刻まれていた。

「白根も教官の教え子ですよね」

山部は立ち上がって、野路の視線を追うように板石を見つめて頷く。

「ああ。担当教官ではなかったが、よく覚えている。真面目な学生だった」

「そうですか」

「頑張り過ぎて、いつも怖いほど真剣な顔をしていた。たまには歯を剥きだして笑えと叱ったら、それがおかしかったのか、にっこりしたな。えくぼができた。片方だけだったと思うが、どちらだったかは忘れた」

右です、という言葉を口のなかで消し、「これ、いいですか」といって片手を振った。

「なんていう花だ？」

野路は目を瞬かせて、首を傾げる。なにがいいのかわからなかったので、花屋に任せたのだが、聞いた名前を忘れてしまった。

「お前らしいな」山部は小さく笑い、石碑の前に置いたらいい、といった。

野路は、膝をつき花を供えた。

白い花弁がいくつも重なる、良い香りのする花だった。両手を合わせて目を瞑《つぶ》る。開けると、花びらが一枚、目の前を過った。そんな筈はないか、と顔を上げた。

「雪か」と山部も顎を上げている。「春なのになぁ。冬の名残のひと降りってとこか」

野路は立ち上がって大きく空を仰いだ。薄墨色に広がる雲から、花びらのような雪片が降りしきる。積もることのない春の雪だ。

「教官、お子さんが生まれるそうですね」

ああ、と頷いて、「夏にな」といった。祝いの言葉をいいかけたが、ここでする話題ではなかったかな、と野路は口を噤んだ。

雪のせいか、なおさら黒い碑が冴え冴えとして見える。

「じゃあ、俺はこれで」

山部の横顔に室内の敬礼を送った。玉砂利を鳴らして歩き出す。声をかけられた気がして振り返った。

山部はズボンのポケットに両手を入れ、背を向けたまま碑を見上げて立ち尽くしていた。雪が髪や肩の上に落ちては消えてゆく。

野路はまつ毛にかかるのを払いながら、なんでしょうか、と問い返した。

「野路、ここにはくるなよ」

「え」

「ちゃんと教えたつもりだぞ。卒業したなら二度とここには戻ってくるなと」

「…………」

「教官室の窓からこの碑が見える。警察官を育てる我々に負わされたものがどういうことなのか、この黒い石を見るたび思い知らされる。だから、二度と、くるな」

いいな、と山部は強くいった。

「……はい」

野路は背筋を伸ばし、もう一度、はっきりいう。

「了解しました」

（この作品は書下ろしです。また本書はフィクションであり、登場する人物、および団体名は、実在するものといっさい関係ありません）

黒バイ捜査隊

一〇〇字書評

切り取り線

購買動機（新聞、雑誌名を記入するか、あるいは○をつけてください）	
□（　　　　　　　）の広告を見て	
□（　　　　　　　）の書評を見て	
□ 知人のすすめで	□ タイトルに惹かれて
□ カバーが良かったから	□ 内容が面白そうだから
□ 好きな作家だから	□ 好きな分野の本だから

・最近、最も感銘を受けた作品名をお書き下さい

・あなたのお好きな作家名をお書き下さい

・その他、ご要望がありましたらお書き下さい

住所	〒				
氏名		職業		年齢	
Eメール	※携帯には配信できません		新刊情報等のメール配信を 希望する・しない		

この本の感想を、編集部までお寄せいただけたらありがたく存じます。今後の企画の参考にさせていただきます。Eメールでも結構です。

いただいた「一〇〇字書評」は、新聞・雑誌等に紹介させていただくことがあります。その場合はお礼として特製図書カードを差し上げます。

前ページの原稿用紙に書評をお書きの上、切り取り、左記までお送り下さい。宛先の住所は不要です。

なお、ご記入いただいたお名前、ご住所等は、書評紹介の事前了解、謝礼のお届けのためだけに利用し、そのほかの目的のために利用することはありません。

〒一〇一-八七〇一
祥伝社文庫編集長　清水寿明
電話　〇三（三二六五）二〇八〇

祥伝社ホームページの「ブックレビュー」からも、書き込めます。
www.shodensha.co.jp/
bookreview

祥伝社文庫

黒《くろ》バイ捜査隊《そうさたい》　巡査部長《じゅんさぶちょう》・野路明良《のじあきら》

令和 4 年 9 月 20 日　初版第 1 刷発行

著　者　松嶋智左《まつしまちさ》
発行者　辻　浩明
発行所　祥伝社《しょうでんしゃ》
東京都千代田区神田神保町 3-3
〒 101-8701
電話　03（3265）2081（販売部）
電話　03（3265）2080（編集部）
電話　03（3265）3622（業務部）
www.shodensha.co.jp
印刷所　堀内印刷
製本所　ナショナル製本

Printed in Japan ©2022, Chisa Matsushima　ISBN978-4-396-34839-7 C0193

〈祥伝社文庫　今月の新刊〉

宮内悠介
遠い他国でひょんと死ぬるや
戦没詩人の〝幻のノート〟が導く南の島へ――
第70回芸術選奨文部科学大臣新人賞受賞作！

笹本稜平
K2　復活のソロ
仲間の希望と哀惜を背負い、たった一人で冬のK2に挑む！　笹本稜平、不滅の山岳小説！

西村京太郎
阪急電鉄殺人事件
事件解決の鍵は敗戦前夜に焼却された日記。ミステリーの巨匠、平和の思い。初文庫化！

小池真理子
追いつめられて 新装版
こんなはずではなかったのに。日常のズレが思わぬ落とし穴を作る極上サスペンス全八編。

松嶋智左
黒バイ捜査隊　巡査部長・野路明良《のじあきら》
不審車両から極めて精巧な偽造運転免許証が見つかる。組織的犯行を疑う野路が調べると…。

馳月基矢
友　蛇杖院《じゃじょういん》かけだし診療録
蘭方医に「毒を売る薬師」と濡れ衣を着せたのは誰だ？　一途さが胸を打つ時代医療小説。

鳥羽　亮
鬼剣《きけん》逆襲　介錯人・父子斬日譚
白昼堂々、門弟を斬った下手人の正体は？
野晒唐十郎の青春賦、最高潮の第七弾！